Katharina Höftmann

TOTE KAMERADEN

atb aufbau taschenbuch

Katharina Höftmann, 1984 in Rostock geboren, lebt seit einigen Jahren mit ihrer Familie in Tel Aviv. Die studierte Psychologin, die auch als Journalistin arbeitet, hat bisher zwei Romane um den Kommissar Rosenthal veröffentlicht: »Die letzte Sünde« und »Der Rabbi und das Böse«, beide sind als Aufbau Taschenbuch lieferbar.

Assaf Rosenthal ist in Schwierigkeiten. Er hat den Fall einer toten Frau in einem schäbigen Hotelzimmer zu klären, er muss zum Reservedienst, und er ist unglücklich verliebt. Da die Tote angeblich Selbstmord begangen hat, soll der Fall schnell zu den Akten gelegt werden. Doch Assaf kommen immer mehr Zweifel an der Selbstmordtheorie. Als er herausfindet, dass die Tote brisantes Material über das Militär an einen Journalisten weitergeben wollte, erwacht sein Jagdinstinkt, auch wenn sein Chef will, dass er im Umfeld zweier Mafiafamilien ermitteln soll – ausgerechnet mit der Frau, die er heimlich liebt.

Über die bisherigen Romane von Katharina Höftmann:
»Der Roman überzeugt mit einem schlüssigen Plot, Spannung und lebendiger Schilderung des Lebens in Israel.«
Schweriner Volkszeitung

»Diese Insider-Draufsicht ist eine tolle Lese-Mischung – interessant, amüsant und spannend.«
NDR 1 Bücherwelt

Katharina Höftmann

TOTE KAMERADEN

Kommissar Rosenthal
ermittelt in Tel Aviv

KRIMINALROMAN

atb aufbau taschenbuch

MIX
Papier aus verantwortungsvollen Quellen
FSC
www.fsc.org
FSC® C083411

ISBN 978-3-7466-3170-7

Aufbau Taschenbuch ist eine Marke
der Aufbau Verlag GmbH & Co. KG

1. Auflage 2015

Umschlaggestaltung www.buerosued.de, München
unter Verwendung von Motiven: © Novarc / mauritius images (Stadt)
und © Glass Eye / Getty Images (Mann)
Gesetzt in der Sabon durch die LDV GmbH, Berlin
Druck und Binden CPI books GmbH, Leck, Germany
Printed in Germany

www.aufbau-verlag.de

Für Ari

»Der Schmerz geht vorüber, der Stolz bleibt für immer.«

Motto der 2. Kompanie im Bataillon 931 der Israeli Defense Force (IDF)

PROLOG

»Die wollen, dass wir unser Land lieben. Aber dieses Land gibt uns nichts. Wir führen Kriege, ständig Kriege. Sinnlose Kriege. Geben unser Leben für nichts. Wofür sind meine Kameraden gestorben? Wofür das Ganze? Ich kämpfe für Ideen, die ich nicht teile, und für Politiker, die ich nicht respektiere!«

»Leg die Waffe auf den Boden.« Assaf Rosenthal ging langsam auf den jungen Mann in Uniform zu. Dieser hielt die Pistole, eine österreichische Glock, weiterhin mit zitternder Hand auf den Kommissar gerichtet, während er sich immer mehr in Gedanken zu verlieren schien.

»Mach doch keinen Scheiß, Junge, du versaust dir dein ganzes Leben«, versuchte Assaf den Soldaten, der ihn wie im Wahn anstarrte, aufzurütteln. In seinen Augen klebte und brannte Sand, der sich, vom Wind aufgewirbelt, wie eine blickdichte Plane über die Hügel der Negev-Wüste gelegt hatte. Es fiel dem Kommissar nicht leicht, aber er versuchte, den Jungen anzusehen, ohne zu blinzeln. Er musste jetzt Stärke ausstrahlen. Nicht ein Hauch von Unsicherheit oder Zögern durfte in seinem Gesicht erkennbar sein.

»Bleib, wo du bist, oder ich schieße.« Der junge Soldat machte einen zögerlichen Schritt zurück, weg vom Kommissar. Hinter ihm verlieh die Wüste, eine braune Marslandschaft, der Situation eine seltsame Unwirklichkeit. Assaf glaubte nicht, dass sich solche Szenen hier, inmitten des kargen Negev, oft abspielten. Was sollte mitten im Nirgendwo schon los sein? Hier in der Wüste vergingen die Tage immer im selben Trott. Ab und zu kamen mal ein paar Steinböcke vorbeigesprungen, manchmal zog auch ein Beduine vorüber, der eine Herde Schafe antrieb oder ein träges Kamel. Gelegentlich krabbelte ein Skorpion scheinbar ziellos vor sich hin, und dann wieder zischte eine Schlange, bevor sie schnell in einer der vielen Bodenspalten verschwand. Und das war's. Ansonsten Stille. Und Staub. Und Sonne.

Über dem jungen Soldaten lag der Himmel gelblich im Dunst. Die Sonne leuchtete schwach hinter einem dicken Schleier aus Wüstensand, den der Sturm aus der Sahara nach Israel getragen hatte. Der Kommissar hielt es nicht länger aus und rieb sich kurz mit einer Hand die Augen. Ausgerechnet während des schlimmsten Sandsturms seit Jahren musste er einen Ausflug in den Negev machen.

Die Wüste hält vom Schlechten fern, sagen die Beduinen.

Solange die Geier nicht kreisten, dachte Assaf.

»Ich weiß«, nahm der Kommissar das Gespräch wieder auf, »dass du eine schwere Zeit hinter dir hast. Dein Grundwehrdienst war sehr ...«

»Kommissar Rosenthal, wo hast du gedient?«, unterbrach der Soldat den Kommissar. »Sicher auch in irgendeiner Eliteeinheit.«

»So wie du«, stimmte Assaf zu.

Der junge Mann ließ die Hand mit der Waffe langsam sinken. »Ich habe das nur gemacht, weil mir alle gesagt haben, dass man so in diesem Land erfolgreich wird. In jedem verdammten Vorstellungsgespräch fragen sie einen doch nach dem Militärdienst, den man absolviert hat.« Er verzog sein jungenhaftes Gesicht zu einer Grimasse. »Und dann diese ekelhafte Verehrung der Piloten. Das ist doch nicht normal!« Der junge Soldat richtete die Waffe wieder auf den Kommissar, als wenn das mit den Piloten seine Schuld wäre.

Assaf dachte angestrengt nach, wie er das Gespräch mit dem jungen Mann weiterführen sollte. Er war selbst an der Pilotenakademie gewesen, bevor er zur Offiziersausbildung in die Spezialeinheit wechselte, in der er viele Jahre gedient hatte. Das würde er ihm besser nicht erzählen. Aber was dann? In dem Moment, wo man es brauchte, erinnerte er sich natürlich an gar nichts mehr aus den Seminaren der Polizeischule. Ihm fiel nichts ein, was im »Umgang mit bewaffneten Personen«, wie es im Polizeisprech so schön hieß, helfen könnte. Dabei hatten sie erst vor kurzem eine Generalauffrischung bekommen. Der Kommissar erinnerte sich nur noch daran, dass der Lehrer, ein alter Knilch mit Schnauzer, immer wieder von der Notwendigkeit des Tragens der »individuell angepassten ballistischen Unterziehschutzweste« gesprochen hatte. Daran merkte man aber nur, dass der Möchtegern-Bulle vom Polizeialltag rein gar keine Ahnung hatte. Das größte Problem war nicht, dass er keine Schutzweste trug, sondern dass er eigentlich keine Chance hatte, zu seiner eigenen Waffe zu greifen. Immerhin hatte er nicht im Traum damit gerechnet, dass der Mann, den er hier gesucht hat, bewaffnet war. Schon gar nicht, dass er die Waffe auf ihn richten würde.

Wie ein blutiger Anfänger war er mitten in sein Verderben gelaufen. Assaf hätte sich für seine amateurhafte Arglosigkeit am liebsten selbst in den Hintern getreten.

»Spezialeinheit, Gaza«, antwortete der Kommissar schließlich kurz angebunden auf die Frage, was er beim Militär gemacht hat.

»Dann sprichst du auch Arabisch?«

Assaf nickte langsam.

»Wie kannst du weiterhin an diesen Unsinn glauben, den man uns eintrichtert? Du verstehst die andere Seite doch …«

»Ich glaube weiter an den Unsinn, wie du es nennst, eben *weil* ich die Araber verstehe«, stellte der Kommissar ruhig fest. Gut, dachte er, es war gut, dass er den Mann in ein Gespräch verwickelte. Irgendwann würde der Soldat für einen Moment unachtsam sein. Dann könnte er sich auf den Jungen stürzen und ihn überwältigen. Dieser Moment war seine einzige Chance, wiederholte er in Gedanken wie ein Mantra. Assaf war sich ziemlich sicher, dass der Kerl nicht wirklich auf ihn schießen wollte. Sonst hätte er es längst getan.

Aber gleichzeitig hatte er nicht vor, hier, mitten in der verdammten Wüste, zu sterben. Und sei es nur wegen der Kurzschlussreaktion eines überforderten Soldatenjünglings. Er hatte keine Angst vor dem Tod, aber er war einfach noch nicht fertig mit dem Leben. Und schon gar nicht jetzt – nicht nach dem, was Anat ihm gesagt hatte. Und wenn er schon früher als von der Natur vorgesehen abdanken müsste, dann nicht so. Für das Bild, das Assaf von sich selbst hatte, für das Bild, das er hinterlassen wollte, wäre dieser Abgang hier nicht annähernd spektakulär genug gewesen.

Er ging einen kleinen Schritt auf den Soldaten zu. So klein, dass dieser ihn kaum wahrnehmen würde. Der Kommissar hoffte aber, sich in kleinen Schritten so nah an den Mann heranwagen zu können, bis er eine realistische Chance hatte, ihn zu überwältigen. Je dichter er zu diesem Zeitpunkt an dem bewaffneten Mann stand, desto besser würde er ihn angreifen können.

»Willst du denn nicht deine Familie beschützen? Deine Schwester? Deine Nichte? Scheiß auf die Ideologien. Scheiß auf die Politiker. Aber was ist mit deiner Familie? Brauchen sie keinen Schutz?«

»Ich muss niemanden beschützen, ich bin niemandem verpflichtet.« Der Soldat fuhr sich über die kurzgeschorenen, dunklen Haare, er begann, unruhig auf der Stelle zu tänzeln. »Ich habe niemanden außer mir selbst. Und mein Gewissen. Dem bin ich verpflichtet. Meinem Gewissen allein.« Seine Worte nahmen einen pathetischen Ton an. Die Verzweiflung über die Ausweglosigkeit der Situation, in die er sich gebracht hatte, wurde immer deutlicher. Assaf hatte das Gefühl, der junge Mann war kurz davor, sich nervös im Kreis zu drehen. Einen Fehler zu machen. Das bedeutete für den Kommissar, dass der Moment, in dem er dieses Drama zu seinen Gunsten drehen könnte, nahe war. Assaf war kein Mann der Übertreibung. Aber hier ging es im wahrsten Sinne um Leben oder Tod. Wenn er diese Floskel sonst hörte, konnte er immer nur müde lächeln.

Der Soldat tänzelte wie ein angeschlagener Boxer, blickte unruhig hin und her und rieb sich nun ebenfalls den Sand aus den Augen. Die Glock hielt er weiter schussbereit in der rechten Hand. Er wippte leicht nach rechts, fuhr sich fahrig mit der freien Hand über sein Gesicht. Der Kommissar entschied, dass er nun nicht mehr länger warten würde. Wie ein Raubtier sprang er auf den Mann zu. Die kargen Berge sahen regungslos zu, als der erste Schuss fiel. Er hallte einen kurzen Moment durch die Landschaft, bevor ihn der Wind abrupt verschluckte. Ein zweiter Schuss folgte. Dann herrschte Stille. Eine Stille, wie es sie nur in der Wüste gab.

ERSTER TEIL

Zwei Monate früher

»Ich bin 73 Jahre alt. Ich habe alles gesehen. Ich habe die Könige und Königinnen getroffen, die Präsidenten. Ich bin überall auf der Welt gewesen. Aber es gibt noch eine Sache, die ich gerne machen würde: versuchen, Frieden zu erlangen.«
Ariel Sharon

KAPITEL 1

Als Assaf Rosenthal aufwachte, sah er ihre Brüste. Große, wohlgeformte, runde Brüste. Sie stand, nur mit einem Slip bekleidet, vor ihrem Kleiderschrank. Hüpfte von einem Fuß auf den anderen, um den kalten Fliesenboden so wenig wie möglich zu berühren. Dabei wippten ihre langen, dunklen Haare mit. Ohne lange zu zögern, griff sie nach einem T-Shirt und zog es sich schnell über. Kein BH. Der Kommissar drehte sich im Bett und seufzte leise.

»Assaf? Bist du wach?«, fragte sie, während ihre langen Beine elegant in eine enge Jeans glitten.

»Hmmm.«

»Ariel Sharon ist tot.«

Er öffnete überrascht die Augen. »Ma?«

»Sharon – er ist tot. Endlich. Das war ja kein Leben mehr. Wie ein Gemüse an Maschinen. Und das seit acht Jahren. Was für eine Erlösung das für die Familie sein muss. Sof. Sof.« Sie setzte sich zu ihm aufs Bett und küsste ihn auf den Mund. »Ich muss jetzt los«, sagte sie. »Schließ die Tür ab, wenn du gehst, und leg den Schlüssel unter die Fußmatte.«

Er nickte müde. Nachdem er das schwere Zuschlagen der Haustür gehört hatte, rollte er sich langsam aus dem Bett und schlurfte in die Küche. Natürlich war ihr Kühlschrank leer. Außer stillem Wasser, einem Joghurt und einer angebrochenen Flasche Wodka sah es in dem Ding traurig aus. Er verwarf den Gedanken, den Tag mit Wodka zu beginnen und sich einfach krank zu melden, und griff stattdessen nach dem Joghurt. Während er diesen hastig in sich hinein löffelte, ärgerte Assaf sich einmal mehr über Tel Aviver Single-Frauen, die nie etwas zu essen zu Hause hatten. Mal ganz abgesehen davon, dass sie alle nicht kochen konnten oder aus vorgeschobenen feministischen Gründen nicht kochen wollten – wo war das Problem, wenigstens ein bisschen Brot und Hüttenkäse im Haus zu haben? Bei dem Gedanken daran schüttelte der Kommissar den Kopf. In seinem Kühlschrank gab es immer Gemüse, Käse, Oliven und Eier. Es konnte schließlich nicht sein, dass man für jede kleine Mahlzeit in ein Restaurant rennen musste. Außerdem aß Assaf gerne zu Hause. Da war er genauso wie seine Mutter, die nicht verstand, warum man in Gaststätten gehen sollte, in denen es nur halb so gut schmeckte wie zu Hause, aber doppelt so viel kostete. In den Tel Aviver Restaurants wurde ein normal ausgewachsener Mann sowieso nicht satt. Dafür durfte man dann aber am Ende des Abends sein Portemonnaie leeren und ein Vermögen für heiße Luft zahlen.

Der Kommissar blickte auf sein Handy. Die Nachrichtenseiten schienen dankbar dafür, dass endlich mal wieder etwas anderes passiert war als all die Mafiamorde, die in den letzten Monaten die Medien beherrscht hatten. Sharon war also tot. Journalisten überschlugen sich mit Berichten über sein Schaffen, die von erfinderischen Namen und Bezeichnungen nur so strotzten, die dem Leben und Wirken des ehemaligen Ministerpräsidenten gerecht werden sollten: Der Patriarch. Kämpfer. Soldat. Schlachter. Bulldozer. Krieger. Architekt. Beschützer. Wahrer Löwe.

Der Mann, der nun Vergangenheit geworden war, endgültig. Assaf spürte auf einmal eine tiefe Traurigkeit, die er sich selbst nicht erklären konnte. Sharon war immerhin schon seit acht Jahren Vergangenheit. Seitdem er den Schlaganfall erlitten hatte und plötzlich von der Bildfläche verschwunden war. Seitdem sie sich mit Politikern herumschlagen mussten, denen alles, aber wirklich alles – vor allem aber ihr eigenes Wohlergehen – wichtiger schien als das ihnen anvertraute Land und seine Bürger. Der letzte große Anführer, so war Sharon schon zu Lebzeiten genannt worden. Er war seit dem Unabhängigkeitskrieg dabei gewesen. Ein starker Mann des Militärs. Einer, der in das moderne Israel nicht mehr recht hineinzupassen schien. Die Zeiten hatten sich geändert. Das sah man an Yair Lapid, der bei der letzten Wahl einen erdrutschartigen Sieg eingefahren hatte. Lapid hatte in der Armee als Journalist gedient – mit dieser Militärvergangenheit hätte der Schriftstellersohn früher keinen Stich beim

Volk gesehen. Vielleicht aber auch gut so, dachte Assaf in einem Anflug für ihn untypischer Progressivität, während er den Joghurtbecher wegwarf und zurück ins Schlafzimmer ging, um sich anzuziehen. Vielleicht gut, dass die Zeiten sich geändert haben. Von Krieg wollte keiner mehr was hören – wichtiger war, was die Wohnungen, Pudding und Hüttenkäse kosteten. Die Leute sehnten sich nach normalen Problemen.

Nur wenige Minuten später erreichte der Kommissar seine Zwei-Zimmer-Wohnung mit Blick auf das Kabbala-Center am Dizengoff-Platz. An der Tür begrüßte ihn seine neue Mitbewohnerin bereits sehnsüchtig wartend. Sie strich ihm um die Beine und warf sich dann auf den Rücken, um sich ausgiebig kraulen zu lassen. Assaf hatte die kleine graue Katze vor einigen Wochen auf dem Parkplatz hinter dem Hauptquartier der Polizei gefunden. Völlig ausgehungert, bewegungsunfähig, ein Auge schwer verletzt. Herzzerreißend miauend. Natürlich hat er das Tierchen zu einem Tierheim gebracht, und natürlich hatte ihm die junge Ärztin dort gesagt, dass sie höchstwahrscheinlich keinen neuen Besitzer für das einäugige Kätzchen finden würden. Alles, was sie daher tun könne, sei, die Katze gesund zu pflegen und sie dann wieder auf die Straße zu setzen. Während der Fahrt hatte Assaf jedoch bereits tiefe Gefühle für das kleine Geschöpf entwickelt und konnte daher unmöglich verantworten, dass es einfach wieder auf der Straße ausgesetzt wurde. Ihm war klar, dass er sich damit ein ernsthaftes Problem eingehandelt hatte: Nicht nur wollte er wahrlich nicht der alleinstehende Mann mit einer Katze sein; jeder, der sich auch nur rudimentär mit Katzen auskannte, wusste, dass man die Tiere am besten im Doppelpack hielt. Vor allem, wenn man so viel unterwegs war wie er. Also hatte er in dem kleinen, völlig überfüllten Tierheim, in dem sich eine ganze Schar verletzter Straßenstreuner angesammelt hatte, gleich noch ein verkümmertes Männchen ausgesucht. Einen roten Kater, der, geschädigt wie er vom Straßenleben war, trotzdem mit festem Blick aus seinem kleinen Käfig blickte und jeden Hund, der vorbeischarwenzelte, mit Verve anfauchte. Assaf ließ beide Tiere kastrieren und holte sie eine Woche später, nachdem er die horrenden Tierarztrechnungen beglichen hatte, nach Hause. Nun war Assaf der alleinstehende Mann mit zwei Katzen. Er nannte die Tiere Rocky und Adrian, nach den Protagonisten der Boxerfilme, um sich wenigstens bei der Namenwahl noch einen Funken Männlichkeit zu bewahren.

Den Viechern ging es gut bei ihm. Während ihn Katze Adrian liebevoll begrüßte, lag Rocky faul und zufrieden auf dem Sofa und blinzelte seinen Lebensretter nur müde an. Adrian folgte ihm auf Schritt und Tritt, wenn er da war. Sie war ein sehr anhängliches Geschöpf, das ganz auf ihn fixiert war. Morgens wartete sie schon vor der Schlafzimmertür, und wenn er dann ins Bad ging, begleitete sie ihn. Brachte der Kommissar Frauen mit nach Hause, verzog sie sich beleidigt, um kurze Zeit später mit unüberhörbarem Mauzen wieder auf seiner Türschwelle aufzutauchen. Zu seiner

Überraschung hatte Assaf schnell festgestellt, dass die Katzen ihn nur noch attraktiver machten. Sie waren ein absoluter Frauenmagnet. Frauen assoziierten mit Katzen vor allem Sensibilität, und das färbte zu seiner Zufriedenheit auf ihn ab.

Der Kommissar füllte den Fressnapf auf und ging seine Post durch. Zwischen Rechnungen und Werbeprospekten neuer Restaurants, Schädlingsbekämpfer und Umzugsunternehmen fischte er einen Scheck heraus, der ihn für die Mitarbeit bei den Lokalwahlen im vergangenen Monat entlohnte. Achthundert Schekel dafür, dass er seine Mutter beim Wahlkampf für den von ihr auserwählten Kandidaten, Moshe Azulay, in seiner Heimatstadt unterstützt hatte. Das war wahrlich keine leichte Aufgabe gewesen. Am Tag der Wahl hatten sich vor dem Wahllokal allerhand streitwütige Gestalten zusammengefunden, die die Wähler, kurz bevor sie das wichtige Kärtchen in die Urne steckten, noch von den Vorzügen ihrer Parteien zu überzeugen versuchten. Am lautesten brüllten die Religiösen. Kriminelle mit Kippa, wie Assaf sie nannte. Solche, die im Knast zu Gott gekommen waren. Typen, die man vor allem in sozial schwachen Städten und Gemeinden sah und die ihre neu gefundene Religion wie früher die Schutzgelderpressung durchzusetzen versuchten. Und mittendrin Assafs Mutter, die von Streits angezogen wurde wie eine Motte vom Licht.

Assaf steckte den Scheck in sein Portemonnaie, zog sich seine nach Rauch stinkenden Klamotten aus und sprang unter die Dusche. Katze Adrian nahm auf dem Fensterbrett Platz und begann, sich zufrieden zu putzen. Als Assaf sich gerade eingeseift hatte, klingelte sein Handy. Eine Nummer aus dem Präsidium leuchtete dem tropfnassen Kommissar entgegen. Wahrscheinlich seine Sekretärin Zipi Meir. »Zipi, ich stehe unter der Dusche. Ma kore? Was gibt's?«

»Boker tov, Assaf. Im Hotel Florida auf der Allenby wurde eine weibliche Leiche gefunden«, erklärte sie knapp.

Assaf fuhr sich kurz mit der freien Hand über seinen nassen Vollbart. Eigentlich müsste er sich noch dringend rasieren. »Wissen Liat und Schlomo schon Bescheid?«

»Schlomo ja. Liat habe ich nicht erreicht. Ich versuche es aber gleich noch mal.«

»Okay«, sagte Assaf langsam und griff nach seinem Handtuch, »ich mache mich auf den Weg.«

»Alles klar, Motek.«

Als der Kommissar seinen weißen Roller vor dem Hotel Florida abstellte, erfasste eine Windböe seine Jacke und wehte sie fast davon. Assaf schaute auf das nahe gelegene Meer, das sich in tosenden Bewegungen aufbäumte, als sei es mächtig wütend auf irgendetwas oder irgendwen. Er atmete den Geruch tief ein und betrat dann die Lobby der Absteige, von der Assaf vermutete, dass selbst die zwei Sterne, die neben der Eingangstür prangten, eine dreiste Übertreibung darstellten. Obwohl die Lobby direkt hinter der Eingangstür lag, durch die man das Hotel von der Allenby-Straße aus betrat, war es den Architekten gelungen, das Gebäude so zu bauen, dass auch ja kein Funken natürliches Licht in den Raum gelangte. Wahrscheinlich lag es an den seltsamen spitzwinklig zulaufenden Arkaden, die man vor das Gebäude gesetzt hatte und die das Licht verschluckten wie ein Schwarzes Loch.

In der Lobby empfing ihn ein Geruch von Knoblauch und Zwiebeln. Ein paar breitschultrige Männer saßen auf durchgesessenen Sesseln. Sie bellten einander auf Russisch an wie bissige Hunde. Der Kommissar wandte sich an den Streifenpolizisten, der an der Treppe, die wohl zu den Zimmern führte, stand – unbeteiligt, als würde er hier auf den Bus warten. Assaf zeigte dem jungen Mann seinen Dienstausweis, und der Polizist führte ihn daraufhin schlurfend in den zweiten Stock. Der Flur, von dem die Zimmer gleichmäßig abgingen, war stockduster. Hundertfünfzehn Dollar kostete ein Doppelzimmer hier, diesen Preis hatte er zumindest auf einer Infotafel an der Rezeption gesehen. Der Kommissar ging kopfschüttelnd den engen Gang entlang. Die reine Abzocke. Da half auch die Nähe zur Strandpromenade nichts.

Der Streifenpolizist zeigte auf die dunkelbraune Holztür mit der goldenen Zimmernummer »13«, und als Assaf sie öffnete, warteten dahinter bereits der Chef der Spurensicherung Schlomo Malul und zwei weitere Kollegen auf den Kommissar.

»Assaf, weißt du, wo Liat ist? Wir können hier nicht weitermachen ohne sie«, brummte Schlomo ohne eine weitere Begrüßung und lief dabei im Kreis wie ein Tiger im Käfig.

»Rega, ich ruf sie kurz an.« Assaf wählte die Nummer, und während bei ihm im Telefon ein Freizeichen ertönte, hörte er schon Liat Schapiras eindringlichen Klingelton im Flur näher kommen.

»Bin schon hier, bin schon hier …«, rief sie hektisch, während sie das kleine Doppelzimmer mit Meerblick betrat.

»Du lieber Gott, wie siehst du denn aus?«, begrüßte der Kommissar die Rechtsmedizinerin erschrocken.

»Charmant. Möchte mal sehen, wie du aussiehst mit frisch geborenen Zwillingen, von denen einer eine Drei-Monats-Kolik hat. Stell dir folgendes Szenario vor: Immer wenn du endlich nach einer gefühlten Ewigkeit das eine Baby beruhigt hast, fängt das zweite wieder an. Und dann das erste wieder. Ein nicht enden wollender Kreislauf aus Windeln wechseln, Füttern und Schreien. Fällt dir etwas auf? Ja, der Teil, wo man schläft, fehlt. Weißt du, warum? Weil wir verdammt noch mal nicht zum Schlafen kommen! Und dann hat meine Assistentin auch noch gekündigt, und ich ersticke in Arbeit.« Sie stieß einen kurzen Schrei aus und nahm dann einen Schluck aus ihrem Kaffeebecher, auf dem das schwarz-rote Logo der Aroma-Kette prangte.

»Jeiks.« Assaf verzog das Gesicht.

»Immerhin kann ich arbeiten. Noa ist den ganzen Tag in den Fängen dieser kleinen Tyrannen.« Liat grinste, und der Kommissar kannte sie gut genug, um zu wissen, dass sie trotz ihrer harschen Worte glücklicher war als vorher. Auch wenn ihm selbst diese Art von Glück, dieses Elternglück, das angeblich alles vorher Dagewesene überstrahlte, völlig fremd war.

»Nu, was haben wir denn hier …« Liat folgte Schlomo ins Badezimmer. Assaf ging langsam hinterher.

In der Badewanne lag eine junge Frau mit langen hellbraunen Haaren. Sie trug ein rotes T-Shirt, eine dunkelblaue Jeans und graue Turnschuhe. Ihr Kopf befand sich unter Wasser, so dass die Haare wie Algen auf einem Teich schwammen.

»Das Zimmermädchen hat sie gefunden«, sagte Schlomo.

»Hier gibt's ein Zimmermädchen?« Liat schaute sich abschätzig um.

»Anscheinend. Wir haben auch einen Abschiedsbrief gefunden«, erklärte Schlomo und verließ gemeinsam mit dem Kommissar, der genug gesehen hatte und der sich auch nach den Jahren bei der Polizei immer noch nicht an den Anblick von Leichen gewöhnt hatte, das kleine Bad, damit Liat ihre Arbeit machen konnte.

Assaf griff nach dem Zettel, der an den Ecken ganz ausgefranst war. »Es tut mir leid, ich kann nicht mehr. Macht euch keine Sorgen, jetzt geht es mir gut«, stand dort in leicht nach links geneigter, kugeliger Mädchenschrift.

»Hm«, stellte der Kommissar fest. »Da hat sich aber jemand sehr kurz gefasst. Habt ihr irgendwo persönliche Gegenstände gefunden?«

»Nichts. Das ist wirklich seltsam. Entweder sie hat mit Absicht nichts dabei gehabt, oder …«

»Oder die ganze Angelegenheit hier stinkt gewaltig.«

»Genau. Das dachte ich auch«, stimmte der Chef der Spurensicherung zu.

»Habt ihr sonst noch etwas gefunden?«, fragte Assaf, während er sich in dem kleinen Zimmer umsah. An den Fenstern hingen schwere braune Vorhänge, und auch sonst war die Einrichtung aus einem anderen Jahrhundert.

»In einem Hotelzimmer nach DNA-Spuren zu suchen ist müßig. Das gibt eine Menge Mischprofile. Und ihre Klamotten haben, wie du gesehen hast, sicherlich eine ganze Weile im Wasser gelegen. Die müssen wir also sowieso erst einmal trocknen.«

»Alles klar. Schaut ihr euch auch die Mülltonnen an?«

»Betach. Mein Kollege ist schon unten und wühlt im Abfall wie ein Straßenkater.« Schlomo grinste und klopfte Assaf herzhaft auf die Schulter, bevor er sich umdrehte, um weiterzuarbeiten. »Ach so, ein Wasserglas haben wir auch auf dem Schreibtisch gefunden.«

»Damit hat sie wahrscheinlich eine ganze Menge Pillen eingenommen«, warf Liat Schapira ein, die in diesem Moment ihren Kopf aus dem Badezimmer steckte.

»Du glaubst, sie hat sich mit Tabletten vergiftet?«

»Vermutlich. Neben der Tatsache, dass junge Frauen meist diese Art des Suizids wählen, sieht doch alles danach aus. Ich sehe keine Spuren von äußerer Gewalt. Keine technischen Geräte, die in das Badewasser gefallen sein könnten ...«

»Wie auch«, rief Schlomo zustimmend aus der linken Zimmerecke, »die haben ja hier nicht einmal einen Fön.«

»Wie alt war das Mädchen schätzungsweise?«, fragte der Kommissar.

»Ich würde sagen um die zwanzig. Eine genaue Analyse bekommst du von mir, wenn ich hier fertig bin und meine hundert anderen Fälle abgearbeitet habe«, entschied die Rechtsmedizinerin und zog sich mit einem Gähnen ins Bad zurück.

»Beseder. Ich spreche dann mal mit dem Hotelmitarbeiter unten in der Lobby. Unter irgendeinem Namen muss das Mädchen ja eingecheckt haben.«

Als der Kommissar im Erdgeschoss ankam, musste er mit Unmut feststellen, dass sich in der Lobby bereits ein Reporter eingefunden hatte, der in diesem Moment Fotos vom Eingang des Hotels machte. Der Kerl mit dem Teiggesicht und dem Pferdeschwanz war kein Unbekannter: Eran Danziger hatte ein feines Gespür dafür, wo er ein ungebetener Gast war. Assaf forderte den Mann auf, aus dem Weg zu gehen, und raunte dem Polizeibeamten erbost zu, dass er hier sei, um solche Plagen vom Tatort fernzuhalten. Der Polizist guckte ihn nur trottelig an.

»Kommissar Rosenthal, gibt es schon einen Hinweis, wer das Mädchen umgebracht haben könnte?«, fragte Eran Danziger in seinem gewohnt hektischen Tonfall.

»Verschwinde, Danziger! Wenn wir etwas wissen,

werden wir dich wie all die anderen Aasgeier informieren«, kanzelte Assaf den Kriminalreporter ab. Der Kommissar hielt nicht viel von den israelischen Nachrichten und ihren Mitarbeitern. Sie waren ihm entweder zu links oder zu reißerisch. Wenn er die einstige Qualitätszeitung Yedioth Ahronoth aufschlug, hatte er das Gefühl, ein Boulevardblatt vor sich zu haben. Der Fernsehsender Channel 2 hatte es sich kürzlich auch mit dem Kommissar verdorben, als die Nachrichtensendung einen lächerlichen Report über die israelischen Freimaurer, zu denen er selbst gehörte, brachte – untermalt mit mittelalterlicher Gruselmusik und spöttischen Kommentaren des Moderators.

Nachdem Assaf sichergestellt hatte, dass der Reporter wirklich verschwunden war, wandte er sich an den Mann hinter dem Tresen im Eingangsbereich. Dessen Gesicht sah gräulich verfärbt aus, und Assaf war sich nicht sicher, ob es sich dabei um die normale Gesichtsfarbe des Mannes handelte oder ob ihm der Vorfall an seinem Arbeitsplatz so zugesetzt hatte.

»Kommissar Assaf Rosenthal«, stellte sich Assaf kurz vor, »kannst du mir sagen, wer auf Zimmer 13 eingecheckt hat?«

Das Graugesicht verzog sich leicht, und der Mann räusperte sich nervös. »Das ist … ähm … ja, das habe ich deinem Kollegen schon erzählt«, stammelte er mit Blick auf den Streifenpolizisten. »Das ist eine seltsame Angelegenheit.«

»Was ist seltsam?«

»Auf Zimmer 13 hat niemand eingecheckt. Schon

seit Monaten nicht. Ich bin den gesamten Kalender seit Pessach durchgegangen.«

Assaf stöhnte. »Wer ist denn hier verantwortlich? Kann ich mal den«, er überlegte kurz, ob man das Wort Hoteldirektor in dieser Absteige überhaupt ruhigen Gewissens benutzen konnte, schließlich sagte er es aber doch, »Hoteldirektor sprechen?«

»Herr Nanikashvily senior, der Hotelchef, ist nicht verfügbar.« Der Hotelmitarbeiter zögerte kurz und strich sich über sein spärlich vorhandenes Haar. »Ich weiß gar nicht, ob ich dir das sagen darf. Weißt du, ich arbeite erst seit kurzem hier. Genauer gesagt, seit zwei Wochen. Den Senior habe ich noch nie gesehen. Aber sein Sohn, Schimon, hatte gestern Abend Dienst. Meine Schicht begann erst um sechs heute Morgen.«

»Und schon eine Leiche im Laden. Nichts für ungut. Schreib mir einfach die Adresse auf, wo ich diesen Schimon Nanikashvily finden kann. Ist dir sonst irgendetwas Ungewöhnliches aufgefallen? Seit heute Morgen, meine ich?«

»Lo, gar nichts«, beteuerte der Mann.

»Kann ich dann mal bitte mit dem Zimmermädchen sprechen, das die Leiche gefunden hat?«

»Das ist auch so eine Sache.«

»Was für eine Sache?«

»Sie ist weg. Sie hat mir Bescheid gesagt, also, dass da eine Leiche in Zimmer 13 liegt, und war dann plötzlich verschwunden, als deine Kollegen eingetroffen sind.«

»Dann auch bitte Name und Adresse dieser Frau«, sagte Assaf genervt.

»Das ist komplizierter, als man denken würde.«

Langsam verlor Assaf die Geduld mit dem Mann. »Du rückst jetzt die Adresse raus«, fuhr er ihn an und lehnte sich bedrohlich über die Theke.

Der blasse Rezeptionist wich erschrocken zurück. »Kommissar, ich ... das würde ich ja gerne ... aber ich kann nicht ... weil von Hasna nirgendwo eine Adresse hinterlegt ist.«

»Telefonnummer?«

»Ja, die gibt es, Moment.« Er blätterte ungelenk in seinen Unterlagen. »0598987767.«

»0598? Das ist eine palästinensische Handynummer.«

Der Mann zuckte mit den Schultern.

»Hat die Frau Hebräisch gesprochen? Und gibt es zu Hasna auch einen Nachnamen?«

»Ich ... ich weiß nicht«, stammelte der Rezeptionist. »Sie hat meist englisch gesprochen. Ich dachte, sie wäre aus Russland oder so.«

Der Kommissar verkniff sich die Bemerkung, dass Russen selten arabische Vornamen hatten. Dann überlegte er, wie es sein konnte, dass das Zimmermädchen eine palästinensische Handynummer hatte. Seines Wissens gab es in Israel keine legalen palästinensischen Gastarbeiter mehr. Mit der zweiten Intifada war auch dieses Kapitel israelisch-palästinensischer Zusammenarbeit beendet worden. Das Sicherheitsrisiko war einfach zu groß. Ihm fiel ein Zeitungsartikel ein, in dem der Leiter der israelisch-palästinensischen Außenhandelskammer dazu aufgerufen hatte, wieder mehr palästinensische Gastarbeiter ins Land zu lassen – auch um die wirtschaftliche Situation ihrer Nachbarn zu verbessern. Aber der Kommissar konnte sich nicht erinnern, dass so ein Vorhaben mittlerweile tatsächlich umgesetzt wurde. Wer illegal ins Land kam, war hingegen eine ganz andere Frage. Trotz Sperrzaun und Mauer gab es immer noch genügend Lücken, durch die man praktisch täglich aus der Westbank nach Israel und zurück gelangen konnte. Aber dann auch noch bis Tel Aviv zu reisen, das war ein ganz schöner Aufwand für einen regelmäßigen Job. Und gefährlich noch dazu. »Und du bist sicher, dass die Nummer mit 0598 beginnt?«

Der Mann nickte eifrig. Er hatte inzwischen auch die Adresse von Schimon Nanikashvily auf ein Blatt gekritzelt und reichte sie nun salbungsvoll dem Kommissar. Assaf stellte überrascht fest, dass der Mann in einer Villengegend in Herzlia Pituach gemeldet war. Dort, wo ein Haus gut mehrere Millionen Dollar kostete, sollte ein Mitarbeiter dieses schäbigen Hotels wohnen? Na, das klang doch mal nach einem spannenden Besuch. Als Sohn des Hoteldirektors könnte der Mann auch gleich mal erklären, warum sie hier eine palästinensische Putzkraft beschäftigten. Das war zwar Sache der Einwanderungspolizei, aber wenn man denen einen heißen Tipp geben konnte, hatte man was gut bei der Abteilung. Und das war immer nützlich.

Assaf verließ das Hotel und wählte die Nummer seines Kollegen Yossi Hag. »Yossi, ich bin im Hotel Florida auf der Allenby. Kannst du mich abholen? Wir fahren nach Herzlia.‹

Nachdem sie sich eine gute halbe Stunde förmlich aus Tel Aviv herausgequält hatten – in der Stadt herrschte zu jeder Tages- und Nachtzeit ein Verkehr, den man aus anderen Städten nur zu Feierabendzeiten kannte –, erreichten sie Herzlia am späten Vormittag. Assafs Magen knurrte im Takt mit der Orientmusik, die sein Kollege mit Vorliebe im Auto hörte. Aber an eine richtige Mahlzeit war vorerst nicht zu denken. Um aber überhaupt noch bewegungs- und denkfähig zu bleiben, bat er Yossi, kurz am McDrive in Herzlia zu halten.

»Ich weiß nicht, wie du so einen Fraß essen kannst und trotzdem so schlank bleibst«, kommentierte Yossi grantig, während der Kommissar hastig einen Burger herunterschlang. Assafs Kollege hatte immer ein paar Pfunde zu viel auf den Rippen und wurde von ihrem Chef Chaim Wieler regelmäßig dazu aufgefordert, endlich mehr Sport zu treiben. »Hag, nimm endlich ab. Sonst laufen dir die Gangster irgendwann alle davon«, hörte Assaf ihren Chef des Öfteren auf dem Flur rufen. Eine glänzende Ironie der Dinge, war doch Wieler selbst das, was man gemeinhin als dick bezeichnete. Als die fetteste Sau der israelischen Polizei hatte ihn ein entlassener Mitarbeiter sogar kürzlich vor allen Leuten beschimpft, und der Kommissar hatte bei allem Entsetzen über diese Respektlosigkeit damals auch sehr über diese Beleidigung schmunzeln müssen. Wer aber glaubte, dass solche Angriffe Wieler etwas ausmachten, lag falsch. Chaim Wieler, der bereits beim Militär Assafs Vorgesetzter und vor allem sein Mentor gewesen war und ihn nach seinem Wechsel zur Polizei nachgeholt hatte, hatte sich kurz geschüttelt und war dann in sein Büro zurückgewalzt. Er war wie der verstorbene ehemalige Ministerpräsident Ariel Sharon ein Bulldozer. Einer, der gemächlich, aber sicher seinen Weg entlangrollte und dabei alles plattmachte, was sich ihm in die Bahn stellte. Das klang auf den ersten Blick furchtbar, aber in Wahrheit war es eine Eigenschaft, die der Kommissar sehr schätzte. Vielleicht auch deswegen, weil sie sich von seiner Taktik fundamental unterschied. Unterscheiden musste. Denn schmal, wie Assaf war, hätte ihm beim besten Willen niemand den Bulldozer abgenommen. Er konnte schlicht aus physischen Gründen nichts aus dem Weg walzen, er war mehr der Typ Slalomläufer.

»Laut Waze müssen wir jetzt rechts abbiegen, und dann sollten wir schon in der Wingate sein«, stellte Assaf mit Blick auf sein Handy fest. »Dort in der Nummer sieben wohnt die Familie Nanikashvily.«

»Georgier ha?«, stellte Yossi trocken fest. »Na yalla, das kann ja lustig werden.«

Sie parkten den Wagen vor einer hohen Mauer, die sich um das gesamte Gelände wie ein mittelalterlicher Schutzwall schlängelte. Auf den ersten Blick entdeckte Assaf drei Sicherheitskameras, die auf der Mauer neben dem Eingangstor angebracht waren. Er ging ein paar Schritte nach rechts und links und zählte insgesamt sieben. Auch am Eingang war eine Sicherheitskamera befestigt, in die der Kommissar und Yossi stumm hineinstarrten, als sie klingelten. Eine junge Frauenstimme fragte, was sie wollten und wer sie seien. Assaf hielt seinen Dienstausweis in die runde Linse. Kurze Zeit später öffnete sich summend das schwere Eisentor, und sie betraten den großzügigen Vorplatz der Villa. Auf einem gläsernen Vordach hatte ein übermotivierter Gärtner eine riesige grüne Buschkugel akkurat zurechtgeschnitten. Der Eingangsbereich war asphaltiert, und vor dem Haus stand ein hellblauer Ferrari.

Das Haus selbst schien recht neu zu sein. Die Mittelmeerluft hatte noch nicht allzu sehr am hellen Putz genagt, und der Baustil entsprach dem aktuell angesagten Look. Viel Glas, gerade, lange Linien, keine Ecke zu viel. Eine junge, attraktive Frau in Minirock, dem es kaum gelang, ihre Pobacken zu verdecken, öffnete ihnen und führte sie auf die Terrasse. Sie durchquerten dabei das Haus, dessen Inneres in einem fast lächerlichen Kontrast zum minimalistischen Baustil stand. Den Kommissar überraschte das Zuviel von allem kaum. Sein Vater hatte viele georgische Freunde, und er wusste, dass sie es üppig liebten: Goldene Kronleuchter, Raubkatzenfiguren aus edel glänzendem Porzellan und antike Gemälde hinter einem mit Blattgold belegten Treppengeländer waren hier nur die Spitze des Eisberges. Assaf und Yossi konnten sich ein Grinsen nicht verkneifen. Genau so hatten sie sich eine georgische Luxusvilla vorgestellt. Sie nahmen auf der Terrasse Platz, die ihnen einen hervorragenden Blick auf den protzigen Swimmingpool gewährte, um den herum eine Armada aus marmorierten Statuen stand. Der Pool selbst stellte bereits eine unfassbare Dekadenz dar, immerhin lag das Mittelmeer nur fünf Minuten von ihnen entfernt, und Israel gehörte zu den wasserärmsten Ländern der Welt.

»Meine Herren, was kann ich für euch tun?«, klang nur kurze Zeit später eine kräftige Männerstimme durch den Garten, und als der Kommissar sich umdrehte, war er überrascht, wie klein und rundlich der Mann war – ganz im Gegensatz zu seiner Stimme.

»Schimon Nanikashvily?«

»Nennt mich doch Sioma«, sagte der Mann mit dem dunklen, schütteren Haar lächelnd und verwies auf die georgische Form seines Vornamens Schimon. »Natalia, du hast den Polizisten ja gar nichts angeboten.« Der Georgier lehnte sich amüsiert an eines der hohen Glasfenster, die zum Wohnbereich führten. »Ihr müsst entschuldigen, Natalia ist noch neu hier«, raunte er Assaf und Yossi mit einem vertraulichen Augenzwinkern zu, als würden die drei sich schon seit Jahren kennen. Dem Kommissar passten Nanikashvilys betont lockerer Auftritt und sein vertraulicher Plauderton nicht besonders. Er kam direkt zur Sache. »Adon Nanikashvily, im Hotel Florida wurde heute Morgen eine Leiche gefunden. Die Tote lag in Zimmer 13 – es hat aber niemand auf diesem Zimmer eingecheckt. Dein Kollege sagte uns, dass du gestern Abend Schicht hattest.«

Nanikashvily ging langsam auf einen der breiten Terrassensessel zu. Bevor er sich hinsetzte, schob er seine Hemdsärmel etwas hoch. Dabei kam eine goldene Rolex zum Vorschein. »Zimmer 13. Tja, das weiß ich jetzt so aus dem Kopf auch nicht mehr.« Er machte eine lapidare Handbewegung und strich sein spärliches Kopfhaar von einer Seite zu anderen. »Stand denn nichts im Online-Buchungssystem?«

»Wären wir dann hier?«

Der Mann lächelte säuerlich. »Wenn nichts im System stand, dann hat auch niemand auf dem Zimmer eingecheckt.«

»Und wie ist dann eine Leiche in die Badewanne gekommen?«, mischte sich Yossi ein. Ihm war alles an dem Mann zuwider. Assaf musste Yossi nicht einmal anschauen, um das zu bemerken. Er kannte seinen zweiten Mann gut genug, um zu wissen, dass es so war. Yossi hasste nichts mehr als übertriebene Dekadenz und zur Schau gestellten Reichtum. Yossi Hag war die fleischgewordene Definition vom Anti-Kapitalisten.

»Kommissar ...?«, wandte sich Nanikashvily an Assaf, Yossi völlig ignorierend.

»Rosenthal.«

»Kommissar Rosenthal, ich weiß nicht, wie die Leiche in mein Hotel gekommen ist. Ich bin gegen fünf nach Hause, und dann hat unser neuer Mitarbeiter übernommen. Vielleicht hat jemand den Schlüssel gestohlen, als ich kurz nicht am Platz war.« Er sah den Kommissar an wie ein kleiner Junge, der bei etwas Verbotenem erwischt worden war und der nun überlegte, wie er sich herausreden könnte. Entweder erfasste er den Ernst der Lage nicht, oder es war ihm völlig egal.

»Das Hotel gehört deinem Vater. Wenn ich mich hier umsehe, verstehe ich nicht recht, warum du in der Bruchbude Rezeptionist spielst«, wechselte Assaf das Thema.

»Mein Vater ist der Meinung, dass ich in unseren Restaurants und in dem Hotel in allen vorhandenen Positionen gearbeitet haben muss. Er glaubt, das ist essentiell, damit ich das Business besser verstehe.« Man sah Schimon Nanikashvily an, was er von dieser Philosophie hielt.

Assaf nickte scheinbar verständnisvoll. Restaurants und ein Hotel waren sicherlich eine gute Anlaufstelle, um Geldwäsche im großen Stil zu betreiben, überlegte er. Und dass es sich bei dem Geld der Nanikashvilys nicht um ehrlich verdientes Geld handelte, da war er sich sicher. Kaum jemand, der so eine Villa in Herzlia besaß, war ganz ehrlich zu seinem Reichtum gekommen. Und schon gar nicht Leute, die vergoldete Treppengeländer in ihre Paläste einbauen ließen.

»Gehört es auch zum Geschäftskonzept deines Vaters, dass er palästinensische Putzfrauen beschäftigt?«, fragte Assaf trocken.

»Ich weiß nicht, wovon du sprichst«, gab sich der Georgier ahnungslos und sah sich um, als würde er etwas suchen.

»Ich spreche von dem Zimmermädchen, das die Tote entdeckt hat und dann plötzlich verschwunden ist.

Ihre Telefonnummer gehört eindeutig zum palästinensischen Handynetz.«

»Bitte verstehe, dass ich mit den Lebensgeschichten unserer Angestellten nicht besonders gut vertraut bin. Aber ich werde das gerne nachprüfen und dann auf euch zurückkommen«, erwiderte der Mann mit einer wegwerfenden Handbewegung. Seine anfängliche lockere Art war mittlerweile fast gänzlich verschwunden. Auch das Lächeln war aus seinem Gesicht verflogen. Wenn er nicht breit grinste und dabei seine fast unnatürlich weiße Zahnreihe zeigte, erinnerte Schimon »Sioma« Nanikashvily den Kommissar an einen kleinen, dicken Mops. Vor allem da seine dunkelbraunen Glubschaugen ähnlich melancholisch, ja fast traurig aus dem runden Gesicht hervorschauten.

»Ja, prüf das!«, forderte Assaf den Mann knapp auf. »Wenn du nicht draufkommst, wie und warum bei euch illegale Arbeitskräfte angestellt werden – wir werden es sicherlich herausfinden.«

Nanikashvily sprang plötzlich auf. »Meine Herren, vielen Dank für euren Besuch, aber ich muss unser Gespräch jetzt leider beenden. Die Pflicht ruft.«

»Selbstverständlich«, antwortete Assaf und stand ebenfalls auf. Er machte keine Anstalten, dem Georgier zum Abschied die Hand zu schütteln. Als dieser sie zur Tür begleiten wollte, sagte er nur: »Keine Umstände, wir finden selbst hinaus.«

Der Kommissar und Yossi traten aus der Villa hinaus, und in dem Moment fiel Assaf erst auf, dass Nanikashvily nicht einmal nach der Toten gefragt hatte. Er dachte kurz darüber nach, ließ das Gespräch noch einmal Revue passieren und stellte dann fest, dass ihn das überhaupt nicht wunderte. Fast schien es ihm, als hätte Schimon Nanikashvily den Besuch der Polizisten geradezu erwartet. Gemeinsam mit Yossi verließ Assaf die pompöse Parallelwelt durch das Eisentor, das sich langsam summend hinter ihnen schloss. Beide standen einen Moment, so als müssten sie erst wieder im Hier und Jetzt ankommen, unschlüssig an der Straße.

Als Yossi einige Momente später in den Polizeiwagen einsteigen wollte, kam plötzlich wie aus dem Nichts ein Motorrad angerast. Die dunkle Maschine fegte mit lautem Dröhnen durch die kleine Seitenstraße. Assaf wich unwillkürlich einen Schritt zurück. Das laute Summen zog ganz nah, viel zu nah an ihnen vorbei, und als der schwarzgekleidete Motorradfahrer Sekunden später um die Ecke verschwand, stellte Assaf entsetzt fest, dass Yossi zu Boden gegangen war.

»Denn durch Überlegung gewinnst du den Kampf.«

Motto der israelischen Eliteeinheit Jechidat Duvdevan

KAPITEL 2

Der Kommissar rannte zu seinem Kollegen. »Ist alles okay, Achi?«

»Was zum Teufel war das?«, krächzte Yossi und stand benommen auf. »Der hat mich komplett weggefegt.«

»Ich hab keine Ahnung, wo der Kerl herkam. Hast du dir wehgetan?«

Yossi fasste sich an den Kopf und schaute langsam an sich hinunter, so als müsste er erst alle Körperteile untersuchen, um die Frage zu beantworten.

»Nee. Alles okay«, sagte er schließlich. »Aber ich habe mich ziemlich erschrocken. Der ist so dicht an mir vorbeigerast, dass es mich schlichtweg umgeworfen hat. Das hat der doch garantiert mit Absicht gemacht!«

Assaf nickte verwirrt und schob seinen Kompagnon vorsichtig auf den Beifahrersitz. »Mensch, Yossi, das ging so schnell, ich konnte nicht einmal erkennen, was für eine Maschine das war.«

»Eine Ducati, wenn ich mich nicht irre«, sagte Yossi langsam, während er sich immer noch ungläubig an den Kopf fasste.

Der Kommissar schaute seinen Kollegen erstaunt an. »Seit wann kennst du dich mit Motorrädern aus?«

»Mein Vater hatte doch früher eine Autowerkstatt. Da hing immer ein Ducati-Kalender, eine Leidenschaft, die bis heute anhält. Ich muss ihm jedes Jahr ein neues Modell besorgen, und weil die Kalender seit einigen Jahren gar nicht mehr produziert werden, habe ich angefangen, ihm selbst welche drucken zu lassen. Mit Bildern von neuen Ducatis, die ich aus dem Internet heraussuche.«

Der Kommissar pfiff beeindruckt durch die Zähne. »Na, so viele Ducatis werden jawohl in Israel nicht gemeldet sein, den kriegen wir«, stellte er entschlossen fest, bevor er ins Auto einstieg und sich dann auf sein Allheilmittel für ziemlich jedes Problem besann. »Aber jetzt fahren wir erst einmal etwas essen auf den Schreck.«

Als sie in der Dienststelle ankamen, befand sich in Assafs Magen eines der schlechtesten Schawarmas, das er je gegessen hatte. Auch die rauen Mengen Cola, die der Kommissar in sich hineingeschüttet hatte, konnten sein Sodbrennen nicht überdecken. Dementsprechend war seine Laune. Als Zipi zur Begrüßung mit einer bunten Einladung vor seinem Gesicht umherwedelte, brummte der Kommissar nur verstockt.

»Schlomos Hochzeit. Es ist offiziell. Die Einladungen liegen auf euren Tischen.«

Assaf überging die freudige Erregung seiner Sekretärin über die Hochzeit ihres Kollegen von der Spurensicherung. Eine Freude, die sowieso nur Frauen um die fünfzig – nein, das war zu eng geschätzt, Frauen mittleren und höheren Alters – so intensiv zu spüren schienen. Statt also Luftsprünge zu machen, lief der Kommissar, ohne ein Wort zu sagen, in sein Büro. Dort setzte er sich kurz an den Schreibtisch und fuhr den Computer hoch. Ein paar Sekunden später lief er wieder zurück zu seiner Sekretärin. »Zipi, ich brauche alle aktuell vermissten weiblichen Personen zwischen …«, er überlegte kurz, »… achtzehn und dreißig.«

»Bin schon dran«, erwiderte Zipi Meir schnell, die zu spüren schien, dass ihr Chef schlechte Laune hatte.

»Ich checke derweil die in Israel gemeldeten Ducatis«, rief Yossi und wandte sich vorher noch an Zipi, um zu erzählen, was in Herzlia passiert war. »Ich bin eben nämlich fast von einer überfahren worden, kannst du dir das vorstellen?«

Da der Kommissar den Rest der Geschichte kannte, schloss er die Bürotür hinter sich und ging zurück zu seinem Schreibtisch. Sein Blick fiel auf die Hochzeitseinladung. Auf dem Cover des Hochglanzpapiers waren dunkelrote Rosen zu sehen, die sich, ganz wie Liebende sollte wohl die Assoziation sein, ineinander verschlungen hatten. »Der schönste Tag in unserem Leben« stand in kitschigen, geschwungenen Buchstaben unter den Rosen geschrieben. Assaf musste kurz über dieses übertriebene, aber doch geradezu kindlich ernst gemeinte Pathos lachen. Wenn man die Karte aufklappte, bekam man – ebenfalls im dekorativen Rosenbett – die Details für die Veranstaltung mitgeteilt. Der Clou aber war, dass einem eine blecherne Version von Hava Nagila entgegenschallte. Der Kommissar schloss die Karte schnell wieder. Er kannte den Saal, in dem Schlomo und seine Angebetete heiraten wollten, ohnehin, da er dort schon oft zu Hochzeiten eingeladen worden war. Beim Gedanken, dort eine weitere Hochzeit besuchen zu müssen, entfuhr ihm ein tiefer Seufzer. Schlechtes Essen und grausame Musik, das war es, was er für sein Geld bekommen würde. Schlomo war ein enger Kollege. Obwohl Assaf ganz bestimmt alleine zur Hochzeit gehen würde – er wusste nicht, welches Date er hätte mitbringen sollen, und außerdem hätte das die Angelegenheit nur noch verteuert, mindestens zwei- oder dreihundert Schekel musste er dem Brautpaar schon schenken. Das war die übliche Summe. Was die Geldgeschenke anging – und nichts anderes wurde bei Hochzeiten erwartet –, gab es feste, wenn auch ungeschriebene Gesetze: zweihundert Schekel für Kollegen. Dreihundert Schekel für gute Kollegen und Bekannte. Dreihundertfünfzig bis vierhundert Schekel für Freunde. Für Familie mehr als fünfhundert. Wenn man mit Begleitung kam, verdoppelte sich das Ganze. Für das gleiche Geld könnte er in Tel Aviv ein Festmahl begehen und noch eine Begleitung mitnehmen. Aber was tat man nicht für Menschen, die man mochte! Und er mochte Schlomo, auch wenn es ihn überraschte, dass sein Kollege von der Spurensicherung anscheinend den Drang verspürte, zu heiraten. Er hatte ihn bisher in die Kategorie Aufreißer gesteckt, der jede Woche eine andere mit seinen Muskeln und dem Goldkettchen blendete, um sie dann im BMW mit nach Hause zu nehmen.

Der Kommissar blickte nachdenklich aus seinem Bürofenster, von dem er das Meer sehen konnte. Anders als seine Kollegen und Freunde, von denen mittlerweile die Mehrheit verheiratet war – die meisten bereits mit Kindern –, verspürte Assaf nicht das geringste Bedürfnis, so eine Einladungskarte mit seinem Namen zu verschicken. Er schloss gar nicht aus, dass es irgendwo in diesem Universum eine Frau gab, mit der er gerne ein paar Jahre verbringen würde – und wenn die Jahre in ein Leben übergingen, warum nicht? –, aber heiraten fand er so unnötig wie das schlechte Schawarma in seinem Magen. Er hatte keine Lust auf dieses ganze Brimborium, die verrückt werdende Braut, die aufgeregte Mutter, den Stress am Hochzeitstag, überhaupt den Stress, der damit verbunden war. Und dann hatte man kaum geheiratet, da lagen einem Mutter und Schwiegermutter, so als wüssten sie sonst gar nichts, aber auch rein gar nichts mit sich anzufangen, mit ihrem Wunsch nach Enkelkindern in den Ohren. Und natürlich stresste das die Frau genauso, und ehe man sich versah, wohnte man in Hod HaSharon oder Kiryat Ono oder irgendeinem anderen zur unendlichen Langweiligkeit domestizierten Vorort, und Sex gab es nur noch in Filmen oder Träumen. Weil die Frau ständig müde war, gestresst und geschafft von ihrem Alltag, den sie sich doch so gewünscht hatte. Und wenn sie es nicht war, die ablehnte, dann verspürte man selbst keine Lust, weil man es sich irgendwo unterwegs abgewöhnt hatte oder die schluffigen Trainingshosen, mit denen man durch Vorstadtstraßen irrte, charakterprägend geworden waren.

Assaf schüttelte sich leicht, nein, also das war wirklich ein Horrorszenario.

Der Kommissar wandte sich seinem Computer zu und begann sich durch die einschlägigen Onlinemedien zu klicken, aber bisher konnte er zu seiner Überraschung noch keine Meldung über die Tote im Hotel Florida entdecken. Wahrscheinlich wartete die Schlange Danziger nur noch auf ein passendes Bild oder eine fehlende Info, um dann seinen Coup öffentlich zu machen. Stattdessen überall Ariel Sharon. Alte Bilder, neue Bilder, all die Geschichten aus der Vergangenheit. Ein ganzes Leben ausgebreitet wie ein überdimensionaler Flickenteppich.

Es klopfte leise, und kurz danach betrat Zipi sein Büro. Assafs Sekretärin war wohl die Einzige im Polizeihauptquartier, die so das Büro ihres Vorgesetzten betrat. Bei den anderen Kommissaren ging es um einiges lebhafter zu als bei ihnen hier auf der fünften Etage. Dazu standen die meisten Bürotüren offen. Nicht so bei Assaf. Türen mussten geschlossen sein. Warum wusste er auch nicht genau. Vielleicht mochte er einfach das Gefühl nicht, dass jederzeit jemand vor ihm auftauchen konnte. Er hasste Unberechenbarkeit.

Seine Kollegin Zipi kam direkt zur Sache. »Insgesamt werden aktuell rund vierhundert israelische Bürger vermisst. Jedes Jahr kommen etwa zwanzig neue Vermisstenfälle dazu.« Die Sekretärin setzte sich mit einem Stapel Blätter in der Hand auf sein Sofa, und Assaf fürchtete kurz, dass dabei die enge Jeans, die sie, ihrem Alter absolut nicht entsprechend, trug, gleich platzen würde. »Diejenigen, wie dieser junge Mann, der seit kurzem in Peru vermisst wird, also die, die irgendwo im Ausland verschwunden sind, habe ich heraussortiert.« Die Jeans blieb heil. Ein Hoch auf den Erfinder von Stretch. Dafür legten sich ihre kleinen Fettrollen am Bauch gleichmäßig unter dem engen Shirt übereinander.

»Den Typen in Peru haben sie gefunden«, warf der Kommissar beiläufig ein. »Stand heute Morgen in der Zeitung.«

»Ach was? Das sind ja erfreuliche Neuigkeiten!«

»Der war auf dem Huayhuash-Treck verunglückt. Eine wirklich herausfordernde Strecke, bin ich damals auch gewandert. Sollte man nicht alleine laufen.« Nach seinem dreijährigen Wehrdienst bei der Armee war Assaf ein Jahr lang durch Südamerika getrampt. Wobei bei ihm nach der Armee vor der Armee war. Immerhin hatte er sich von Anfang an für mehrere Jahre über den obligatorischen Dienst hinaus verpflichtet. Und dann hatte er sich den Trip auch noch damit versaut, dass er sich eine Freundin angelacht hatte, die ihm für rund sechs Monate nicht von der Seite gewichen war und auf die er für den Rest der Reise Rücksicht hatte nehmen müssen. Damals glaubte er, total verliebt zu sein. Rückblickend empfand er es als großen Fehler. »Die

Regierung hat extra ein israelisches Rettungsteam nach Peru geschickt, und die haben ihn mit einem Hubschrauber gefunden und aufgesammelt.«

»Baruch ha shem«, pries ausgerechnet Zipi Gott. Sonst konnte sie sich stundenlang über den Religionseifer der »Schwarzen« aufregen, wie sie die Ultraorthodoxen im Land nannte.

»Danke lieber unserem Land! Welche Nation kümmert sich schon so um seine Bürger?«, gab Assaf zurück.

»Da hast du auch wieder recht. Also jedenfalls habe ich lediglich sieben vermisste Frauen gefunden, die den gesuchten Kriterien entsprechen. Ich habe dir hier von allen den Steckbrief ausgedruckt. Schau mal drüber, ob die Tote aus dem Hotel dabei ist. Wenn nicht, müssen wir uns was anderes überlegen, wie wir sie identifizieren. Schlomo meinte, sie hatte keine Ausweisdokumente oder sonstige persönliche Gegenstände bei sich.«

Der Kommissar nickte abwesend, er war bereits dabei, die Unterlagen durchzusehen. Auf den ersten Blick würde er sagen, dass keine dieser Vermissten mit der Hotelleiche übereinstimmte. »Wie könnten wir sie sonst finden?«, rief er seiner Sekretärin, die bereits auf dem Weg nach draußen war, deshalb schnell hinterher.

Zipi kam wieder ein paar Schritte zurück. »Über die Medien, vielleicht Facebook?«

»Seit wann kennst du dich denn mit Facebook aus?«, fragte Assaf leicht amüsiert.

»Na hör mal, Motek. Ich habe schon seit Jahren

einen Account.« Sie zog sich ihre mit Glitzerpailletten bestickte Jeans zurecht und sah ihn empört an. »Und wenn du mal auf meine Freundschaftsanfrage reagieren würdest, dann wüsstest du das auch.«

Assaf sah sie belustigt grinsend an. »Slecha, tut mir ehrlich leid, Zipi. Ich checke Facebook nicht so oft …«

»Solltest du aber. Dann wüsstest du nämlich, dass die Seite mittlerweile für die Polizei ein gutes Mittel zur Recherche von Informationen geworden ist!«

»Hm«, meinte er. »Na, dann zeig mal, was du drauf hast, Zipi, und finde bei Facebook unsere Leiche. Das heißt, warte kurz, ich spreche vorher noch einmal mit Liat. Vielleicht hat sie irgendwelche besonderen Merkmale an der Toten ausmachen können. Unter Umständen macht es sich endlich mal bezahlt, dass gefühlte achtzig Prozent unseres Volkes tätowiert sind.«

»Und das bei Menschen, deren Vorfahren die Nazis einst gewalttätig Nummern auf den Arm gestochen haben«, warf Yossi ein, der in diesem Moment ebenfalls Assafs Büro betrat. »Man könnte meinen, wir haben für die nächsten fünf Generationen genug von Tattoos.«

Der Kommissar nickte grinsend. »Wir sind Meister im Vergessen.«

»So wie die zwanzigtausend Israelis, die mittlerweile in Berlin leben. Zwanzigtausend! Könnt ihr euch das vorstellen?«, empörte sich Zipi. Einer ihrer Söhne war im letzten Monat ebenfalls nach Berlin gezogen. Zipi würde ihn am liebsten an den Haaren zurückziehen. Der Umzug hatte die Sekretärin tief erschüttert. Keine jüdische Mutter sah ihren Sohn gerne in ein anderes Land ziehen oder überhaupt ein eigenes Leben führen. Aber ausgerechnet nach Deutschland zu gehen kam für Zipi einer Apokalypse gleich.

»Zipi, ich habe dir schon mal gesagt. Berlin ist cool. Es ist die coolste Stadt Europas. Das ist völlig normal, dass Leute dorthin ziehen wollen. So wie Tel Aviv nichts mit Israel zu tun hat, hat Berlin nichts mit Deutschland zu tun. Außerdem ist es dort billig. Hast du nicht gelesen? Ein Schokopudding kostet da nicht mal einen Schekel. Wir sollten alle nach Berlin auswandern.« Yossi wurde auch nach wochenlangen Diskussionen nicht müde, die Sekretärin von den Vorzügen der deutschen Hauptstadt zu überzeugen.

»Ma? Dann ziehen wir jetzt also dahin, wo es cool und billig ist? Ungeachtet dessen, was uns dort angetan wurde?«

»Zipi, deine Familie kommt aus Bagdad!«, rief Yossi und konnte sich ein Grinsen nicht verkneifen.

»Ach so? Wer hat denn 1941 das Pogrom im jüdischen Ghetto in Bagdad vorbereitet?« Sie sah Yossi vorwurfsvoll an. »Berlin-Schmerlin. Ich halte nichts davon und damit basta.«

Der Kommissar und Yossi tauschten einen Blick aus, bei dem sie beide, von Zipi unbemerkt, mit den Augen rollten.

»Dann wirst du deinen Sohn dort nicht besuchen?«, fragte Assaf schließlich ungläubig.

Sie schüttelte vehement den Kopf. »Nur über meine Leiche.«

»Apropos Leiche.« Der Kommissar klopfte mit den Händen auf seinen Schreibtisch. »Wir müssen die Tote aus dem Hotel identifizieren.«

»Assaf, ich habe die Besitzer sämtlicher Ducatis im Land aufgelistet«, schaltete Yossi sich schnell ein. »Na ja, es sind nur vier. Wie wir uns gedacht haben.«

»Okay, Zipi, kannst du dann mal bitte kurz Liat anrufen und sie nach weiteren Merkmalen der Toten fragen. Und ich kläre das hier mit Yossi ...«

Die Sekretärin war schon längst aus Assafs Büro gelaufen, als Antwort erhielt er nur ein melodisches Summen, das er als Zustimmung wertete.

»Also vier Ducatis, wer, wie, wo.«

»Tja, Überraschung. Eine ist auf den Namen Schimon Nanikashvily gemeldet.«

»Aber so blöd kann der doch nicht sein! Und vor allem nicht so schnell. Wir waren doch gerade erst bei ihm aus dem Haus gekommen.«

»Muss ja nicht heißen, dass er selbst gefahren ist.«

»Aber warum das Ganze? Meinst du überhaupt, dass das gezielt auf uns gerichtet war? Vielleicht handelte es sich bei dem Fahrer einfach nur um einen Idioten, der nicht fahren konnte.« Der Kommissar verstand nicht recht, warum Nanikashvily eine solche Aktion in Auftrag gegeben haben sollte.

»Keine Ahnung. Aber für mich fühlte es sich wie ein Einschüchterungsversuch an. Der ist so dicht an mich herangefahren. Das war kein Zufall. Zumal jemand, der sich eine Ducati leistet, doch bestimmt öfter auf dem Motorrad sitzt.«

»Gibt es noch eine weitere Ducati, die in Herzlia gemeldet ist?«, fragte Assaf, dem die ganze Angelegenheit irgendwie nicht schlüssig schien.

»Nicht in Herzlia, aber in Raanana.«

»Hm, das liegt ja gleich um die Ecke. Auf wen ist die Ducati da gemeldet?«

»Das ist die Sache. Ich glaube nicht, dass der Besitzer damit etwas zu tun hat.« Yossi kratzte sich am Ohr.

»Wer ist es denn?«

»Unser Finanzminister.«

Assaf lachte schallend. »Yossi, hast du etwa deine Steuern nicht bezahlt?«

»Sehr witzig«, grummelte sein Kollege. »Die anderen zwei sind übrigens in Tel Aviv und Beersheva gemeldet. In Beersheva auf den Namen Omar Khaldi.«

»Omar Khaldi? Ein Araber also.«

»Wenn's in Beersheva ist, dann wohl eher Beduine«, erklärte Yossi schnell. »Wenn sich Beduinen eine Ducati leisten können, dann nicht mit ehrlich verdientem Geld. Oder noch wahrscheinlicher hat der sie irgendwo geklaut«, überlegte der Kommissar.

»Assaf, nicht alle wohlhabenden Beduinen sind zwangsläufig kriminell«, widersprach sein Kollege vehement.

»Yalla, Yossi. Hör mir doch mit deiner political correctness auf. Die Beduinen sind die besten Schieber des Landes, das weiß jeder. Autos, Menschen, Waffen – es gibt nichts, was die nicht schmuggeln.«

»Aber was sollen die Beduinen mit uns zu schaffen

haben?«, wechselte Yossi schnell das Thema. »Wer weiß, vielleicht gibt es eine Verbindung zwischen den beiden Familien. Den Georgiern und den Beduinen.« Sein Grinsen verriet, dass er diese Theorie nicht ganz ernst meinte.

»Das glaubst du jawohl selbst nicht, Yossi. Alle Georgier, die ich kenne, hassen die Araber.«

Yossi sah den Kommissar mit hochgezogenen Augenbrauen an. »Assaf, Beduinen sind keine Araber. Das ist dir schon klar, oder?«

»If it walks like a duck, talks like a duck ...« Assaf machte sich immer wieder einen Spaß daraus, seinen Kollegen zu provozieren.

»Uff!« Yossi streckte verzweifelt die Hände hoch. Aber bevor er ansetzen konnte, Assaf die genauen Unterschiede zwischen Beduinen und Arabern zu erläutern, wurde er von Zipi unterbrochen, die in diesem Moment wiederum das Büro betrat.

»Liat sagt, das Mädchen hat Selbstmord begangen. Wir haben hier also nicht wirklich etwas zu tun, außer die Angehörigen zu finden.«

»Und da ist sie sich sicher?«, fragte Assaf ungläubig. Normalerweise tendierte seine Kollegin dazu, sich mindestens einen Tag Zeit zu nehmen, bevor sie eine eindeutige Ansage machte. Zumal sie ihm im Hotel noch erzählt hatte, dass sie momentan in Arbeit erstickte.

Zipi zuckte mit den Schultern. »Wenn es doch eindeutig ist ...«

»Beseder«, stimmte der Kommissar langsam zu. »Herausfinden, wer die Tote war, müssen wir trotzdem.«

»Ich mache einen Suchpost für Facebook fertig und gebe die Beschreibung auch an die Kollegen raus. Vielleicht weiß einer von denen etwas.«

»Und was machen wir mit den Ducatis?«, fragte Yossi. »Das wird schwierig bis unmöglich, zu beweisen, dass Nanikashvily damit etwas zu tun hatte.«

Assaf nickte seufzend. »Das fürchte ich auch. Aber so ganz auf sich beruhen lassen will ich das nicht. Wir jagen der guten Familie Nanikashvily mal die Kollegen von der Einwanderungspolizei auf den Hals. Solche Leute müssen lernen, dass wir uns durch nichts und niemanden einschüchtern lassen. Egal, ob sie etwas mit dem Motorradfahrer zu tun haben oder nicht.«

Am Nachmittag erhielt Assaf den Bericht der Rechtsmedizinerin. Liat Schapira hatte darin gewohnt akribisch analysiert, warum die unbekannte Tote aus dem Hotel nach ihren Erkenntnissen eindeutig Selbstmord begangen hatte. Assaf las das Schriftstück, das von keinerlei Anzeichen äußerer Gewalt berichtete, zweimal durch. Demnach war die junge Frau an einer »Mischintoxikation« gestorben. Sie hatte neben Sedativa auch Beta-Blocker eingenommen. Diese hatten ihre Herzfrequenz verlangsamt, bis es schließlich nach circa dreißig Minuten zum Herzstillstand kam. Nachdem der Kommissar sich weitere Anmerkungen zum allgemeinen Gesundheitszustand der Toten durchgelesen hatte, versuchte er, Liat anzurufen, um doch noch ein paar Nachfragen zu stellen. Zu unklar waren ihm einige Sachen in diesem Fall. Die medizinischen Details konnte er nicht beurteilen, wohl aber die Umgebungsfaktoren. Und die waren eindeutig uneindeutig. Wer zum Beispiel nahm sich das Leben und entsorgte vorher sämtliche persönlichen Dokumente? Er hatte noch nie von einem Selbstmörder gehört, der gezielt nicht identifiziert werden wollte. Dazu war die ganze Angelegenheit mit dem Hotelzimmer, das niemand gebucht haben sollte, äußerst seltsam. Es leuchtete dem Kommissar ja ein, dass ein Selbstmörder nicht allzu schnell gefunden werden wollte, vor allem dann, wenn er wirklich entschlossen war und nicht nach dem Auspumpen des Magens in der Psychiatrie landen wollte, aber diese gezielte Verwischung von Spuren kam ihm unlogisch vor. Außerdem: Jemand nahm sich doch nicht einfach aus heiterem Himmel das Leben. Meistens ging eine psychische Erkrankung voraus, oft eine Depression. Er hatte in dem Bericht aber nichts davon gelesen, dass die Tote Psychopharmaka eingenommen hatte. Unter Drogen- oder Alkoholeinfluss hatte sie auch nicht gestanden. Eine Kurzschlussreaktion war damit unwahrscheinlich.

Das Telefon seiner Kollegin klingelte einige Male, aber sie nahm nicht ab. Assaf grübelte noch eine Weile vor sich hin. Dann entschied er, dass er dem Bericht von Schapira vertrauen sollte. Er wusste, dass sie eine hervorragende Rechtsmedizinerin war, insofern gab es keinen Grund, ihr Urteil anzuzweifeln. Die Dinge liefen eben nicht immer wie im Bilderbuch ab. Assaf musste sich trotz seiner eigenen Erfahrung manchmal geradezu daran erinnern, dass seine Ermittlungsarbeit nichts mit einem Fernsehfilm zu tun hatte. Zum Beispiel standen in jedem Film ein paar leichte Mädchen auf dem Flur der Polizeidienststelle – er hingegen konnte sich nicht erinnern, wann er das letzte Mal einer Prostituierten begegnet war. Trotzdem: Es erstaunte ihn manchmal selbst, wie sehr er sich von den Logiken und Strukturen, die im Kino und Fernsehen präsentiert wurden, beeinflussen ließ. Dabei hatten die Leute, die sich diese Geschichten ausdachten, ganz bestimmt keine Ahnung davon, wie es wirklich ablief. Für sie zählten Symbole. Und in dem Fall der Toten aus dem Hotel waren die Symbole nicht klar. Sie ließen den Zuschauer fragend zurück, fast so, als gäbe es Lücken im Plot.

»Unser Post wurde schon fünfunddreißig Mal geteilt«, rief ihm Zipi zu, und als Assaf in Richtung ihres Büros lief, sah er, dass seine Sekretärin sich bereits ihre Jacke angezogen hatte. »Ich denke, spätestens übermorgen werden wir wissen, wer die Tote war.«

»Gehst du nach Hause?«

»Ja. Und das solltest du auch tun, Assaf. Wann haben wir schon mal das Glück, dass sich ein Fall als kein Fall entpuppt? Genieße die freie Zeit. Damit wird es bald schon wieder vorbei sein. Hält ja nie lange an.«

Der Kommissar winkte ab. »Ich brauche im Moment keine freie Zeit. Zu viel Freizeit macht mich müde.« Dass er in seiner Freizeit, wenn dieser Zustand dann mal eintreten sollte, schlichtweg zu viel kiffte, sagte er seiner Kollegin natürlich nicht. »Dann werde ich wohl meinen Reservedienst ableisten. Muss ja auch gemacht werden.«

»Wie viele Tage musst du?«, fragte Zipi, während sie den Computer ausschaltete.

»Ich habe einen Tzav für vier Tage erhalten, aber als heute Morgen die Leiche auftauchte, war ich mir sicher, dass ich absagen müsste. Der Commander wird sich freuen.«

»Wo bist du denn jetzt eigentlich stationiert?«

»Bei der Duvdevan-Einheit. Wir trainieren junge Soldaten, die dann in den Einsatz in der Westbank gehen.«

»Ach was! Na, das ist ja geradezu langweilig im Vergleich zu dem, was du vorher in der Armee gemacht hast. Nur Übung, keine Action.«

Der Kommissar lachte. »Ach, ich bin mittlerweile in einem Alter, wo ich etwas kürzertreten kann. Sollen sich die jungen Kerle doch verausgaben. Was jedoch wirklich furchtbar ist, ist das Essen. Du kannst dir nicht vorstellen, welchen Fraß die einem vorsetzen. Dabei gilt die Duvdevan als Eliteeinheit.«

Zipi, die wusste, wie wichtig gutes Essen für den Kommissar war, stimmte in sein Gelächter ein. »Ich dachte immer, dass das Essen für die Elitesoldaten besser ist.«

»Das dachte ich früher auch. Aber vielleicht ist es mir damals nur weniger aufgefallen. Wahrscheinlich war ich hungriger.« Assaf hing einen Moment seinen Gedanken nach. Dann sagte er: »Ich wäre dann ab morgen weg. Habt ihr das hier unter Kontrolle? Dann gebe ich Wieler Bescheid.«

»Na klar. Sobald sich Angehörige der Toten melden,

werden wir uns darum kümmern.« Sie umarmte den Kommissar. »Pass gut auf dich auf und geh heute Abend noch einmal richtig gut essen!«

Assaf nickte lächelnd. Und er wusste auch schon, mit wem.

»Wir genießen militärische Handlungen nicht. Wir tun sie, weil wir es müssen, und Gott sei Dank sind wir effizient.«
Golda Meir

KAPITEL 3

Als Assaf am nächsten Morgen um fünf Uhr früh das Haus verließ, tat er es mit beschwingtem Schritt. Seine Nacht war zwar kurz gewesen, und er war wahrlich kein Frühaufsteher – trotzdem spazierte er mit einem breiten Grinsen durch das Treppenhaus hinaus auf die leere Straße. Das lag vor allem an Natascha. Ein Dessousmodel, mit dem er sich seit einigen Monaten traf. Eine Frau, die aussah wie gemalt: langes schwarzes Haar, dunkle, feurige Augen, unfassbar volle Lippen, na ja, und der Körper eines Dessousmodels eben. Sie war genau die Gesellschaft, in die man sich vor so einer Woche beim Militär begeben sollte, fand Assaf. Sie war eigentlich die Gesellschaft, in die man sich vor jeder Woche begeben sollte. Außerdem hatte sie ein Herz für Tiere und kümmerte sich um Adrian und Rocky, während der Kommissar weg war.

Assaf stieg in den Wagen, den er extra für die Fahrt zur Basis bekommen hatte, und sah kurz in den Innenspiegel, während er diesen ausrichtete. Manchmal wunderte er sich selbst, wie er, der als Jugendlicher alles andere als ein cooler Typ gewesen war, so viele schöne Frauen abbekam. Aber es war wohl wie mit den Zensuren bei seiner ehemaligen Geschichtslehrerin Frieda Lieberman: Hatte man einmal hundert Punkte, bekam man immer hundert Punkte.

Der Kommissar, der sich mit dem Überstreifen der Uniform am Morgen in Rav Seren Assaf Rosenthal verwandelt hatte, setzte sich ins Auto. Bevor er losfuhr, telefonierte er noch kurz mit seinem Freund Eyal Asor, der in derselben Einheit diente. Sie besprachen in wenigen Worten, wann der Kommissar auf der Basis ankommen würde, und als Assaf aufgelegt hatte, gab er die Zieladresse in sein Navigationssystem ein. Die Basis lag nahe den Siedlungsgebieten im Gush Etzion. Dort würden sie in den nächsten Tagen Übungen durchführen, die Soldaten auf Einsätze in der Westbank vorbereiten sollten. Assaf schaute kurz auf die Karte, die ihm sein Navi anzeigte. Die Fahrt würde ihn durch die Judäischen Berge führen, die zwischen Jerusalem und Hebron lagen. Es handelte sich hierbei um eine Gegend, in die alle Israelis ohne große Probleme ein- und ausreisen konnten. Nicht vergleichbar mit den Arealen in der Zone A wie Jenin und Nablus, die seit den neunziger Jahren unter Kontrolle der palästinensischen Autonomiebehörde standen und in der schon lange keine Israelis mehr erlaubt waren. Ganz ungefährlich war die Strecke jedoch nicht, immerhin wurden dort vor einigen Monaten drei jüdische Schüler von Terroristen entführt und wenig später erschossen. Kurz danach wurde eine junge jüdische Frau an einer Bushaltestelle von einem Palästinenser erstochen.

Trotzdem hatte Assaf keine Angst. Die Möglichkeit,

dass ein Krieg ausbrechen oder ein Bus explodieren konnte, war ja immer präsent. Er wusste nicht, wie es sich ohne diese latente Gefahr, die alle Israelis jeden Tag begleitete, anfühlte. Sie war Teil seines Lebens, und weil er es nicht anders kannte, hatte er auch nicht das Gefühl, dass sie ihn beeinträchtigte.

Der Kommissar lenkte seinen Wagen, einen nagelneuen weißen Skoda, durch das noch ruhige Tel Aviver Stadtzentrum. Nach wenigen Minuten erreichte er die Stadtautobahn Ayalon. Von dort nahm er einige Zeit später die Abfahrt Richtung Jerusalem. Mit jedem Kilometer, den er sich weiter von Tel Aviv entfernte, wurde die Landschaft um ihn herum grüner. Der Elul, Monat der Gnade und des Vergebens, hatte zumindest außerhalb Tel Avivs den ersten Regen gebracht. Das jüdische Jahr ging zu Ende und mit ihm der Sommer und die unerträgliche Hitze. In der Luft lag bereits ein Hauch von Herbst, und das ganze Land schien gespannt auf die hohen Feiertage zu warten. Das »Hag Sameach«, das sie sich gegenseitig im Supermarkt oder beim Bezahlen in Restaurants wünschten, und die damit verbundene, für Israelis ungewöhnliche Freundlichkeit würden nun bis zu den Sukkot-Feiertagen anhalten. Vor dem Versöhnungstag Yom Kippur wagten es nur die völlig Gottverlassenen zu sündigen. Selbst Assaf, der wahrlich nicht besonders gläubig war, hatte das Gefühl, in diesen Tagen die Anwesenheit Gottes zu spüren. Es waren die Tage, in denen der da oben über ihr Schicksal entschied. Und darüber, wie ihr kommendes Jahr werden würde. Schon als Kind hatte er die feierliche Stimmung geliebt. Und die Tage genutzt, um sich bei allen Menschen, die ihm nahestanden, für seine Sünden, für jedes böse Wort, für jede Verletzung zu entschuldigen. Es war bis heute ein Ritual, das er beibehalten hatte. Daneben fastete er seit seinem dreizehnten Lebensjahr an Yom Kippur. In der Hoffnung, dass auch Gott ihm verzeihen möge.

Assaf zog seine Sonnenbrille aus dem Etui und setzte sie sich auf, ohne auch nur eine Sekunde den Blick von der Straße abzuwenden. Mit der grünen Uniform und der verspiegelten Pilotenbrille sah er nun aus wie das reine Klischee eines israelischen Offiziers, so wie man ihn sich in Hollywood vorstellte. Allerdings würde dieses Bild nicht lange anhalten, denn die Wolken, die sich am Ende der Straße wie ein schneebedecktes Gebirge aufgetürmt hatten, wiesen darauf hin, dass dort, wo er hinfahren würde, ein etwas weniger freundliches Wetter herrschte. Weniger Hollywood, mehr Westjordanland. Und tatsächlich, als er eine knappe Stunde später in Richtung Bet Schemesch einbog, nahm der Regen, der anfangs noch zögerlich vor sich hin getröpfelt hatte, mit jedem Meter an Intensität zu. Kurz bevor Assaf den Grenz-Checkpoint durchfuhr, hatte sich das Tröpfeln zu einem ausgewachsenen Wolkenbruch gesteigert, und nun wurde dem Kommissar klar, dass der Rest der Fahrt kein großes Vergnügen werden würde. Ein paar Kilometer hinter dem Checkpoint gesellte sich noch Nebel zu dem Regenguss, und die kurvigen, schmalen Straßen verwandelten sich in eine rutschige, lebensgefährliche Piste. Als ihm dann auch noch ein LKW vor die Nase fuhr, der sich mit langsamen vierzig Kilometer pro Stunde die steilen Straßen wie in Zeitlupe hochschleppte, verlor Assaf gänzlich die Geduld und begann ausgiebig zu fluchen. Seine feierliche Stimmung war wie weggeblasen, und der Kommissar wollte einfach nur noch schnell auf der Basis ankommen. Der wahre Grund für seine Wut und Ungeduld lag natürlich, wie meist, nicht wirklich in den Geschehnissen, die sich abspielten, nicht am Nebel und nicht am langsamen LKW, sondern in der schlichten Tatsache, dass er Hunger hatte. Und wenn Assaf Rosenthal Hunger hatte, sollte man sich lieber nicht in der Nähe des Kommissars befinden. Auch deswegen verbrachte er Yom Kippur am liebsten allein. Hunger machte ihn grantig, ungeduldig und aggressiv. Im Moment traf seine ungezähmte Wut lediglich den LKW-Fahrer vor ihm.

Als Assaf eine anstrengende halbe Stunde später auf der Militärbasis ankam, wurde er am Eingang von der IDF-Personalerin empfangen, die sämtliche Reservedienstleistenden koordinierte. Auf ihrem Tisch stand ein Teller mit Gebäck, und Assaf griff hastig zu. Hinter der Personalerin entdeckte er seinen alten Freund Eyal Asor. Die beiden hatten bereits während ihrer Militärzeit zusammengearbeitet, und zu seiner großen Freude waren sie für den Reservedienst in derselben Einheit stationiert worden. Die uniformierten Männer umarmten sich herzlich, während die junge Personalerin Assafs Namen und Dienstgrad in eine Liste eintrug und ihm dann sein

Equipment zuwies. Für die Sondereinsätze, die sie in den nächsten Tagen trainieren würden, bekam Assaf nicht nur die normale militärische Ausrüstung wie Weste, Helm, Sturmhaube, Nachtsichtgerät und Micro Uzi, sondern auch eine kompakte Glock-Selbstladepistole sowie Zivilkleidung, die dem Look arabischer Terroristen nachempfunden war. Die Zivilkleidung bestand aus einer hellblauen, weiten Jeans, einem schwarzen T-Shirt, einem grauen Kapuzen-Sweatshirt, weißen Turnschuhen und einer schwarz-weißen Kufiya. Assaf, dem die heruntergeschlungenen Kekse wieder Lebensenergie eingehaucht hatte, wickelte sich das sogenannte Palästinensertuch lose um den Kopf und begrüßte seine Mitstreiter erneut – dieses Mal mit einem lauten, gurgelnden »Ahlan Wa Sahlan«, einer arabischen Begrüßung, die sowohl bei seinem Freund Eyal als auch bei der Personalerin ein Kichern auslöste. Auch Assaf grinste zufrieden über seinen Scherz. Es würde noch schnell genug bitterernst werden. Vor ihnen lagen wenig spaßige Tage. Ihre Einheit, deren Bezeichnung »Duvdevan« nur ein Spitzname und nicht der offizielle Titel war – dieser bestand lediglich aus einer Nummer –, war die sprichwörtliche »Kirsche« unter den IDF-Einheiten. Nur die besten Soldaten wurden aufgenommen, und neben einer ausführlichen Arabisch-Ausbildung wurden sie darauf trainiert, Geiselbefreiungen, gezielte Tötungen, Festnahmen, Sabotageakte, aber auch Entführungen von Staatsfeinden durchzuführen. Ihre große Stärke lag im Häuserkampf, dabei trugen die Soldaten oft Zivilkleidung, und ihr Arabisch musste so perfekt sein, dass

Muttersprachler sie nicht enttarnen konnten. Unter den sogenannten Mistaravim, Einheiten, in denen Soldaten eine lückenlose arabische Existenz annahmen, waren die Duvdevan jedoch eher für kurze Undercoveraktionen verantwortlich. Viele Soldaten waren europäischen Ursprungs, was die Durchführung von Langzeitoperationen ohne das Risiko einer Enttarnung fast unmöglich machte.

Ihre für die nächsten Tage angelegte Übung fand in Kooperation mit zahlreichen, anderen Einheiten statt. So wie im Falle eines wirklichen Einsatzes auch verschiedene Einheiten des Militärs zusammenarbeiten mussten. Das war die erste und wichtigste Lektion, die Assaf seinen Soldaten eintrichterte: »Ihr seid nur ein Rad im Getriebe. Ohne euren Vorder- und Hintermann, ohne den zur linken, den zur rechten, den weit weg am Funkgerät, die Einheit, die Schützenhilfe leistet … ohne alle diejenigen, die euch im Zweifel den Arsch retten, seid ihr verloren.«

Von der Personalerin ging Assaf zu seinem Commander und holte sich die verschiedenen Berichte, Analysen und Übersichten ab, die für die Übung relevant sein würden. Außerdem drückte sein Vorgesetzter ihm den Ablaufplan in die Hand, in dem ganz genau vermerkt war, wann sie was machen würden. Von außen sah man dem Stützpunkt nicht an, dass im Inneren ein ganzes palästinensisches Dorf mit großer Liebe zum Detail nachgebaut worden war. Inklusive arabischer Graffiti, Straßenschilder, einer Moschee am Marktplatz sowie wahnwitzig verlaufender Elektrokabel. An einer der Häuserwände hing sogar Wäsche.

Assaf schaute auf seinen Ablaufplan und sah, dass bis zum Abend vor allem Schulungen vorgesehen waren. Sie behandelten Themen wie Erste Hilfe, Informationen über den Feind, das richtige Lesen von Satellitenbildern, die Benutzung von Funkgeräten, die Benutzung von Einsatzfahrzeugen der Artillerie und Ähnliches. Viele Schulungen wurden von jungen, weiblichen Stabsunteroffizieren geleitet. Das geschah nicht zufällig. Die sexuelle Energie half den Soldaten, sich zu konzentrieren, das wusste Assaf aus eigener Erfahrung. Zuerst glaubte man, dass die jungen Ausbilderinnen die Soldaten mehr ablenken würden als alles andere, aber dann begannen sie über spannende Themen wie Waffen, Raketen und Munitionen zu sprechen, und die Männer hingen an ihren Lippen. Den erfahreneren Soldaten fiel es in der Regel nicht allzu schwer, sich zu konzentrieren. Obwohl Assaf es immer wieder erlebte, dass Reservisten zur Armee kamen und sich aufführten, als wenn es sich um einen Abenteuerurlaub handelte. Eine Auszeit von dem Alltag mit Frau und Kind. Eine Pause vom Arbeitsstress. Doch das hier war kein Junggesellentrip. Eine Tatsache, die Assaf den ihm untergeordneten Männern oft erst mit Härte eintrichtern musste.

Er selbst nahm an den meisten Schulungen jedoch nicht teil, sondern machte sich währenddessen mit den Parametern der geplanten Übung vertraut. Was war die gegebene Situation, in der sie sich befanden? Welche anderen Einheiten würden im Verlauf der Übung eine Rolle spielen? Gab es Unterstützung durch die Luftwaffe, beispielsweise durch Helikopter? Welche Waffen würden verwendet werden und so weiter. Laut der Infos, die er erhalten hatte, würden sie hier für den Fall trainieren, dass die Hamas in der Westbank einen Soldaten entführt hatte und gleichzeitig palästinensische Terroristen Raketen von Hebron abschossen. Eine Art Worst-Case-Szenario natürlich, denn bisher verfügten die Palästinenser in der Westbank, anders als ihre Brüder in Gaza, zum Glück noch nicht über Raketenbestände. Und auch der Einfluss der Hamas hielt sich zwischen Jenin und Hebron noch in Grenzen. Aber es war schließlich immer gut, vom Schlimmsten auszugehen, das hatte ihnen schon einige Male das Leben gerettet. Erst recht in ihrer Region, in der sich die Machtverhältnisse manchmal von einem Tag zum anderen änderten.

Es lag nun an Assaf, für die ihm unterstellte Einheit einen Plan zu machen. Und auch wenn dies hier nur eine Übung war, der Commander verlangte einen reibungslosen Ablauf. Immerhin – und das unterschied sie von allen Armeen der westlichen Welt – übten sie hier nicht für den Einsatz im Ausland oder womöglich für Einsätze, die nie stattfinden würden, sondern es ging darum, das eigene Land zu verteidigen. Ein Einsatz, der kontinuierlich notwendig war. Assaf fand, dass diese Ausgangssituation dem Ganzen eine Schwere gab, die niemand, der nicht in Israel lebte, nachvollziehen konnte. Auch deshalb sprach er den Leuten, egal, ob sie aus den USA, Europa oder sonstwoher kamen, das Recht ab, ihn und sein Volk zu verurteilen.

Rav Seren Assaf Rosenthal schlief nicht. Er döste allenfalls vor sich hin. Trotzdem musste er, als es losging, einen Moment lang überlegen, wo er war. Er sah sich um und stellte fest, dass er auf einer kargen Matratze lag. Um ihn herum mehrere junge Männer, die gemeinsam mit ihm so taten, als wären sie hier in dem Schlafzimmer eines arabischen Hauses. Er versicherte sich, dass der Hausflur leer war, und schlich dann mit kurzen, leisen Schritten auf die Straße hinaus. Draußen war es so düster, dass man die Hand vor Augen kaum sah. Doch Assaf musste nicht einmal sein Nachtsichtgerät aufsetzen, um zu wissen, dass er nicht alleine war. Die Operation hatte längst begonnen.

Er verdrängte die Gedanken an sein Telefonat mit Zipi am Morgen, die ihm berichtet hatte, dass sie die Tote aus dem Hotel Florida als Michelle Ami identifiziert hatten. Eine junge Ex-Soldatin, die nur einige Tage vor ihrem Tod ihren Pflichtdienst beendet hatte. Eigentlich der Zeitpunkt, an dem das Leben erst richtig beginnen sollte. Assaf schüttelte sich kurz und rannte dann ein paar Häuser weiter, wo er auf Eyal Asor traf. Dieser hatte sich bereits in einem Hauseingang in Lauerstellung begeben, und die Entschlossenheit in seinem Gesicht half Assaf endgültig, sich einzig und allein auf die Übung zu konzentrieren. Die beiden sagten kein Wort, aber nachdem Assaf sich versichert hatte, dass

Eyal auf Position stand, lief er, lautlos wie eine Katze, weiter in das Dorf hinein. Unterwegs beleuchtete die Funzel einer Straßenlaterne schwach den Weg. Als Assaf sie passierte, warfen sich flatternd flüchtige Schatten seiner Gestalt an die bröckelnde Häuserwand. Doch er bemerkte sie nicht einmal. Seine ganze Konzentration galt dem zweiten Haus von links in der letzten Häuserreihe. Dort musste er hin. Gegenüber lag das Gebäude, in dem sich ihr entführter Soldat und die Terroristen befanden. Sie hatten von einem Informanten den Tipp bekommen, dass der Entführte in dieser Nacht in ein anderes Versteck gebracht werden sollte. Und das war ihre Chance zum Zugriff.

Assaf lief lautlos die Stufen in dem baufälligen Gebäude nach oben. Von dort aus würden sie das Haus gegenüber beobachten und über verschlüsselte Funkgeräte die Einheit informieren, die sich an der einzigen Straße, die aus dem Dorf hinausführte, positioniert hatte. An diese Einheit sollte der entführte Soldat nach seiner Befreiung übergeben werden. Aber bis dahin war es noch ein weiter Weg. Es würde eine lange Nacht werden, und sie hatte gerade erst angefangen.

Gegen vier Uhr morgens wurde Assaf auf einmal auf zwei junge Männer aufmerksam, die das Haus verließen und kurze Zeit später in den davor geparkten Transporter einstiegen. Zu diesem Zeitpunkt hatte er bereits völlig vergessen, dass es sich bei all dem hier nur um eine Übung handelte. Er hatte es vergessen müssen, denn jede Übung konnte sich stets in bitteren Ernst verwandeln. Und dann durften sie sich keine Fehler erlauben. Die größte Angst der meisten Kommandeure war, dass ihre Männer durch versehentlichen Eigenbeschuss umkamen. Als im Jahr 2000 eine Duvdevan-Einheit, bestehend aus mehreren Teams, den Top-Terroristen Machmoud Abu-Hanud festnehmen wollte, führte eine Verkettung von fehlerhaften Planungs- und Durchführungsentscheidungen dazu, dass drei Soldaten von der eigenen Einheit erschossen wurden. Darunter war auch Assafs Freund Amir gewesen, mit dem er zusammen den Grundwehrdienst abgeleistet hatte. Eine tragische Geschichte, die ihn damals, zumal in seinem jungen Alter, tief verstört hatte. Dass der Hamas-Mann Abu-Hanud, verantwortlich für mehrere Selbstmordattentate in Israel in den Jahren 1997 und 1999, ein Jahr später nahe Nablus von der IDF getötet werden konnte, war für Assaf nur ein schwacher Trost gewesen. Die Geschichte hatte ihn noch pedantischer gemacht, als er es sowieso schon war. Solchen fatalen Fehlern konnte man nur mit viel Routine und Kampferfahrung entgegenwirken. Und das zu gewährleisten war schwer, wenn die Kämpfer neunzehn-, zwanzigjährige Soldaten waren, die beim letzten Gaza-Krieg noch zur Schule gingen und nichts als Mädchen im Kopf hatten.

Auf Assafs Stirn zeichneten sich ein paar Sorgenfalten ab. Das scheinbar ungeplante Losfahren der zwei Terroristen wies darauf hin, dass etwas nicht so lief wie geplant. Denn der Transporter war das Fortbewegungsmittel für die Terroristen inklusive entführtem Soldaten gewesen. Dieser aber war weit und breit nirgendwo zu sehen. Eine Komplikation, die sich jemand an anderer Stelle überlegt und von der Assaf bisher nichts gewusst hatte. Schnell informierte er über sein Funkgerät, das mithilfe eines kleinen Kopfhörers am rechten Ohr angebracht war, die Einheit am Straßenrand über die Geschehnisse. Er wusste, dass in so einer veränderten Situation eine neue Handlungsstrategie vonnöten war. Assaf schlug hastig flüsternd vor, sofort zuzugreifen. Dann wartete er auf Zustimmung zum Zugriff durch seinen Commander. Sekunden, die sich wie Stunden anfühlten, vergingen, aber der Commander gab keine Zustimmung. Assaf, der solche Situationen – anders als manche der jungen Soldaten – schon mehrfach im echten Leben, mit echten Waffen und echten Opfern und Tätern erlebt hatte, wusste, dass sie keine Zeit mehr verlieren durften. Irgendetwas hatte die Terroristen aufgeschreckt, und die Operation drohte zu scheitern. Und nach dem Commander war er hier der Ranghöchste. Er wartete noch eine Sekunde ab und gab dann eigenmächtig den Befehl zum Zugriff. Wenn der Erfolg der Übung nicht gefährdet werden sollte, mussten sie schnell etwas unternehmen. Und seit der Entführung von Gilad Shalit, für dessen Befreiung man einen viel zu hohen Preis gezahlt hatte, wusste Assaf, dass alle, inklusive der jungen Soldaten, im Falle einer Entführung lieber einen toten israelischen Soldaten in Kauf nahmen, als dass sie wieder Tausende Terroristen aus dem Gefängnis entlassen mussten.

»Zugriff«, zischte er in das Funkgerät.

Der uniformierte Trupp setzte sich sofort in Bewegung. Zwölf Männer verteilten sich gleichmäßig um das Haus, in dem sich neben dem entführten Soldaten auch weitere Terroristen befinden sollten. Zwei Kameraden positionierten sich hinten rechts, zwei hinten links, zwei vorne rechts, zwei vorne links. Aus dem letzten Gaza-Krieg hatten sie gelernt, dass die Hamas nicht nur Zivilisten als Schutzschilde benutzte, sondern Privathäuser mit versteckten Sprengsätzen in gefährliche Minenfelder verwandelte. In diesem Fall konnten sie jedoch relativ frei agieren, die Terroristen befanden sich selbst noch im Haus, und vor allem rechneten sie nicht mit einem Angriff. Das hier war kein Bombardement, bei dem vorher die Zivilisten gewarnt wurden, die Häuser zu verlassen, was den Terroristen genug Zeit gab, die Wohnungen entsprechend zu präparieren. Das hier war Häuserkampf. Leider die wirksamere Methode, um gegen die Guerilla-Kriegsführung der Hamas anzukommen. Leider, denn es war auch die verlustreichere für die Armee.

Assaf und drei weitere Männer, unter ihnen Eyal Asor, gingen vor dem Eingang in Stellung. Hinter Assaf, um ihn herum, lauerten die Männer mit den Maschinengewehren. Assaf selbst, so wie auch die anderen, die undercover unterwegs waren, war nicht schwer bewaffnet. Lediglich eine Handpistole steckte in seinem Hosenbund. Wie die meisten Duvdevan-Mitglieder war er außerdem hervorragend in verschiedenen Kampfkünsten ausgebildet. Das war vor allem deswegen nötig, weil sie oft inmitten von Zivilisten operierten. Da konnte man nicht mit schwerem Geschütz auffahren, wenn man den Tod von Unschuldigen so gut wie möglich vermeiden wollte.

Assaf atmete tief ein. Mittlerweile sollten alle Soldaten auf Position stehen. Er musste sich nicht umsehen, er wusste, dass sie da waren. Zwischen ihnen herrschte eine Art von Vertrauen, das er aus keiner anderen zwischenmenschlichen Beziehung kannte. Es war ein Vertrauen, wie es nur entstand, wenn es ums nackte Überleben ging. Trotzdem war Assaf jede Minute, ja, jede Sekunde bewusst, dass sie alle nicht unfehlbar waren.

»Bereit«, rief er den anderen per Funkgerät zu. Dann sagte er: »Athen.« Sie hatten Codewörter für die einzelnen Positionen entwickelt, die sie im Haus durchlaufen würden. Europäische Städte nach dem ABC. Jede Stufe, jede Station eine andere Stadt. Athen war der erste Schritt, sie würden nun die Tür aufbrechen.

Assaf und Eyal Ansor liefen voran. Im ersten Zimmer rechts vom Eingang befanden sich vier Frauen, die von ihren Matratzen hochgeschreckt waren. In Wahrheit Soldatinnen, die sich, wie Komparsen in einem Film, verkleidet hatten. Sie forderten die Frauen auf, schnell das Haus zu verlassen.

»Berlin«, rief Assaf, »tuhar, tuhar, tuhar.«

Der erste Raum war sauber, und sie bewegten sich nun ins nächste Zimmer. Die Männer hatten keine Ahnung, wie es im Inneren des Hauses aussah. Von palästinensischen Häusern gab es schließlich auch keine

Grundrisse. Einzig, dass das Haus nicht sehr groß war und höchstens über vier Räume verfügte, hatte man bereits von außen abschätzen können.

»Dublin«, knisterte es durch das Funkgerät. Sie durchquerten eine kleine Küche und kamen ins zweite Schlafzimmer. Hier fanden sie, was sie suchten. Nun musste alles ganz schnell gehen.

»Josef«, rief Assaf, schrie es fast. Der Name des zweitjüngsten Sohnes des Erzvaters Jacob war das Codewort für das Auffinden des entführten Soldaten. Auch Josef wurde der Tora nach entführt. Allerdings von seinen Brüdern. Nicht von seinen Cousins, was die Muslime als Nachfahren Ismaels, des unehelichen Sohnes von Abraham, waren.

Plötzlich stürmten zwei weitere als Terroristen verkleidete Soldaten in das Zimmer. Assaf zog den entführten Soldaten an sich, während er einen der Terroristen erschoss. Natürlich erschoss er ihn nicht wirklich, sondern verpasste ihm lediglich eine Farbkugel. Der Getroffene sank trotzdem, ein bisschen zu theatralisch für Assafs Geschmack, zu Boden. Nacheinander töteten sie im Schusswechsel alle drei Terroristen, die sich im Zimmer »Dublin« befunden hatten und von dem Auftauchen der Soldaten völlig überrumpelt worden waren. Assaf lief derweil mit dem entführten Soldaten aus dem Haus und sprang schnell in einen vorbeifahrenden Jeep des Backup-Teams. Der Soldat war gerettet, jetzt mussten sie nur noch schnell der Höhle des Löwen entkommen.

Später würde er sich für seinen Alleingang, ohne Genehmigung, vor dem Commander rechtfertigen müssen. Aber für den Moment genoss er, dass die Operation geglückt war. Die Soldaten im Jeep jubelten ebenfalls über den erfolgreichen Verlauf der Übung. »Kol Ha Kavod«, rief einer und drückte damit seinen Respekt für die gute Arbeit aus.

Assaf blickte zufrieden aus dem Jeepfenster und sah, wie am Horizont langsam die Sonne aufging.

»Das Schwierige erledigen wir heute,
das Unmögliche machen wir morgen.«
Motto der Ingenieurseinheit der IDF

KAPITEL 4

Das Erste, was Assaf tat, als er wieder zu Hause war, betraf eine kleine, bunte Metalldose, die auf dem Holzregal in seiner Küche stand. Ursprünglich ein Behältnis für Süßigkeiten, hatte der Kommissar dort seine Art von Süßigkeiten verstaut. Ein Feuerzeug, eine durchsichtige Plastiktüte mit einem kleinen, grünen, getrockneten Cannabis-Klumpen sowie extra langes Zigarettenpapier (die Packung mit magnetischem Verschluss, die es nur in Europa gab und die ihm Jaron vor einer Weile mitgebracht hatte). Assaf entnahm die Utensilien und begann sich, unter den wachsamen Augen von Adrian, die, außer sich vor Freude, dass er wieder da war, kontinuierlich mauzte und ihm um die Beine strich, einen Joint zu drehen. Doch noch bevor er diesen genießen konnte, musste er dringend etwas essen. Der Militärfraß lag ihm immer noch schwer im Magen, und eine gute Mahlzeit würde ihn daran erinnern, dass Essen auch Spaß machen konnte. Er öffnete den Kühlschrank, in dem mehrere Frischhalteboxen standen. Seine Mutter hatte sie am Morgen vorbeigebracht, damit Assaf, wenn er vom Reservedienst zurückkehrte, etwas zu essen hatte. Der Kommissar beäugte die Behälter und ihren Inhalt: Schnitzel, persischen Reis, Hackbällchen in Erbsensauce, irakische Kubbeh sowie eine duftende Hühnersuppe. Die Suppe aß er am liebsten zum Schluss, weswegen er begann, nur die anderen Dinge auf einem Teller zu verteilen. Er hatte seiner Mutter mehrmals gesagt, dass sie nicht extra nach Tel Aviv und zurück fahren müsste, nur um ihm Essen in den Kühlschrank zu stellen, aber das war in etwa so effektiv gewesen, wie einen ambitionierten Berufsboxer zu bitten, weniger hart zuzuschlagen. Sie konnte einfach nicht anders, als sich mit Leib und Seele um ihre Kinder zu kümmern, und so hatte Assaf schließlich aufgegeben, ihr das Vorhaben auszureden.

Nachdem er seinen ersten Hunger gestillt hatte, legte er sich in die Hängematte auf seinem kleinen Balkon und zündete den Joint an. Er inhalierte den Rauch und war für einen kurzen Moment mit der Welt und sich im Reinen. Die Stadt hatte sich – wie am Freitag vor dem Schabbat üblich – schlagartig von den Aufregungen der Woche beruhigt, und wieder einmal wusste Assaf, warum er Tel Aviv am Freitag besonders mochte. Das ewige Lärmen von Bussen, Menschen, Hupen und kläffenden Hunden endete zum Wochenende hin, und nach jeder lärmerfüllten Woche überraschte es ihn wieder, wie ruhig es hier sein konnte. Die Straßen leerten sich langsam. Die Geschäfte, aus denen ohne Rücksicht auf die Nachbarn gerne auch mal laute Trancemusik dröhnte, hatten ihre Metallgitter verschlossen wie Blumen ihre Blüten in der Nacht. Die ganze Stadt schaltete einen Gang zurück und bewegte sich von nun an für vierundzwanzig Stunden in Schrittgeschwindigkeit. Er zog genussvoll an seinem Joint und sah zu, wie Kater Rocky aus dem Wohnzimmer angelaufen kam, um neugierig durch das Balkongitter die Straße zu beobachten. Dafür hopste er auf das Unterteil des Sonnenschirms und starrte dann völlig in sich versunken auf die wenigen Dinge, die sich dort unten noch bewegten. Ein paar faule Straßenkatzen schlenderten die Straße entlang, und hier und da kam auch ein menschliches Wesen vorbei. Adrian machte es sich derweil auf Assafs Bauch bequem, während der Kommissar langsam weiterrauchte, bevor er schließlich einnickte, einige Minuten nachdem er den Joint in den Aschenbecher gedrückt hatte.

Als Assaf am späten Abend wieder aufwachte, blinkten bereits drei Nachrichten von Jaron auf seinem Handy, die ihn aufforderten, ins Café Europa zu kommen. Auf seine Nachfrage, was dort los sei, antwortete sein Freund mit nur einem Wort: Kusiot. Ihr Slangwort für schöne, attraktive Frauen. Der Kommissar hievte sich schwerfällig aus seiner Hängematte, woraufhin er von Adrian, die immer noch auf seinem Schoß geschlafen hatte, mit einem strafenden Blick bedacht wurde. Er versorgte seine anhängliche Katze noch mit ein paar Streicheleinheiten, dann ging er duschen. Als er aus dem Bad kam, überlegte er einen kurzen Moment lang, ob er den Heizer bereits anstellen sollte. Die Kälte kroch vom Fliesenboden an den Wänden hoch, und durch die undichten Fenster pfiff ein kühler

Wind. Selbst wenn es draußen tagsüber noch achtzehn Grad waren. In seiner Wohnung fühlte es sich wie im tiefsten Winter an. Doch statt den Heizofen in der Abstellkammer zu suchen, griff der Kommissar lieber schnell in den Kleiderschrank. Er entschied sich für eine weinrote Chino und ein graues Shirt mit V-Ausschnitt. Und weil ihm immer noch kalt war, zog er eine helle, grob gestrickte Strickjacke über. Seine kalten Füße schlüpften schnell in die dunkelblauen Chelsea Boots, die neben der Eingangstür standen. Nachdem er noch einmal Katzenfutter nachgefüllt und zwei weitere Joints als Proviant für den Abend gedreht hatte, verließ er das Haus. Das ansteigende Summen seines Rollers war das lauteste Geräusch, das die kleine Straße seit Stunden gehört hatte.

Im Café Europa war es mit der Ruhe der schlafenden Stadt dann sowieso vorbei. Mit der Kälte auch. Im Gegenteil, Assaf hatte das Gefühl, mitten in einen Hexenkessel zu springen. Der Laden am Rotschild Boulevard war proppenvoll, die hohen Fenster vollkommen beschlagen. Von der schwarzen Decke tropfte gleichmäßig Kondenswasser. Erst nach einigen Minuten gelang es Assaf, sich zu Jaron, der mit einer Blondine an der Bar stand, durchzukämpfen. Die beiden Freunde umarmten sich mit einem herzlichen Schulterklopfen, und Jaron stellte die gutaussehende Unbekannte als Yulia vor. Assaf bestellte sich einen Whisky und begrüßte dann die anderen Mädels, die Yulia, als sie Assaf entdeckte, schnell herbeigezogen hatte. Seitdem Assaf vor einer Weile Natascha kennengelernt hatte, waren er und Jaron immer öfter mit dem Model und ihren unendlich vielen, wunderschönen Freundinnen ausgegangen. Natascha selbst war Freitagabends immer bei ihrer russischen Großmutter in Bat Jam. Aber sie und Assaf waren sich sowieso einig, dass sie nur eine Affäre hatten, er konnte sich also ohne schlechtes Gewissen ins Getümmel begeben. Gerade als er mit einer Irina ins Gespräch kam, entdeckte er am anderen Ende des Raumes den dunklen Lockenkopf von Tami Bar. Eine Frau, eher interessant als klassisch schön, mit der er vor ein paar Monaten eine kurze Affäre gehabt hatte. Da sie beide im Guten auseinander gegangen waren, lächelte Assaf ihr zu, als sie zufällig in seine Richtung schaute. Nachdem er sich von Irina mit den Worten »Ich bin gleich wieder da« verabschiedet hatte, steuerte er mit dem Whiskyglas in der Hand auf Tami zu. Sie trug eine enge schwarze Jeans und ein Shirt der Band Slayer. Als er bei ihr ankam, umarmten die beiden sich, und dabei spürte Assaf, dass sie einen Moment länger als nötig in seinen Armen verblieb. Ihre zu einem hohen Dutt gebundenen lockigen Haare rochen leicht nach Kokosnuss, und Assaf erinnerte sich daran, dass auch ihre Haut immer ein wenig nach der Frucht gerochen hatte. Tami war marokkanischer Abstammung und dunkler als die Frauen, mit denen er normalerweise ausging. Sie hatte große braune Augen, die einen Tick zu weit voneinander abstanden, was ihr in Kombination mit ihren ausgeprägten Wangenknochen und einem kleinen Schmollmund ein ungewöhnliches Aussehen verlieh. Außerdem hatte sie eine kleine Lücke zwischen den beiden Vorderzähnen, was Assaf besonders sexy fand. Tami hatte etwas Orientalisch-Geheimnisvolles an sich, das ihn ungemein faszinierte. Außerdem war sie außergewöhnlich intelligent, was Assaf unter bestimmten Umständen sehr reizvoll fand.

»Assaf, wie geht's dir?«, fragte sie und schaute ihn aus ihren dunklen Augen eindringlich an.

»Bin gerade vom Meluim zurück. Dementsprechend etwas erschöpft. Und wie geht es dir?«

»Ich bin auch todmüde, hatte die stressigste Woche in der Redaktion.« Tami arbeitete für die Zeitung *Haaretz* und war dort zu Assafs Freude eine der wenigen Journalisten, die nicht nur die üblichen Positionen vertrat.

»Wieso, was war los bei euch?«

»Eine junge Frau hat einem meiner Kollegen Auszüge aus geheimen Militärakten versprochen. Aber bevor er sich mit ihr treffen konnte, ist sie wie vom Erdboden verschwunden. Kannst dir ja vorstellen, was da bei uns los war? Die geplanten Seiten mussten komplett neu bestückt werden.«

»Und die Frau ist weg?«

»Scheint so. Zu dem verabredeten Treffen ist sie jedenfalls nicht aufgetaucht, und dann war sie wohl auch nicht mehr über ihr Handy zu erreichen. Wahrscheinlich hat sie es sich einfach anders überlegt oder festgestellt, dass ihre Infos gar nicht so brisant waren, wie sie dachte.«

Assaf nickte nachdenklich. »Komische Geschichte.«

»Auf jeden Fall mussten wir dann für die Wochenendausgabe ackern wie die Blöden, weil ja alle fest mit der Story gerechnet hatten.«

»Hattet ihr denn eine Ahnung, was die Akten ungefähr beinhalten sollten?«

»Na ja, so richtig nicht. Mein Kollege vermutete, dass es um Aktivitäten in der Westbank geht. Aber das ist ja nun alles andere als konkret, worum soll es sonst gehen ...« Sie nahm einen Schluck aus ihrem Weinglas. »Aber egal ...« Tami legte ihre Hand auf seinen Arm und lächelte ihn an, und bevor Assaf noch einen Gedanken an die verschwundene Informantin verschwenden konnte, sah er nur noch Tamis volle, rote Lippen, und der Geruch von Kokosnuss schloss ihn langsam ein.

Es dauerte ganze zwei weitere Nächte, bis es ihm am Sonntagmorgen, während er im Büro seinen ersten Kaffee trank, plötzlich wie Schuppen von den Augen fiel. Und die Erkenntnis stellte geradezu eine Erleichterung dar, denn die ganze Zeit hatte er das Gefühl gehabt, in seinem Hinterkopf braute sich etwas zusammen, von dem er nicht wusste, was es war. Aber manchmal passierte das, und Assaf konnte, egal, wie sehr er sich bemühte, nicht Herr der Gedanken werden, die in ihm wie eine Zitrone am Baum reiften. Dass es sie überhaupt gab, wusste er lediglich, weil sie ihm eine unangenehme innere Unruhe bescherten. Aber jetzt endlich konnte er den Gedanken verbalisieren: Was, wenn die junge Frau, von der Tami sprach, seine

Soldatin aus dem Hotel Florida war? Soweit Assaf wusste, hatte Michelle Ami bei der Aman gedient, der Abteilung für militärische Aufklärung, eine Art Nachrichtendienst der israelischen Streitkräfte. Dort hatte man Zugriff auf allerhand wichtige Militärakten. Das war an sich auch nichts Besonderes, immerhin dienten mehr als siebentausend Israelis bei der Aman. Was aber, wenn die Haaretz-Informantin so plötzlich verschwand, weil sie gestorben war? Und dann war natürlich die nächste Frage: War es wirklich Selbstmord? Der Kommissar wusste, dass Liat Schapira in ihrem Obduktionsbericht eine Fremdeinwirkung eindeutig ausgeschlossen hatte – aber vielleicht waren sie doch zu vorschnell gewesen?

»Zipi«, rief Assaf nach seiner Sekretärin, »du warst doch bei den Eltern von der toten Soldatin, während ich weg war. Wie haben die darauf reagiert, dass ihre Tochter sich das Leben genommen hat?«

Zipi Meir kam mit kurzen Schritten ins Büro gelaufen. »Ach ja, das wollte ich dir sowieso noch erzählen. Ich glaube, es wäre besser gewesen, wenn du zu den Eltern gefahren wärst.«

»Lama?«

»Ich habe doch so etwas noch nie gemacht. Ich wusste gar nicht, was ich den Leuten sagen sollte. Die arme Mutter hat bitterlich geweint und ich gleich mit. Ich war bestimmt keine große Hilfe.«

Der Kommissar nickte. Normalerweise hätte er das auch übernommen. Aber weil er im Reservedienst gewesen war, hatte er gehofft, dass die Sekretärin das allein hinkriegen würde. Vielleicht sollte er mal bei Wieler anfragen, ob Zipi eine Art Weiterbildung für solche Fälle erhalten könnte. Einen Crash-Kurs im Übermitteln von Todesnachrichten sozusagen.

»Die Mutter hat immer wieder gesagt, dass das nicht sein könne«, erzählte die Sekretärin weiter. »Und auch der Vater war völlig entsetzt. Sie erzählten mir, dass Michelle nach ihrem Wehrdienst durch Asien reisen wollte. Sie hatte den Flug schon gebucht. Ich habe die Eltern gefragt, ob Michelle vielleicht Depressionen hatte oder irgendwelche Sorgen, aber sie konnten sich das partout nicht vorstellen.«

Assaf überlegte, ob an dieser Reaktion irgendetwas auffällig war. Würden nicht die meisten Eltern ungläubig auf so ein Unglück reagieren? Wer kann schon den Gedanken ertragen, dass das eigene Kind nicht mehr leben wollte? Und man womöglich noch nicht einmal etwas von seinen Sorgen wusste?

»Warum fragst du eigentlich? Gibt es irgendwelche Neuigkeiten?«, riss Zipi ihn aus seinen Gedanken.

»Lo, nicht wirklich«, antwortete der Kommissar kurz angebunden. Und weil er sonst nichts mehr sagte, ging Zipi zu ihrem Schreibtisch zurück.

Assaf bewegte kurz die Maus an seinem Computer, und als der Bildschirm wieder hell wurde, tippte er in die Suchmaschine die Worte »Soldat« und »verschwunden« ein. Eventuell hatte die Presse über einen Fall berichtet, der nichts mit Michelle Ami zu tun hatte. Es war auch nicht unwahrscheinlich, dass eine weitere eventuell verschwundene Soldatin nicht in den Akten der vermissten Personen im Land auftauchte. Verschwand ein Soldat während seines Dienstes, war die Militärpolizei verantwortlich. Und die hatte ihre eigenen Akten.

In der Suchmaschine tauchten schnell alle Artikel auf, in denen die von Assaf eingegebenen Worte enthalten waren. Unter ihnen waren auch die letzten großen Fälle, die das Land bewegt hatten. Allerdings handelte es sich um drei Soldaten, die nacheinander innerhalb weniger Monate ermordet worden waren. Der erste von Palästinensern in der Westbank mit einem gezielten Kopfschuss – dieser Fall war Assaf besonders nahegegangen, da sein Neffe in derselben Einheit seinen Dienst ableistete und den Toten gut kannte. Der zweite Soldat war von einem arabischen Kollegen an einem dienstfreien Wochenende, an dem er in einer Bar gejobbt hatte, in ein abgelegenes palästinensisches Dorf an der israelischen Grenze gelockt und dort erschlagen worden. Der dritte war auf dem Weg in die Kaserne bei Afula im Norden, während er schlief, von einem jungen Araber im Bus erstochen worden. Den dritten Fall fand Assaf am heimtückischsten. Nicht nur weil der Angriff mitten in Israel stattgefunden hatte, sondern weil der Soldat völlig wehrlos gewesen war. Assaf schüttelte angewidert den Kopf. Die Erinnerung an diese Geschehnisse lenkte ihn von seinem eigentlichen Vorhaben ab. Er spürte förmlich, wie das eben Gelesene und die damit nun wieder präsenten Fälle in ihm eine Welle von Hass auslösten, am liebsten hätte er laut gebrüllt. Stattdessen schlug er jedoch nur mit der flachen Hand auf den Tisch. So kräftig, dass seine Kaffeetasse fast vom Schreibtisch gefallen wäre. Diese verdammten Araber, dachte er wütend. Man konnte ihnen einfach nicht trauen. Wenn sie eine Chance sahen, Juden umzubringen, taten sie es.

Der Kommissar stand auf und ging zum Fenster. Dass er links von sich die verschiedenen Minarette von Jaffa mit ihren schäbigen Lautsprechern sah, verbesserte seine Stimmung nicht gerade. Also schaute er stattdessen in die Richtung der Tel Aviver Strandpromenade. Die Klotzbauten der Siebziger-Jahre-Hotels, die sich inzwischen mit neuen, gläsernen Hochhäusern abwechselten, begrenzten die Promenade wie eine Mauer. Zwischen ihnen und dem Meer tobte auch um diese Zeit, in der die meisten Menschen ihre Arbeitswoche wieder begannen, das süße Leben. Jogger, spazierende Touristen, ein paar Surfer, Radfahrer, Hunde, Kinder, Afrikaner, Alte, Junge, Religiöse und Brettspieler – sie alle fügten sich auf der sogenannten Tayelet zu dem bunten Bild zusammen, auf das Tel Aviv zu Recht stolz war. Langsam beruhigte sich der Kommissar wieder und ging dann an den Computer zurück. Berichte über eine vermisste Soldatin fand er nicht. Lediglich eine kleine Meldung über den Selbstmord von Michelle Ami. Aber sonst nichts, was auf einen Zusammenhang zu der Geschichte hinwies, die Tami ihm erzählt hatte. Er recherchierte noch eine Weile weiter und wählte dann schließlich die Handynummer der Journalistin.

»Na, Motek, vermisst du mich schon?«, hauchte sie

in den Hörer, nachdem sie abgenommen hatte. Sie klang wie eine der Damen, die für die Telefonsex-Hotline arbeiteten.

Der Kommissar musste lachen. »Ja, was hast du an?«, ging er grinsend auf ihr Spiel ein.

»Nichts, außer einem kleinen feuchten Höschen.«

Jetzt wurde ihm doch gleich etwas warm. Er merkte, wie es in seiner Hose hart wurde. »Tami, mal im Ernst. Ich rufe beruflich an«, brach er ihr kleines Spielchen abrupt ab.

»Na dann«, antwortete sie locker, »wie kann ich dir weiterhelfen?«

Assaf musste einmal tief ein- und ausatmen, bevor er sich wieder konzentrieren konnte. Er sah ihr spöttisches Lächeln darüber, wie sie ihn aus dem Konzept gebracht hat, geradezu vor sich. »Ich brauche den Namen von dieser Soldatin, von der du mir erzählt hast.«

»Den kenne ich nicht. Und selbst wenn … Du weißt genau, dass ich ihn dir nicht geben kann.«

»Dann sag mir wenigstens, welcher deiner Kollegen mit ihr in Kontakt war. Ich muss dringend etwas checken.«

»Was denn?«, fragte sie neugierig.

Assaf wusste, dass Tami keine Ruhe geben würde, bevor er ihr nicht ein paar Infos geliefert hatte. Also fasste er den Fall Michelle Ami kurz zusammen und formulierte am Ende zögerlich die Vermutung, dass es sich bei der Toten um die Informantin handeln könnte. »Tami, eventuell geht es hier um ein Verbrechen. Ich muss wissen, ob eure und meine Soldatin dieselbe Person ist.«

»Aber ich denke, es war Selbstmord. Das hast du doch gerade gesagt.«

»Ja, das stimmt.« Der Kommissar fuhr sich ratlos mit der Hand über seinen Bart. »Ich weiß auch nicht. Aber ich habe einfach das Gefühl, irgendetwas an diesem Fall haut nicht hin. Und ich muss wissen, ob Michelle Ami vor ihrem Tod Militärgeheimnisse ausplaudern wollte. Das könnte alles ändern.«

Am anderen Ende herrschte Stille.

»Bist du noch dran, Tami?«

»Ja«, sagte sie schließlich zögerlich. »Pass auf, Assaf. Der Kollege, der an dem Fall dran war, heißt Uri Dekel. Aber du musst dir was einfallen lassen, wie du ausgerechnet auf ihn kommst. Mich hältst du da raus.«

»Natürlich«, antwortete er schnell. »Danke.«

»Und dass du Bescheid weißt: Ich hab etwas gut bei dir. Und heute Abend führst du mich zum Essen aus, mein Lieber.«

»Es wird mir ein Vergnügen sein …« Assaf grinste. »Und dann kümmern wir uns auch um dein feuchtes Höschen.« Bevor die Journalistin noch etwas erwidern konnte, hatte er bereits aufgelegt.

Uri Dekel, ein schmaler, glatzköpfiger Mann um die vierzig, wartete bereits auf den Kommissar, als Assaf den verabredeten Treffpunkt nahe der Haaretz-Redaktion erreichte. Sie befanden sich mitten im Park Hayarkon im Norden der Stadt, und, wie besprochen, saß Dekel auf einer Bank gegenüber dem Bootshaus, in dem man Tret-, Ruder- und kleine Motorboote ausleihen konnte. Um diese Zeit war nicht viel los im Park. Nur ab und zu spazierte eine junge Mutter mit Kinderwagen vorbei, oder Fahrradfahrer passierten den Weg hinter ihnen.

»Schalom, Uri. Danke, dass du so schnell gekommen bist.«

»Wenn ich das richtig sehe, hatte ich keine große Wahl. Also, Kommissar Rosenthal, lass uns zur Sache kommen. Ich habe nicht viel Zeit.«

»Natürlich. Es geht um die junge Soldatin, die dir vor kurzem geheime Informationen angeboten hat und dann plötzlich verschwunden ist.«

Der Journalist fragte nicht einmal, woher Assaf von der Sache wusste. »Was ist mit ihr?«

»Ich vermute, dass sie später Teil unserer Arbeit wurde«, deutete der Kommissar an, »und ich muss wissen, ob es sich um dieselbe Person handelt.«

»Was willst du wissen?«

»Michelle Ami – war das ihr Name?« Assaf wunderte sich ein wenig darüber, wie aufgeschlossen der Reporter war. Andere hätten ihm schon gesagt, er solle sich zum Teufel scheren.

Dekel zögerte kurz. »Woher weiß ich, dass du nicht vom Militär bist und ihr die junge Frau einbuchten wollt? Ich muss die Anonymität meiner Informanten gewährleisten. Das ist dir hoffentlich klar.«

»Michelle Ami ist tot.«

Uri Dekel sah den Kommissar überrascht an, und es war das erste Mal, dass er ihm direkt in die Augen schaute. »Wie ist das passiert?«

»Ich entnehme deinem Interesse, dass es sich bei Michelle Ami um die Soldatin handelt, die dich kontaktiert hat?«

Dekel nickte langsam.

»Es war Selbstmord.«

»Das glaubst du doch wohl selbst nicht.« Der Reporter lachte sarkastisch.

»Unsere Rechtsmedizin hat Fremdeinwirkung eindeutig ausgeschlossen.« Assaf hatte vor dem Termin mit Dekel noch einmal mit Liat Schapira gesprochen. »Assaf, warum nervst du mich mit längst abgeschlossenen Fällen?«, hatte sie ihn angefahren. Dann hatte sie ihm ihre Diagnose nochmals überzeugend dargelegt.

»Dann hat sie jemand zum Selbstmord gezwungen, sie so sehr unter Druck gesetzt, dass sie keinen anderen Ausweg sah …«

Assaf sah den Journalisten mit hochgezogenen Augenbrauen an und strich sich mit der flachen Hand übers Kinn. »Das versuche ich herauszufinden. Was weißt du über die geheimen Informationen, die sie dir zugesagt hat? Waren sie von solch hoher Brisanz, dass solche Konsequenzen gefolgt sein könnten?«

»Du weißt schon, dass ich das normalerweise nie preisgeben würde …«

»Und du weißt, dass ich dich, wenn du sie nicht preisgibst, wegen Behinderung der Ermittlungen drankriege«, sagte Assaf ruhig, ohne eine Spur von Aufregung. Er spürte, dass Dekel ihm helfen würde, daher gab es keinen Grund für eine echte Drohung.

Uri Dekel schaute einen Moment lang über den Hajarkon-Fluss, auf dem gerade ein Vater mit seinen zwei Kindern vorbeiruderte, bevor er schließlich antwortete: »Sie hat beim Aman in einer Rechercheeinheit gearbeitet. Sie deutete an, dass es Unregelmäßigkeiten gebe. Ich glaube, dass es wohl um Einsätze im südlichen Grenzgebiet ging, die gegen Urteile des obersten Gerichtshofs verstoßen.«

»Hat sie Beispiele genannt?«, fragte Assaf.

»Lo, nichts Konkretes. Aber sie hat mir zugesagt, dass sie von mehreren Akten Kopien angefertigt hat. Insgesamt gut dreihundert Seiten, die sie uns zukommen lassen wollte. Und dann ist sie plötzlich verschwunden.«

»Woher wusstest du, dass sie wirklich etwas in der Hand hatte?«

»Darüber möchte ich nicht sprechen. Aber ich wusste es.«

»Hat sie euch schon in der Vergangenheit mit Informationen versorgt?«, fragte Assaf schnell. Uri Dekels Blick ließ darauf schließen, dass er mit dieser Frage direkt ins Schwarze getroffen hatte.

»Bisher waren es aber keine Informationen von besonders hoher Brisanz. Aber ich war mir sicher, dass sie Zugang zu solchen hatte. Sie war absolut vertrauenswürdig. Als sie mir sagte, dass sie nun über ein paar echte Hammerinfos verfüge, habe ich meinen Chefredakteur zwei Seiten in der Wochenendausgabe versprochen.«

»Ich verstehe.« Assaf dachte einen Moment lang

nach. »Sie hat dir gesagt, dass sie die Akten kopiert hat. Wo könnte sie die Dokumente versteckt haben?«

»Keine Ahnung. Bei Freunden. Bei ihren Eltern. In einem Schließfach. Sie ist ein vorsichtiges, intelligentes Mädchen.« Er dachte kurz nach und korrigierte sich dann. »War.« Ohne ein weiteres Wort zu sagen, stand Dekel auf und ging.

Assaf schaute dem Journalisten nach. Dekel war klein und hatte einen zierlichen, jungenhaften Körper, an dem die blaue Jeans schlabberte und das karierte, kurzärmlige Hemd aussah, als wenn er es aus dem Kleiderschrank seines Vaters geklaut hatte. Der Kommissar seufzte und blieb noch etwas auf der Bank sitzen. Was könnte Michelle Ami herausgefunden haben? Und war es überhaupt wichtig für ihn? Am Flussufer badeten ein paar Vögel, und einige Meter entfernt kamen ein paar junge Mädchen kichernd in zwei Tretbooten herangefahren. Als sie auf Höhe der Bank ankamen, war Assaf Rosenthal bereits verschwunden.

»Motek, Wieler will dich sprechen«, begrüßte Zipi ihn, als er auf der Dienststelle ankam.

Assaf murmelte etwas Unverständliches und machte direkt auf dem Absatz kehrt, um in das Büro seines Chefs Chaim Wieler zu laufen. Nachdem dessen Sekretärin ihm mit einem Nicken signalisiert hatte, dass er eintreten könne, öffnete er die Tür und fand einen geradezu unverschämt erholt aussehenden Polizeichef vor sich.

»Chaim, du siehst aus wie das blühende Leben. Ma kore?«

»Zwei Wochen Schwarzwald, mein Lieber. Kann ich nur empfehlen.«

Assaf grinste mit hochgezogenen Augenbrauen. Sein Chef war sonst nicht gerade für seine gut gelaunte Art bekannt.

»Aber du nutzt freie Tage ja lieber, um in den Reservedienst zu gehen. Wir brauchen weniger von diesen Smolanim, diesen linken Gutmenschen, und mehr von deiner Sorte in unserem Land.« Wieler griff nach einem dicken Aktenordner, wofür er sich keuchend und stöhnend mühsam zum Boden hinbeugte, und warf ihn mit Schwung auf seinen Schreibtisch. »Dein neuer Fall.«

Assaf sah ihn irritiert an. »Ich bin eigentlich noch …«

»Was?«, unterbrach Wieler ihn schroff.

Assaf schilderte kurz den Fall Michelle Ami. Ohne darauf einzugehen, schüttelte Wieler den Kopf: »Das hier ist wichtiger.«

»Aber Chaim, du verstehst nicht. Was, wenn die Frau doch keinen Selbstmord begangen hat?«

»Was sagt der Bericht von Schapira?«

Assaf seufzte. Jetzt hatte er verloren. »Sie sagt, dass es Selbstmord war.«

»Nu, dann hast du doch die Lösung deines Falls. Warum sich das junge Mädchen umgebracht hat, ist nicht unsere Sache. Und ob sie Militärgeheimnisse ausplaudern wollte oder nicht, schon mal gar nicht. Dafür gibt es andere Leute.« Wieler tippte auf den Ordner. »Das hier ist dagegen absolut unsere Sache.«

»Worum geht's denn?«, fragte Assaf widerwillig.

»Um die Mafia. Dir wird ja nicht entgangen sein, dass die hier in den letzten Wochen ein Auto nach dem anderen in die Luft jagen. In Tel Aviv geht's zu wie in einer chinesischen Fabrik für Pyrotechnik. Nicht, dass ich Mitleid mit diesen Schweinehunden hätte, wenn es sie in alle Einzelteile zerfetzt, aber die Gefahr, die bei jeder Autobombe für die Öffentlichkeit besteht, macht mich gelinde gesagt fuchsteufelswild.«

»Verstehe ich. Aber ist das nicht Sache der Abteilung für organisiertes Verbrechen?«

»Rosenthal, seit wann denken wir hier in Abteilungen? Von oberster Stelle kam der Wunsch, eine Sondereinheit aufzustellen, die endlich mal wieder für Klarschiff unter diesen kriminellen Elementen sorgt.«

»Damit dann ein, zwei Jahre Ruhe herrschen, bevor es weitergeht wie vorher?«, warf Assaf zynisch ein.

»Immerhin, ein, zwei Jahre Ruhe wären doch schön. Erklär mir nicht, dass wir es mit den Palästinensern anders machen.«

Darauf wusste Assaf auch nichts mehr zu sagen.

»Ich will, dass du in dem Team mitarbeitest. Dafür musst du dich zuerst einmal in die Akten einarbeiten. Und glaube mir, dass ist keine leichte Angelegenheit. Die Gangster, die sich allein in Tel Aviv und Umgebung in den letzten Jahren organisiert haben, sind schon kaum überschaubar. Dazu bilden sich immer wieder neue Feindschaften und Achsen, das geht zu wie in der Knesset.« Wieler lachte schnaufend über seinen eigenen Witz.

Assaf lächelte nur müde. Er hatte keine Lust auf Aktenwälzen. Und auf die Arbeit in einem Sonderteam schon gar nicht. In solche Einheit wurden immer nur die schlimmsten Streber gesteckt – ihre und Assafs Auffassung, wie man ermitteln musste, unterschieden sich fundamental. Der Kommissar seufzte, was Wieler geflissentlich ignorierte. Als sein Chef ihm offenbar nichts mehr zu sagen hatte, griff er schließlich kapitulierend nach dem Ordner. Kurz bevor er das Büro verließ, fiel seinem Chef anscheinend doch noch etwas ein.

»Ach, Rosenthal«, rief er und winkte Assaf zurück, »ich habe auch die Kollegin Anat Cohen mit in das Team gebeten. Ihr habt ja beide in der Vergangenheit schon erfolgreich zusammengearbeitet, soweit ich weiß.«

Assaf hielt kurz inne und lief dann, ohne ein weiteres Wort zu sagen, die Treppe hinunter. Na, da hatte sich Wieler das Beste ja bis zum Schluss aufgehoben.

»Wir haben hier alles in allem ein gutes Leben. Gibt es hier von Zeit zu Zeit Krieg? Ja. Aber wir haben eine funktionierende Demokratie, die an Anarchie grenzt, so wie die Juden das mögen.«
Dan Schueftan (Sicherheitsberater des israelischen Ministerpräsidenten)

KAPITEL 5

Anat Cohen – seine Kollegin war wie eine offene Rechnung, die sich partout nicht begleichen ließ. Seitdem er die Kommissarin kennengelernt hatte, fühlte er sich zu ihr hingezogen und sie sich zu ihm. Trotzdem war ihre Geschichte bisher ohne Happy End geblieben. Sie zogen sich an und stießen einander ab. Es war eine Geschichte von tausend Worten, die nie gesagt wurden, und tausend Worten, die sie bereits zu viel gesagt hatten, als dass sie zum Status quo zurückkehren könnten. Diese komplizierte, ja wenn man es überhaupt so nennen konnte, immerhin war bis auf einen Kuss nie wirklich etwas zwischen ihnen passiert, »Liebesgeschichte« war aber nicht das Einzige, was ihre Zusammenarbeit bei allen Erfolgen in der Vergangenheit erschwerte. Anders als Assaf war Anat extrem ehrgeizig und verbissen. Sie ließ ihn gerne wie einen unmotivierten Faulenzer aussehen, dabei galt er bei anderen durchaus als ambitioniert. Außerdem hatte sie eine rechthaberische Art, die ihn wahnsinnig machte.

Assaf hielt kurz inne. Er war fast automatisch in die dritte Etage gelaufen, obwohl sein Büro in der vierten lag. Nur wenige Schritte entfernt von ihm befand sich Anats Büro. Sollte er ihr einen Besuch abstatten? Vielleicht war es ganz gut, sich auszusprechen, bevor sie wieder zusammenarbeiteten. Das letzte Mal, als sie miteinander zu tun gehabt hatten, hatte sie erst bei Assaf im Bett geschlafen und war kurz danach zu ihrem langjährigen Freund Gabriel zurückgekehrt. Letzteres hatte sie Assaf wie nebenbei erzählt, als er sie gerade zum Essen einladen wollte. Es hatte ihn damals einige Zeit gekostet, diese Enttäuschung zu überwinden. Aber mittlerweile war er Profi darin geworden, Anat Cohen zu vergessen. Oder zumindest die Möglichkeit auf eine Beziehung mit ihr in den hintersten Teil seines Herzens zu verdrängen. Doch seit jenem Tag hatte Assaf den Kontakt zu ihr, soweit es ging, gemieden. Und so waren sie beide ihres Weges gegangen, ohne einander mit verwirrenden Gefühlen zu stören.

Der Kommissar atmete tief ein und bog dann rechts in den langen Gang ab. Am dritten Zimmer links klopfte er kurz, und als er Anats Stimme hörte, öffnete er die Tür.

»Schalom, Assaf, ich habe schon auf dich gewartet. Hat Wieler dir die Akten gegeben?«

Assaf stutzte kurz über diese Begrüßung. Sie hatten sich wochenlang nicht gesehen, und sie machte nicht einmal den Versuch, sich mit Small Talk aufzuwärmen. Das war mal wieder typisch. Aber bitte, wenn sie es so wollte.

»Ja«, antwortete er kurz angebunden. »Hast du schon von den anderen Kollegen aus der Einheit gehört?«

»Nein, aber soweit ich weiß, bekommen wir heute Nachmittag das erste Briefing. Warte, ich leite dir die Mail weiter.«

Er nickte und bemühte sich, sie so wenig wie möglich anzusehen.

»Außerdem habe ich schon mal eine Übersicht über die Mafiafamilien zusammengestellt, die in unserer Gegend operieren. Es geht meines Erachtens hauptsächlich um drei Familien: Kahana, Grinbaum und Touboul.« Sie zeigte auf ihren Ordner, stolz wie eine emsige Honigbiene.

»Der letzte Mafioso, den sie vor einigen Tagen in die Luft gejagt haben, war der Chef der Touboul-Familie, richtig?« Der Kommissar ging ein paar Schritte auf Anats Schreibtisch zu und sah ihr nun über die Schulter in die Unterlagen.

»Ja, genau. Avichai Touboul. Man vermutet, dass die Kahanas den Mord in Auftrag gegeben haben. Aber ehrlich gesagt, die drei Familien hatten alle offene Rechnungen miteinander. Die Toubouls und die Kahanas haben eine Zeitlang sehr gut zusammengearbeitet. Aber vor einigen Monaten hat Familienchef Avichai Touboul bei einem Mafiatreffen in Netanya Ido Kahana in den Hals gestochen. Seitdem herrscht offener Krieg.«

»Und Grinbaum? Was hat der mit Touboul und Kahana zu tun?«

»Touboul und Grinbaum waren schon lange verfeindet. 2012 hat Grinbaum einen Auftragskiller auf Touboul gehetzt. Aber die Polizei konnte ihn fassen, bevor er zum Einsatz kam.«

»Und nun ist das Auto von Avichai Touboul doch explodiert ...«

»Und hat dabei ein sechsjähriges Mädchen schwer verletzt. Die Kleine liegt noch immer im Krankenhaus, und keiner weiß, ob sie durchkommt. Diesen Mafiosi müsste man ...« Anat Cohen machte ein angewidertes Gesicht.

Assaf nickte erneut. Auch ohne dass sie es aussprach, wusste er, was sie sagen wollte. »Das größte Problem bei den Ermittlungen scheint mir zu sein, dass in der Abteilung für organisiertes Verbrechen das reine Chaos herrscht«, gab er dann zu bedenken.

»Du meinst, seit Yacoov Mendel abgesetzt wurde und Yaniv Baum die Abteilung übernommen hat?«

»Mendel war ein hervorragender Ermittler. Unter seiner Leitung waren die Gangster einigermaßen unter Kontrolle.«

»Aber er hat sich von diesem Rabbi Ben Yosef bestechen lassen«, entgegnete Anat empört.

»Bei Rabbi Ben Yosef ging es doch nur um ein bisschen Schwarzgeld, nichts Ernstes. Die Folgen für die Einheit jedoch sind gravierend. Das sollte eine exzellente Einheit zur Bekämpfung von Mafiastrukturen sein, unser FBI sozusagen. Stattdessen ist es zu einem Haufen Stümper verkommen, ohne adäquate Führung. Die israelische Luftwaffe wird ja auch nicht von einem Panzerkommandanten geleitet.«

»Und in deiner Analogie ist Yaniv Baum der Panzerkommandant?«, fragte Anat mit hochgezogenen Augenbrauen.

»Genau! Von all den korrupten Schweinen, die in dieser Einheit umherwieseln, will ich mal gar nicht reden.«

»Nu, das wird ja eine interessante Zusammenarbeit.«

»Das wird es sowieso …«, sagte Assaf langsam und sah Anat nun zum ersten Mal richtig an. Ihre Augen waren eisblau wie eh und je. Sein Herz klopfte auf einmal unverschämt schnell, und für einen Moment fürchtete er, dass sie es hören könnte. Anat wich seinem Blick nicht aus, wenn sich auch ein spöttischer Zug um ihre Lippen legte. So verblieben sie einen Moment, bis das Klingeln des Telefons die kurze Intimität des Augenblicks verscheuchte.

Yaniv Baum schaute ernst auf seine Präsentation, die auf der großen, weißen Leinwand in Konferenzraum fünf für alle gut zu sehen war. Neben Assaf und Anat, die in der dritten Reihe nebeneinandersaßen, waren noch drei weitere Kommissare aus der Abteilung für organisiertes Verbrechen und zwei Mitarbeiter der Anti-Terroreinheit im Raum.

»Was wir im Moment in Israel erleben, ist die schlimmste Gewaltwelle der Mafia in der Geschichte des Staates. Die blutige Bilanz lautet zehn Tote in fünf Monaten. Zwei von ihnen wurden aus nächster Nähe erschossen, der Rest mit Sprengstoff in die Luft gejagt.

Dabei nehmen die Killer keine Rücksicht auf die Zivilbevölkerung. Im Gegenteil, alle Morde fanden auf offener Straße statt. Insgesamt wurden mehrere Zivilisten schwer und rund zwanzig leicht verletzt.« Baum klickte sich durch die Gesichter der zehn ermordeten Mafiosi. Zu jedem einzelnen sagte er ein paar Worte. Unter den Männern waren nicht nur Mitglieder der drei einflussreichsten Familien in der Gegend um Tel Aviv, sondern auch Vertreter kleinerer Gangs wie einer arabischen Familie aus Jaffa.

Assaf schaute sich die Bilder aufmerksam an und machte sich hier und da Notizen. Für ihn sah es so aus, als würden sich die Machtverhältnisse in der israelischen Mafia gerade neu ordnen. Wie sonst konnte man sich ein solches Tohuwabohu erklären?

»Wer ist die israelische Mafia?«, fragte Yaniv Baum unvermittelt und in einem theatralischen Tonfall.

Assafs Gesichtsausdruck verbarg kaum, wie lächerlich er Baums Auftreten fand.

»Die israelische Mafia ist in erster Linie Familiensache. Wir haben in Israel etwa sechs sehr aktive Familien und ungefähr zehn kleinere Organisationen. Sie bestehen aus Brüdern, Cousins, Schwäger, Vätern, Söhnen, Großcousins … Die meisten Verbrecher versuchen, das Geschäft in der Familie zu belassen. Zumindest in den oberen Hierarchiestufen. Damit meine ich Boss, Vize und Stabsstelle, das ist das, was man von der italienischen Mafia als Consigliere kennt.«

»Wie werden die Mitarbeiter auf den anderen Hierarchiestufen rekrutiert?«, fragte der Kommissar.

»Soweit es geht, familiär oder aus nahestehenden Personen, zum Beispiel angeheirateten. Zumindest auf die Offiziere, also die Leiter der Einsatzeinheiten, wie die Mafia das ganz militärisch nennt, trifft das zu. Deren Soldaten und Laufburschen sind aber oft sehr entfernte Familienmitglieder oder gehören gar nicht zur Familie.«

»Und wie werden die rekrutiert?«, nahm Anat Assafs Frage nochmals auf.

»Meistens sind das Leute, die als Kleingangster auf sich aufmerksam gemacht haben oder direkt bei den Familien anheuern. Wenn sie verlässlich arbeiten, bereit sind, auch dreckige Jobs zu übernehmen, oder schlichtweg viel Geld einbringen, können sogar Nicht-Familienmitglieder weiter aufsteigen.«

»Womit machen die Geld?«, fragte ein Mitarbeiter der Anti-Terroreinheit, und Assaf drehte sich erstaunt über die seines Erachtens dumme Frage zu dem Mann um.

»Gute Frage«, lobte Yaniv Baum zum Unverständnis des Kommissars, denn eigentlich sollte doch jeder Polizist wissen, womit die israelische Mafia ihr Geld verdient. »Die israelische Mafia macht eigentlich mit allem Geld. Und ich meine wirklich mit allem. Mehr und mehr versuchen die Familien, neben illegalen Geschäften wie Prostitution, Schutzgelderpressung, Raubüberfällen, Drogen-, Waffen- und Menschenhandel, Diamantenschmuggel und Geldwäsche, legale Geschäftsfelder zu bedienen. Das heißt: Restaurants, Cafés, Bars, Autowerkstätten, Hotels … alles, wo man legal Geld machen und vor allem waschen kann.«

»Habt ihr schon einmal von der Familie Nanikashvily gehört?«, fragte Assaf aus einer spontanen Eingebung heraus.

Yaniv Baum schüttelte den Kopf. »Wenn die im Geschäft sind, dann unbedeutende Nebendarsteller«, erklärte er mit einer wegwerfenden Handbewegung.

Assaf seufzte und schaute auf die Tatortfotos, die Baum an die Leinwand gepinnt hatte. Sie zeigten das von der Explosion stark beschädigte Auto. Aus der Beifahrertür hing ein lebloser Körper mit einer schweren, blutenden Verletzung am Kopf. Der Wagen stand mitten auf einer der belebtesten Kreuzungen der Stadt. Die Attentate auf öffentlichen Plätzen hatten in den letzten Jahren stark zugenommen. Während solche Fehden früher irgendwo auf unbeleuchteten Straßen oder Parkplätzen ausgetragen wurden, gerieten mittlerweile viel zu viele Unbeteiligte in Gefahr. Jederzeit konnte irgendwo auf einer belebten Straßenkreuzung ein Auto explodieren – es war fast wie Terrorismus, was wahrscheinlich die Anwesenheit der Mitarbeiter der Anti-Terrorbekämpfung erklärte. Man musste, um den Mafiosi beizukommen, neue Methoden entwickeln. Und immerhin hatten sie in Israel den großen Vorteil, dass sie über hervorragend trainierte Einheiten verfügten. Davon konnten die Italiener nur träumen. Trotzdem: Mafiamorde waren wirklich die letzten Verbrechen, die Assaf interessierten. Da hielt er es wie mit den Bürgerkriegen ihrer arabischer Nachbarn – solange sie sich alle gegenseitig umbrachten, konnte es ihm nur recht sein.

Yaniv Baum klickte nun auf die letzte Folie, die ein Foto des kürzlich ermordeten Avichai Touboul zeigte. Ein Mann um die fünfzig mit Boxergesicht und schütterem Haar. Er war so etwas wie das letzte Kapitel. Vorerst. Denn eins war sicher, Toubouls Familie würde Rache üben. Es war nur eine Frage der Zeit.

»Es handelt sich bei den verwendeten Sprengsätzen um C4-Plastiksprengstoff«, erklärte jetzt ein Mitarbeiter der Abteilung organisiertes Verbrechen. Ein junger Israeli äthiopischer Herkunft, der Assaf auf Anhieb sympathisch war. Und sei es auch nur, weil der Mann besonders viel Biss haben musste, um mit seinem kulturellen Hintergrund in diese Position gekommen zu sein. Äthiopier waren immer noch beunruhigend unterrepräsentiert im öffentlichen Dienst.

»C4-Plastiksprengstoff benutzt unsere Armee gerne – für diejenigen, die das nicht wissen«, führte der Mann mit dem altmodischen Namen Avner Yosef aus. »Wir vermuten daher, dass die Täter einen heißen Draht zu einem Soldaten haben, der sie mit der Ware versorgt. Wir haben außerdem Hinweise darauf, dass die Mafia bestens mit Micro-Tavor-Maschinengewehren ausgerüstet ist.«

»Die werden vor allem im Süden des Landes von der Armee benutzt«, warf der Kommissar ein.

»Ido Kahana war als Ingenieur beim Militär und sollte sich bestens damit auskennen, wie man mit einfachen Mitteln aus Plastiksprengstoff eine höchst effektive Bombe baut«, meinte Yaniv Baum, ungerührt von Assafs Kommentar. »Natürlich können wir ihm nichts nachweisen. Wir haben außerdem keine Ahnung, woher die Kahanas ihre Waffen bekommen.«

»Das ist insgesamt wohl das Erstaunlichste an den israelischen Mafiafamilien«, ergänzte Avner Yosef. »Die verfügen über ein Equipment wie sonst nur Geheimdienste. Das letzte Quartier, das wir durchsucht haben, war mit mehreren qualitativ hochwertigen Kameras ausgestattet, mit denen die Konkurrenz beobachtet wurde. Eine Art War Room. Das sind völlig neue Ausmaße, die wir so noch nicht vom organisierten Verbrechen kennen.«

»Soldaten, die beim Militär stehlen und die Sachen dann verkaufen, kommen sicherlich aus eher mittellosen Familien«, gab Anat zu bedenken.

»Guter Punkt«, kommentierte Yaniv Baum. »Wir hoffen, dass ihr uns dazu bald mehr sagen könnt.«

»Rega, wir sollen also herausfinden, von welchen Soldaten die Kriminellen ihre Waffen und den Sprengstoff bekommen?«, fragte Assaf müde, der diese Aufgabe für außerordentlich langweilig, kleinteilig und damit unattraktiv hielt.

»Genauer gesagt, die Kahanas. Wir vermuten, dass die Familie für einen Großteil der Morde, insbesondere den an Avichai Touboul verantwortlich ist.«

»Das Militär registriert doch, auf welchen Basen Ausrüstung gestohlen wird. Könnt ihr uns diese Listen besorgen?«, fragte Anat motiviert. Ihr schien die Aufgabe nichts auszumachen.

»Selbstverständlich«, antwortete Avner lächelnd.

Assaf legte seine Stirn in Falten. Ihm entging nicht,

dass der äthiopische Kollege anscheinend ein Auge auf die Kommissarin geworfen hatte.

»Gibt es verdeckte Ermittler, die uns zuarbeiten können?«, fragte Anat weiter.

Dem Kommissar, der wusste, wie kratzbürstig sie sein konnte, fiel sofort ihr säuselnder Ton auf. Sie hatte also auch gemerkt, dass der Kollege ihr schöne Augen machte.

»Lo, nein«, antwortete Avner Yosef schnell. »Aber ich werde dir sofort alle Infos zukommen lassen, die ich erhalte.«

»Wann?«

»Wann immer wir welche bekommen.«

Der Kommissar schnaufte genervt. Genau so hatte er sich diese Zusammenarbeit vorgestellt. Man war ständig auf andere angewiesen, durfte nichts alleine entscheiden und hatte dann auch noch die eintönigste Aufgabe der Welt zu bearbeiten. Die Tatsache, dass Anat eindeutig mit dem Äthiopier flirtete, setzte dem Ganzen die Krone auf. Seine anfänglichen Sympathien für den Mann waren gänzlich verflogen.

»Da haben diese Doppelnullen von der Abteilung für organisierte Kriminalität uns ja die blödeste Aufgabe von allen aufs Auge gedrückt, nicht wahr?«, sagte er später zu Anat, als sie gemeinsam in seinem Büro saßen, um die weitere Vorgehensweise zu besprechen.

»Zu wenig Action für dich, Assaf?«, fragte sie beiläufig zurück. Sie war bereits ganz mit den Akten beschäftigt.

»Na ja, die Zeiten, in denen ich als verdeckter Ermittler hätte arbeiten wollen, sind definitiv vorbei. Aber so ein Recherchejob ist auch nicht mein Ding …«

»Aber wenn wir die Belieferung stoppen, können die auch erst mal niemanden in die Luft jagen.«

»Anat, du glaubst doch nicht, dass man die Belieferung wirklich stoppen kann. Wenn die es nicht von denen kriegen, von denen sie es aktuell bekommen, dann eben von jemand anderem.«

»Wie genau heißt noch mal der Sprengstoff, der bei den letzten Morden verwendet wurde?«

»C4-Plastiksprengstoff.«

Sie tippte etwas in ihren Computer und las dann vor: »C4 gehört zu den formbaren Sprengstoffen. Aufgrund seiner chemischen Zusammensetzung ist er nur schwer von herkömmlichen Sprengstoffsuchgeräten aufzuspüren.

Die Lagerung von C4 ist relativ ungefährlich, da es handhabungssicher ist. Weder Feuer, Elektrizität noch Stöße, Klammer auf – sogar mit einem Hammer – Klammer zu, rufen eine Explosion hervor. Nur hinreichend starke Druckeinwirkung, kombiniert mit Erhitzung, kann zur Explosion führen; selbst Brandmunition genügte in Tests nicht.«

»Liest du das gerade aus Wikipedia vor?«, fragte der Kommissar erstaunt und konnte sich ein Lächeln kaum verkneifen.

»Was gibt's denn da zu grinsen?« Anat sah ihn beleidigt an.

»Nu, man merkt einfach, dass du nicht richtig beim

Militär warst. Den Sprengstoff kennt jeder echte Soldat.«

»Also hör mal, mein Lieber, ich war bei den Golanis!«

Nun lachte er laut heraus. »Bei den Golanis. Und was hast du da gemacht, liebe Anat? Kaffee gekocht? Oder Telefonate angenommen? Nein, ich weiß. Du warst bestimmt diejenige, die die Akten abgestempelt hat.«

»Assaf, was soll denn die sexistische Scheiße!«, fuhr sie ihn an. Sie schien jetzt wirklich wütend zu sein. »Nicht, dass ich mich vor dir irgendwie rechtfertigen muss, aber ich habe den Soldaten das Schießen beigebracht. Allerdings noch mit einer M16, nicht mit der neuen Tavor. Nur dass du Bescheid weißt.«

Der Kommissar sah das wütende Blitzen in Anats Augen. Er sagte jetzt besser nichts mehr. Jedenfalls nicht zu ihrer Militärkarriere, die aus seiner Sicht keine Karriere war. »Ich habe einen Bekannten, der bei der Armee mit Sprengstoff zu tun hatte. Ich werde ihn mal fragen, wer auf C4 Zugriff hat.«

Er sah ihr an, wie sie die Wut herunterschluckte.

»Beseder«, sagte sie kurz angebunden.

Nachdem die beiden Kommissare eine Weile nebeneinander in ihren Akten geblättert hatten, fragte sie schließlich:

»Was hältst du davon, wenn wir ein paar der einschlägigen Restaurants und Cafés beobachten und gucken, wer da so ein und aus geht? Wesentliche Treffpunkte sind wohl das Tittys und Isabellas in Tel Aviv.

Ersteres ist kein normales Restaurant, dem Namen nach zu urteilen.«

»Unfassbar, die importieren neuerdings auch gefälschte Medikamente im großen Stil«, sagte Assaf, der nun ebenfalls völlig in die Akten versunken war und Anats Frage nicht gehört hatte.

»Was für Medikamente?«

»Gegen Krebs, Bluthochdruck ... sogar Malaria. Die gibt's doch bei uns gar nicht ...«

»Vielleicht wird das Zeug weiter nach Ägypten geschmuggelt?«

»Hm, vielleicht. Entschuldige, was hast du vorhin gesagt?«

»Ob wir uns einen Überblick über die Leute verschaffen wollen, die in den Läden ein und aus gehen?«

Du lieber Gott. Wenn er eines hasste, dann Observationen. Da hätte er ja gleich Bibliothekar werden können. »Stundenlange Observationen im Auto. Zu zweit mit dir? Na, nichts lieber als das!«, flötete er. Er hatte sie genug aufgezogen für heute.

»Ich habe eigentlich gedacht, dass du und Yossi das Restaurant übernehmt, was in den Akten ständig erwähnt wird, und ich und mein Kollege Nir schauen uns mal den Stripclub an«, sagte sie kühl.

Assaf sah Anat verdutzt an. Meine Güte, war sie jetzt wirklich beleidigt? Anscheinend wollte sie ihre Zusammenarbeit auf ein Minimum begrenzen. Er schaute seine Kollegin nachdenklich von der Seite an. Verdammt, warum störte ihn das nur? Vielleicht nahm er das jetzt aber auch zu persönlich, und sie schlug einfach vor, was besser für die Ermittlungen war. Zwei Kommissare zusammen observieren zu lassen war sicherlich nicht die effizienteste Vorgehensweise. Seine Erklärung beruhigte ihn etwas. »Sababa«, sagte er schließlich, »aber wir nehmen den Stripclub.«

Assaf und Yossi saßen nun schon den dritten Abend in Folge vor dem Tittys in der Allenby-Straße. Früher war das hier mal eine der elegantesten Straßen der Stadt gewesen. Rechts und links zeugten immer noch hochherrschaftliche Bauten vom einstigen Wohlstand. Nur dass diese Häuser nun zerfielen und statt Boutiquen und vornehmen Restaurants zwielichtige Spelunken und Headshops den Boulevard säumten. Assaf hatte den Dienstwagen unter einem der großen Maulbeer-Feigenbäume geparkt, so schien das Licht der Straßenlaterne nicht in ihren Wagen, und sie konnten ungesehen beobachten. Assaf scrollte jedoch meistens gelangweilt über sein Smartphone. Gerade sah er sich Fahndungsfotos von einschlägig bekannten israelischen Gangstern an. Einer war hässlicher als der andere. Es war, als hätte die Natur bei den Männern besonders grausam zugeschlagen und sie dermaßen verunstaltet, dass ihnen fast nichts anderes übrig blieb, als kriminell zu werden. In den Stripclub mit dem überaus originellen Namen liefen etliche hässliche Männer, und einige von ihnen waren ganz sicher kriminell, auch wenn Assaf und Yossi bisher keinen großen Fisch entdeckt hatten, aber meistens herrschte vor der schweren Eingangstür auch gähnende Leere. In Israel gab es verschwindend wenige Stripläden, und der Besuch eines solchen Etablissements war anders als in den USA oder Europa noch lange nicht gesellschaftsfähig. Keine Überraschung in einem Land, in dem selbst die Duschbad-Werbung vollständig bekleidete Frauen zeigte. Auch Assaf selbst konnte sich nicht erinnern, jemals in einem Striplokal gewesen zu sein. Das heißt, nein, er revidierte seinen Gedanken. Natürlich. Er hatte in Thailand die berühmten Ping-Pong-Shows besucht, bei denen Frauen allerlei Verrücktes mit ihren Geschlechtsorganen anstellten: Vom Ping-Pong-Ball bis zu Dart-Pfeilen schossen junge Thailänderinnen dabei eine Menge an absurden Gegenständen durch den Raum, während windige Kellnerinnen einem wahnwitzig teure Getränke aufschwatzten. Er erinnerte sich auch noch gut an die beiden jungen Inder, die damals neben ihm von zwei Thais in Beschlag genommen worden waren. Leider fiel ihnen – es mochte an dem schummrigen Licht oder an dem hohen Alkoholpegel gelegen haben – dabei nicht auf, dass mindestens einer dieser Thais ein sogenannter Lady Boy war. Bei der Vorstellung, wie der Inder geguckt haben muss, als er den Lady Boy schließlich entkleidete, musste Assaf lachen.

»Warum lachst du?«, fragte Yossi gleich, der sich ebenfalls zu Tode langweilte und dem immer mehr anzusehen war, dass er es dem Kommissar persönlich übel nahm, nicht zu Hause bei seiner Frau im Bett liegen zu können.

»Ach, mir fielen gerade mal wieder ein paar Urlaubserlebnisse aus meinen wilden Jahren ein«, antwortete

Assaf vage. Situationskomik ließ sich sowieso nie erklären.

»Ich wusste nicht, dass deine wilden Jahre vorbei sind. Du flüchtest doch immer noch vor jeder Verantwortung von Bett zu Bett«, stellte Yossi ungewohnt spitz fest. Die Wut auf seinen Chef, der ihm diese unangenehme Aufgabe aufs Auge gedrückt hatte, nahm langsam überhand. Selbst beim sonst so überkorrekten Yossi Hag.

Bevor Assaf etwas entgegnen konnte, fiel ihm ein junger Mann ins Auge, der neben der Eingangstür zum Tittys herumlungerte. Er sah durch und durch gewöhnlich aus, aber er stach heraus, weil er eine Uniform trug. Assaf griff nach dem Fernglas. »Was macht denn der Samal hier?«, murmelte er. Sollte es so einfach sein, die Verbindung zum Militär zu finden?

»Du meinst den jungen Unteroffizier? Der scheint auf jemanden zu warten. Aber ich glaube nicht, dass der in das Striplokal will. Der steht vor der Kneipe daneben, oder nicht?«

Assaf beobachtete den Soldaten weiter. Dieser steckte sich gerade eine Zigarette an. »Hm. Kaum vorstellbar, dass der so blöd wäre, hier in Uniform aufzutauchen, wenn er wirklich etwas mit den Mafiosi zu tun hat.«

»Kannst froh sein, dass er seine Waffe nicht auch noch mitschleppt. Diese jungen Kerle werden doch immer leichtsinniger. Weißt du, wie oft ich im Zug sitze und der Soldat gegenüber schnarcht tief und fest, während sein Maschinengewehr immer weiter von der Schulter rutscht. Die meisten würden es nicht einmal merken, wenn ihnen jemand die Knarre klauen würde. Es wundert mich gar nicht, dass die Mafia so hervorragend von unserer Armee ausgerüstet wird.«

»Achi, jetzt übertreibst du aber. Ich finde es eher beeindruckend, dass praktisch gar nichts passiert. Obwohl so viele junge, bewaffnete Männer durchs Land laufen.« Wie auf Befehl ging der junge Soldat weiter. Er schien wirklich nur zufällig neben dem Tittys gestanden zu haben. Assaf legte das Fernglas wieder in seinen Schoß.

»Was das mit uns macht, ständig in der Mitte von schwer bewaffneten Menschen zu stehen, fragst du dich nicht?« Yossi ließ nicht so schnell locker. Wenn Assafs Kollege sich einmal an einem Thema festbiss …

»Yossi, es hat sich doch oft genug bezahlt gemacht, dass bewaffnete Soldaten in der Nähe waren. Da überlegt sich so ein Terrorist dreimal, ob er eine Aktion startet.«

»Terrorist, Terrorist! Wenn ich das schon höre. Der Begriff wird doch mittlerweile für jeden Psychopathen benutzt. Jeder kriminelle oder durchgeknallte Araber ist ein Terrorist. Jeder Angriff der Hamas ist Terrorismus. Schon mal darüber nachgedacht, dass das einfach ihre Armee ist?« Yossi kam vom Hundertsten ins Tausendste. Er war anscheinend in der Stimmung für einen Rundumschlag. Und der Kommissar wusste gut, dass ihr Heimatland bei diesen Rundumschlägen selten gut wegkam. Daher lehnte er sich zurück, schloss die Augen und wartete einfach ab, bis es vorbei war.

»Am liebsten würde ich auch wie alle anderen nach

Berlin ziehen. Aber was soll ich da arbeiten, ich kann ja kein Wort Deutsch«, beendete Yossi gefühlte Stunden später seine Tirade. Es war dabei zusammenfassend um folgende Themen gegangen: die Rechten, die jedem Linken, der nicht ihre Meinungen teilte, Landesverrat vorwarfen. Politiker, die kein ehrliches Interesse an der Errichtung eines palästinensischen Staats hatten und ihren Bürgern stattdessen frech ins Gesicht logen. Wenn sie überhaupt den Anstand besaßen, wenigstens noch so zu tun, als ob. Meistens sagten sie zu allem Überfluss ja ganz offen, dass ihnen die Palästinenser total egal waren. Aber natürlich waren ihnen nicht nur die Pallis, sondern vor allem ihre eigenen Bürger scheißegal. Deswegen kassierten sie exorbitante Steuern und trieben die Lebenshaltungskosten weiter in die Höhe. Assaf hatte dazu verständnisvoll genickt, in vielen Punkten hatte sein Kollege ja sogar recht.

»Nicht mal einen verdammten Schokopudding kann man sich in diesem Drecksland leisten«, hatte Yossi im Zenit seiner Wut gekeift und anschließend die Wurzel allen Übels benannt: Die Besatzung. Yossis Reden führten immer auf die Besatzung hinaus. Egal, worum es ursprünglich gegangen war. Als er damit anfing, war der Kommissar in Gedanken ins Tittys gegangen und hatte sich ein paar große, wohlgeformte Brüste vorgestellt. Wie die von Natascha, die er aufgrund seiner Nachteinsätze bereits tagelang nicht gesehen hatte. Yossi brauchte nicht zu denken, dass er der Einzige war, der litt. Auch er brachte Opfer.

Der Kommissar hätte zu gerne wirklich einmal einen Blick in den Laden geworfen, aber dann hätten die Gangster unter Umständen direkt Lunte gerochen, und das wollte er nicht riskieren. Andererseits, überlegte er und spürte nun langsam, wie ihn die Müdigkeit übermannte, vielleicht war es langsam an der Zeit, mal etwas zu riskieren. Denn bisher hatten sie keine Ahnung, woher die Mafia ihre Ausrüstung erhielt. Bei Anat und ihrem Kollegen sah es ähnlich aus. Keinen einzigen Hinweis hatten sie finden können. Aber wie sollten sie auch, wenn sie wie die Anfänger vor den einschlägigen Lokalen saßen? Welcher Gangster würde solche Geschäfte an den Orten abwickeln, die der Polizei bestens bekannt waren? Anat und dieser unfähige Einfaltspinsel Avner Yosef mochten glauben, dass das der richtige Ermittlungsweg war. Aber ihm gingen die unnützen Nachteinsätze langsam auf den Wecker. »Yossi, lass uns nach Hause fahren. Das bringt doch hier nichts«, sagte Assaf unvermittelt und ließ den Motor an. Sein Kollege schaute ihn überrascht an.

Assaf lenkte den Wagen langsam auf die rechte Spur der Allenby und gab dann ordentlich Gas. Es wurde Zeit, dass er andere Saiten aufzog. Anat schien ja sowieso so wenig wie möglich mit ihm zu tun haben zu wollen, von ihr brauchte er keine Teamarbeit erwarten. Also würde er ab jetzt so ermitteln, wie er es für richtig hielt. Rosenthal-Style sozusagen. Er schaute in den Rückspiegel und grinste. Es wurde Zeit, dass er mal wieder seinen alten Freund Boaz Fadida besuchte.

»Fehlt es an Führung, kommt ein Volk zu Fall. Rettung ist dort, wo viele Ratgeber sind.«
Motto des Mossad

KAPITEL 6

Boaz und Assaf waren Freunde, seitdem sie im Sandkasten zusammen gespielt hatten. Sie hatten die gleichen Trickfilme geguckt und waren am Freitag nach dem Schabbat-Essen von ihrem Heimatort Tirat Karmel aus gemeinsam mit dem Fahrrad ans Meer gefahren. Dort hatten sie gleichzeitig das erste Mal Mädchen geküsst – Boaz die dünne Yael und Assaf zu seinem Bedauern die dicke Inbal, und später hatten sie zusammen in Clubs die Freitagnächte durchgetanzt. Boaz Fadida jedoch ging mittlerweile Freitagabend nur noch in die Synagoge. Er war nicht nur fast von heute auf morgen religiös geworden, vor allem sein wachsendes Engagement für die Orthodoxenpartei war Assaf ein Rätsel. Aber er und Boaz waren sich trotz allem immer noch ähnlicher, als dass sie sich unterschieden, redete er sich ein. Auch Boaz war wie Assaf im Grunde genommen ein Einzelgänger. Und bei seiner Arbeit hatte er – wie Assaf – immer wieder mit der Unterwelt zu tun. Nur dass die Unterwelt meistens etwas von Boaz Fadida wollte und nicht umgekehrt. Assafs alter Freund war nämlich einer der besten Bodyguards und Kampftrainingsausbilder, den sie im Land hatten. Er selbst ließ sich nichts zuschulden kommen, das wusste der Kommissar. Und in was er indirekt verwickelt war, wollte Assaf lieber nicht wissen.

»Schabbat Schalom«, rief Assaf in die Wohnung der Familie Fadida hinein und legte die Hand kurz auf die Mesusa an der Eingangstür, um im Anschluss die Innenfläche kurz zu küssen.

»Assaf, was machst du denn hier? Boaz, komm mal schnell, hier ist ganz besonderer Besuch für dich!«, rief Iris Fadida, die Mutter seines Freundes. »Setz dich, Motek. Willst du was essen?«

Das musste sie den Kommissar nicht zweimal fragen. Innerhalb kürzester Zeit hatte Iris Fadida den Tisch mit kleinen und großen Schüsseln vollgestellt. In ihnen warteten Couscous, Fleischeintopf, gekochter Fisch mit Koriander, Merguez und natürlich Harissa, die scharfe Paste, die Juden tunesischer Herkunft aßen wie andere Marmelade, darauf, gegessen zu werden. Assaf rieb sich erwartungsvoll die Hände, das Essen bot eine gute Abwechslung zur Küche seiner Mutter, die aus dem Irak kam. Iris Fadida hingegen war aus Tunesien nach Israel gezogen. Sie kochte einzigartig lecker, und vielleicht lag es daran, dass Assafs Mutter sie nicht ausstehen konnte.

Einen kurzen Moment später kam sein Freund Boaz in die Küche. Er hatte sich bereits für die Synagoge angezogen, auch wenn es bis zum Schabbat-Eingang noch etwas dauerte. Zu seinem weißen Hemd trug er eine weite graue Anzughose. Auf seinem Kopf lag eine helle Strickkippa von der Größe eines Pancakes. Der Kommissar und Boaz Fadida umarmten sich, und Assaf klopfte seinem Freund spaßeshalber auf die muskulösen Oberarme. »Pssshhh«, zischte er dazu, »Boaz, du bist eine Maschine.«

Fadida lächelte leicht und setzte sich, nachdem er ein Glas Wasser getrunken hatte, ebenfalls an den Küchentisch. Anders als Assaf aß er jedoch nichts, sondern knabberte lediglich an ein paar Sonnenblumenkernen herum, die er vorher gekonnt mit den Zähnen aus der Schale löste.

»Ma kore, Achi?«, fragten sie einander fast gleichzeitig.

Assaf begann: »Nicht viel Neues, alles im gleichen Trott. War beim Reservedienst, arbeite ...«, er drehte sich etwas von Iris Fadida weg, »... verbringe meine Zeit mit schönen Frauen ...«

»Das hab ich gehört, Assaf.« Iris Fadida lachte und setzte sich zu den Männern. »Motek, willst du dir nicht mal langsam eine Frau zum Heiraten suchen?«

»Ima ...«, versuchte Boaz seine Mutter zu bremsen.

»Iris, Frauen zum Heiraten gibt es leider nicht wie Sand am Meer. Oder wie Köstlichkeiten in deiner Küche. Und irgendeine ist nicht gut genug für ein ganzes Leben.«

»Aber, Assaf, du bist jetzt achtunddreißig. Langsam wird es Zeit. Willst du denn keine Kinder?«

»Ima, jetzt lass ihn doch in Ruhe«, würgte Boaz das Gespräch über die Zukunftsplanung des Assaf Rosenthal ab.

Die beiden Männer sahen sich verschwörerisch an und führten dann, als Iris Fadida aufgestanden war, ihr Gespräch weiter, als sei nichts geschehen.

»Wie alt ist Nevo jetzt?«, fragte der Kommissar nach dem Sohn von Boaz.

»Eineinhalb. Er flitzt herum wie ein Fußballspieler. Er ist gerade mit Yael bei ihren Eltern.« Nach einigen Irrungen und Wirrungen, inklusive vieler Frauen in Brasilien, wo Boaz eine Weile lang als Bodyguard tätig gewesen war, hatte Assafs Freund tatsächlich seine Jugendliebe geheiratet.

»Und was macht das Business?«

»Läuft. Ich kann mich nicht beklagen. Wirklich nicht.«

Assaf überlegte kurz, ob Boaz immer schon so wortkarg gewesen war, und dabei fiel ihm auf, dass er in den letzten Jahren immer ruhiger geworden war. Eigentlich konnte man fast sagen: Je religiöser Boaz wurde, desto verschwiegener wurde er auch. Wie eine Muschel, die sich langsam immer weiter verschloss. Irgendwann würde seine Religiosität noch ihre Freundschaft bedrohen. Ihre Leben schienen jetzt schon auf verschiedenen Planeten stattzufinden. In diesem Moment beschlich Assaf zum ersten Mal das ungute Gefühl, dass sie sich immer weiter voneinander entfernten. Er seufzte kurz, und auch Boaz sah ihn nachdenklich an, als hätte er die gleichen Gedanken.

»Achi, ich brauche ein paar Infos von dir«, beendete Assaf das Schweigen zwischen ihnen.

»Natürlich, gerne. Wie kann ich dir weiterhelfen? Alles, was du willst«, antwortete Boaz eifrig, wie um die vorherige Einsilbigkeit wettzumachen.

»Du hast ja sicherlich von den Mafiamorden gehört. Meine Aufgabe ist es, herauszufinden, woher die Gangster ihre Ausrüstung bekommen. Vor allem den Sprengstoff. C4. Und vor allem Informationen über die Kahana-Familie. Man geht davon aus, dass die den Mord an Avichai Touboul auf dem Gewissen hat.«

»Man?«

»Die Abteilung, die dafür eigentlich verantwortlich ist. Ich wurde kurzfristig in eine Sondereinheit zu denen gesteckt.«

»Was glaubst du?«

»Ich habe das Gefühl, dass es in der Unterwelt mächtig rumort. Ich glaube, die Machtverhältnisse sortieren sich gerade neu.«

»Da könntest du recht haben, Assaf.«

»Was weißt du?«, fragte der Kommissar gespannt.

»Achi«, begann Boaz nachdenklich, »ich kenne mich natürlich nur im Norden aus. Aber hier in Haifa ist es wohl so, dass kürzlich einige neue Familien dazugekommen sind, die versuchen, die Macht an sich zu reißen. Das könnte ich mir im Zentrum auch vorstellen. Vielleicht haben die Umwälzungen dort einige ermutigt, auch hier Balagan zu machen. Du weißt ja, was in Tel Aviv passiert, findet früher oder später im ganzen Land statt.«

»Wir haben in Tel Aviv einen Stripclub und ein Restaurant observiert, aber bisher nichts herausgefunden.«

»Den Stripclub kannst du gleich vergessen!«, sagte Boaz entschieden.

»Warum?«

»Weil die Mafia neuerdings auf anständig macht. Die zwielichtigen Schuppen werden mehr und mehr abgestoßen. Stattdessen erschließen die sich völlig legale Geschäftsfelder. Ich bezweifle, dass die den Laden überhaupt noch selbst führen.«

Assaf nickte, während er sich noch ein paar Löffel Couscous auf den Teller schaufelte.

»Die werden immer erfinderischer, wenn es darum geht, euch Bullen ein Schnippchen zu schlagen. Hier in Haifa zum Beispiel hat die Berlowitz-Familie einen Getränkehandel aufgemacht. Sie gehen in die Restaurants und Pubs und sagen den Besitzern, dass sie ab jetzt ihre Getränke bei ihnen zu kaufen haben.«

»So eine Art Schutzgelderpressung, aber legal«, stellte der Kommissar nachdenklich fest.

»Genau, denn die Restaurantbesitzer haben natürlich nicht wirklich eine Wahl. Aber die Berlowitz-Jungs machen denen auch gute Preise, so dass im Prinzip alle davon profitieren. Ähnlich läuft es in der Zusammenarbeit mit Autowerkstätten. Da werden altes Öl oder auszuwechselnde Autoteile abgekauft und weiterveräußert. Das sind alles Geschäfte, für die ihr sie noch nicht einmal belangen könnt.«

»Und sie erschließen sich ständig neue Geschäftsfelder …«, kommentierte der Kommissar seufzend.

»Achi, im Grunde genommen hat die Mafia ihre Finger überall drin. Im Tourismus, im Recycling. Selbst in vielen Immobilienprojekten. Die bewegen sich in Israel wie die Könige. Wie Berühmtheiten. Wo auch immer sie hinkommen, werden sie hofiert. Selbst die echten Stars, Sänger, Schauspieler und so weiter treten kostenlos auf den Hochzeiten, Bar Mizwas und Beschneidungsfeiern für die Kinder und Enkel der Gangster auf. Man kennt sich. Man tut einander Gefallen. Ich weiß ehrlich gesagt nicht recht, wo du da anfangen willst.«

»Wie finde ich heraus, wer mit den Kahanas zusammenarbeitet?«

Boaz Fadida strich sich nachdenklich über sein kurzgeschorenes Haar. Er nahm die Kippa ab, um sie kurz danach wieder auf dem Hinterkopf zu platzieren. »Ich werde mich mal für dich umhören«, sagte er schließlich. »Aber versprechen kann ich dir nichts«, schob er schnell hinterher.

Arik Kahana und seine Leute betraten die laute Bar auf der Dizengoff-Straße um Punkt dreiundzwanzig Uhr. Assaf hatte sich in einer schummrigen Ecke neben dem Hinterausgang platziert, so dass er jeder Zeit verschwinden konnte, falls irgendjemand auf ihn aufmerksam wurde. Arik Kahana, der Sohn vom Mafiaboss Ido Kahana, setzte sich an den Tisch, der ihm einen freien Blick auf den Eingang ermöglichte. Mit ihm nahmen vier weitere Männer, von denen zwei wohl als seine Bodyguards fungierten, auf den Holzstühlen Platz. Eine junge hübsche Kellnerin stellte den Männern unaufgefordert eine große Flasche Grey Goose Wodka auf den Tisch. Arik griff sofort zu und goss sich und seinen Kumpanen großzügig ein. Statt kleinen Schnapsgläsern füllte der Gangster Wassergläser mit dem Edelwodka.

Assafs Augenbrauen schnellten in die Höhe. Die Gruppe hatte in der Nacht wohl einiges vor. Es war sowieso nicht Arik Kahana, für den der Kommissar sich interessierte. Dieser würde in kurzer Zeit, seinem Ruf entsprechend, besoffen in irgendeiner Ecke liegen. Es war bekannt, dass Arik Kahana keine wichtigen Aufgaben in der Organisation hatte. Kahana Sunior war der klassische Fall von einem Sohn, der im Schatten seines Vaters verblasste. Nein, ihn interessierte Moti Kahana, der Neffe vom Boss und vielversprechender Nachwuchs des Clans. Boaz hatte ihm am Morgen den Tipp gegeben, dass Moti heute Abend auf einen wichtigen Geschäftspartner treffen würde. Assaf hoffte, dass es eben dieser Geschäftspartner war, der die Kahanas mit Sprengstoff versorgte. Natürlich würden sie sich nicht hier in der Bar treffen, aber da der Kommissar nicht wusste, wo die Männer sich verabredet hatten, blieb ihm nichts anderes übrig, als sich an die Fersen der Gruppe zu heften und zu hoffen, dass sie ihn nicht bemerkten.

Während er hier saß, beschattete Anat weiterhin das Restaurant Isabellas und hatte vor kurzem tatsächlich einen ersten Ermittlungserfolg errungen: Sie hatte herausgefunden, dass neuerdings Beduinen im Isabellas ein und aus gingen. Ihre Recherchen hatten zwar keinen Hinweis darauf geliefert, dass die Beduinen es waren, die den Sprengstoff geliefert hatten, aber immerhin wussten sie jetzt, dass es neue Verbindungen zwischen den Kriminellen gab. Die Beduinen hatte bisher niemand im Zusammenhang mit der Mafia im Zentrum des Landes auf dem Plan gehabt. Sie waren vor allem im Süden aktiv, wo sie auch lebten. Meist unter katastrophalen Bedingungen, mit vielen Frauen und unzähligen Kindern in Blechhütten und Zelten. Die Regierung versuchte seit vielen Jahren, die beduinische Bevölkerung in Städten wie Rahat oder Hura anzusiedeln, aber die Nomaden lebten lieber ohne Wasserleitungen oder Strom auf Land, das sie nie offiziell erworben hatten. Es hieß ja oft, dass Muslime in Israel benachteiligt würden, in der Unterwelt konnte davon keine Rede sein, dachte Assaf bitter. Unter den Mafiosi arbeiteten selbst die hervorragend zusammen, die sich sonst gegenseitig die Pest an den Hals wünschten. Die Beduinen waren jedoch eigentlich nicht dafür bekannt, mit anderen Mafiosi im Land zu kooperieren. Wenn sie das jetzt doch taten, stellten diese Verbindungen eine neue Dimension dar: Immerhin reichte das Netzwerk der israelischen Beduinen bis tief nach Ägypten hinein. Der Kommissar hoffte, dass Anats Ermittlungserfolg den Kollegen von der Abteilung für organisiertes Verbrechen Beine machen würde und sie jetzt an den Typen dran waren. So würde es hoffentlich nur eine Frage der Zeit sein, bis man die für irgendetwas drankriegen konnte. Und sei es für Verbrechen wie Steuerhinterziehung. Ob das dann langfristig etwas brachte, bezweifelte Assaf allerdings. Der Masterplan von Yaniv Baum war es, die Schlinge um den

Hals der Kahanas immer weiter zuzuziehen, deren Geschäftspartner ins Gefängnis zu bringen und dann darauf zu hoffen, dass die Kahanas unter Druck einen Fehler machten. Assaf jedoch hielt das für keinen besonders guten Plan. Bevor der Druck so anstieg, dass sich bei diesen Kriminellen Fehler einschlichen, würde es lange dauern, Zeit, die sie nicht hatten. Aber er war es nicht, der das zu entscheiden hatte. Mittlerweile hatte sich Assaf mit seiner untergeordneten Rolle abgefunden. Er war nur eine ausführende Hand. Man hatte von ihm verlangt, dass er herausfand, woher der Sprengstoff kam. Nicht mehr und nicht weniger. Und das würde er. Mit etwas Glück noch an diesem Abend.

Als der Kommissar gerade dachte, dass wohl nichts mehr von Bedeutung passieren würde, sprang Moti Kahana urplötzlich auf und verließ die Bar. Assaf folgte ihm kurz danach unauffällig. Er entdeckte den Mann ein paar Meter entfernt vor einer Bushaltestelle. Dort hielt ein Auto, ein roter Subaru, in den Moti Kahana einstieg. Der Kommissar schlenderte ebenfalls zu der Haltestelle, stellte sich hinter einen älteren Mann und tat mit einem Blick auf die Uhr, als würde er ebenfalls auf einen Bus oder Sherut warten. Auf der Dizengoff-Straße war auch abends so viel los, dass Assaf kaum auffiel. Er war sich fast hundertprozentig sicher, dass die Männer im Subaru nicht auf ihn aufmerksam geworden waren. Schon gar nicht in der Dunkelheit. Leider konnte aber auch der Kommissar kaum etwas sehen. Und da der Fahrer sämtliche Autolichter ausgeschaltet hatte, war es Assaf nicht möglich, auch nur ansatzweise ein Gesicht zu erkennen. Natürlich würde er sich das Nummernschild notieren. Er hoffte nur, dass der Mann leichtsinnig genug war, mit seinem eigenen Auto hier aufzukreuzen. Dann würden sie ihn schnell ausfindig machen können.

Das Gespräch dauerte nur wenige Minuten, und kurz nachdem Assaf an der Haltestelle angekommen war, stieg Moti auch schon wieder aus und machte sich zurück auf den Weg zur Bar. Der Subaru fuhr sofort los und war ein paar Momente später bereits nicht mehr zu sehen. Der Kommissar wartete kurz ab, etwas ratlos, ob er nun zurück in die Bar gehen sollte. Er entschied dann aber, dass es dort für ihn nichts mehr zu beobachten gab, außer ein paar besoffene Mafiosi, die sich wie Stadtfürsten aufführten. Er verließ die Bushaltestelle und blickte auf die Uhr. Es war zehn vor drei. Zu spät, um für einen erholsamen Schlaf ins Bett zu gehen, und zu früh, um schon zur Arbeit zu fahren. Assaf hasste Nachteinsätze. Ohnehin war ihm diese ganze Ermittlung zuwider. Er konnte nur beten, dass der Fahrer des Subarus sie weiter bringen würde. Oder dass irgendetwas passierte, was ihn zurück zu seiner eigentlichen Arbeit mit Entscheidungsbefugnissen gehen ließe.

Bis die Gebete des Kommissars erhört wurden, vergingen noch einige Tage. Tage voller Stunden, die sich so langsam dahinschleppten, wie er es bisher nur aus dem Militärdienst gekannt hatte. Der Yom Kippur-Feiertag hatte die Ermittlungen beinahe zum Erliegen gebracht.

Und obwohl Assaf den Fastentag in der Vergangenheit immer genossen hatte – noch nie war es ihm so schwergefallen wie in diesem Jahr, fünfundzwanzig Stunden lang nichts zu essen. Nicht einmal in die Synagoge hatte er es geschafft, so kraftlos hatte er sich gefühlt. Als er wieder ins Kommissariat zurückgekehrt war, empfing ihn Zipi dort mit der Botschaft, dass das Nummernschild des Subarus von einem Opel gestohlen worden war. Eine Nachricht, die bei dem Kommissar einen mittelschweren Wutanfall auslöste. Er hatte sich sofort bei Boaz erkundigt, aber sein Freund war momentan zu beschäftigt, um geeignete Informationen zu sammeln. Zu allem Übel waren die Kahanas auch noch auf die Polizeibeschattung aufmerksam geworden: Ein Fehler des Kollegen Nir Singer, der sich idiotischer Weise während der Beschattung, die er gemeinsam mit Anat Cohen durchführte, von einem der Gangster in ein Gespräch hatte verwickeln lassen. Das hatte dazu geführt, dass der Großteil der Führungsriege der Kahana-Familie – zumindest laut Informationen der Abteilung fürs organisierte Verbrechen – erst einmal abgetaucht war. Lediglich zwei Brüder von Ido Kahana kümmerten sich nun um die Tagesgeschäfte. Was weitere Operationen anging, hielt man die Füße still. Alles in allem saßen sie also mächtig in der Scheiße. Die Ermittlungen stockten, und die Laune bei Assaf war auf dem Tiefpunkt.

Bis zu dem Tag, an dem er seinen Kollegen Schlomo Malul besuchte.

Als Assaf das Büro des Chefs der Spurensicherung betrat, war dieser gerade mit dem Flexen seiner Muskeln beschäftigt. Dass der Kommissar ihn bei dieser Peinlichkeit erwischte, schien ihn jedoch nicht zu stören. »Ah, Achi, wie geht's? Dich hab ich ja lange nicht mehr gesehen«, begrüßte Schlomo ihn freudig und schob eine der Hanteln zur Seite, die er eben noch gestemmt hatte.

»Uff, furchtbar. Bei uns herrscht ein absolutes Ermittlungstief. Da dachte ich, ich komme mal bei dir vorbei und frage dich, wie es dir geht. Aber wie ich sehe, bist du auch schwer beschäftigt«, antwortete Assaf mit Blick auf die Gewichte.

»Ich habe so viel Arbeit, dass ich schon im Büro beim Verfassen von Abschlussberichten Hanteln stemmen muss. Schließlich habe ich meinen Anzug für den großen Tag gekauft, als ich noch täglich trainieren war. Was soll ich sagen? Meine Süße will mich muskulös, und im Moment habe ich keine Zeit fürs Fitnessstudio.« Sein Kollege lachte.

»In ein paar Wochen ist es so weit, was?«, sprach der Kommissar seinen Kollegen auf seine Hochzeit an.

»Be Ezrat Ha Schem, mit Gottes Hilfe. Und die kann ich gut gebrauchen. Meine Braut ist praktisch nicht mehr ansprechbar. Die totale Hektik.«

»Hast du denn viel zu tun, oder hilfst du bei den Vorbereitungen?«

»Helfen? Assaf, glaub mir, niemand will meine Hilfe. Ich hab Glück, dass ich überhaupt eingeladen bin. Als Bräutigam hat man sich nicht wirklich einzumischen, falls du das noch nicht wusstest.«

Assaf grinste. »Und warum hast du gerade so viel zu tun hier?«

»Walla, dir ist wirklich langweilig, Rosenthal.«

Der Kommissar zuckte mit den Schultern.

»Hier«, sagte Schlomo Malul und schob dem Kommissar ein Foto eines etwa vierzigjährigen Mannes zu, »Eli Mizrachi. Ist gestern von der Rolltreppe im Azrieli-Center gefallen. Mitten auf die Ayalon. Wie du dir vorstellen kannst, hat er diesen Absturz nicht überlebt.«

»Gefallen?«

»Na ja. Jemand wird schon nachgeholfen haben.«

»Da gibt's doch sicher Überwachungskameras?«

»Schlaumeier. Die waren zugesprüht. Da siehst du nichts außer Schwarz.«

»Kus'emeck!«, fluchte Assaf auf Arabisch.

»Das kannst du wohl laut sagen«, stimmte Schlomo Malul ein. »Aber jetzt kommt der Clou. Mizrachi war in Uniform unterwegs. Von seinem Arbeitsplatz nebenan. Und jetzt steht mir die Militärpolizei auf den Füßen, weil die meinen, das sei allein ihre Sache.«

»Na ja, wenn er in Uniform unterwegs war, ist das doch richtig, oder?«

»Das stimmt. Aber, auch wenn ich kein Kommissar bin – der Fall hat nichts mit dem Militär zu tun, das sieht ein Blinder. Das war kein terroristischer Angriff oder so was. Der Mann war auf dem Weg nach Hause, also eigentlich gar nicht mehr wirklich im Dienst. Und seit wann stürzen Terroristen Leute die Rolltreppen hinunter?«

»In welcher Einheit hat der denn überhaupt gedient?«

»Beim Aman.«

Das war der Moment, in dem bei Assaf alle Glöckchen klingelten. Auch Michelle Ami hatte beim Aman ihren Wehrdienst abgeleistet. Zwei tote Aman-Mitarbeiter in so kurzer Zeit. Wer jetzt noch an einen Zufall glaubte, musste mit dem Klammerbeutel gepudert sein.

»Ich fühle mich manchmal müde. Aber es gibt so viele Gründe, müde zu sein.«
Ehud Olmert

KAPITEL 7

»Rosenthal, ich habe keine Ahnung, ob die beiden Fälle etwas miteinander zu tun haben. Aber der Punkt ist doch, dass wir da keine Ermittlungsbefugnis haben«, schnaufte sein Chef kurze Zeit später, nachdem Assaf ihn im Flur angetroffen hatte und ihm nun in sein Büro gefolgt war.

»Aber, Chaim, das stimmt doch so nicht. Ich habe im Fall Michelle Ami ermittelt.«

»Bis eindeutig festgestellt wurde, dass sie Selbstmord begangen hat. Und dann war sie niemands Fall mehr. Und du wurdest ins Mafia-Ermittlungsteam geschickt.« Wieler ließ sich schwer auf seinen Bürostuhl fallen.

»Aber du kannst doch nicht leugnen, dass alles danach aussieht, als ob es einen Zusammenhang zwischen den beiden gibt. Lass mich doch wenigstens herausfinden, ob Michelle Ami unter Eli Mizrachi gedient hat.«

»Der Fall Mizrachi liegt jetzt bei der Militärpolizei. Der Mann ist, soweit ich weiß, in Uniform unterwegs gewesen.«

»Ja, weil er auf dem Weg nach Hause war. Doch nicht, weil er wirklich im Dienst war«, wiederholte der Kommissar, was Schlomo Malul ihm gesagt hatte.

»Assaf«, Chaim Wieler sah ihn ernst an, »warum willst du dir das überhaupt antun? Wenn es wirklich stimmt, dass Michelle Ami Informationen an die Presse geben wollte, kannst du dir sicher sein, dass der Redakteur bereits in alle nur möglichen Richtungen recherchiert. Und mit ihm seine Kollegen. Die werden dir wie die Hyänen im Nacken sitzen. Willst du wirklich im Auge des Sturms stehen?«

»Ich will Gerechtigkeit.«

»Gerechtigkeit, Schmechtigkeit.« Wieler winkte ab. »Wir sorgen für Recht, nicht für Gerechtigkeit. Und in diesem Fall werden die Kollegen von der Militärpolizei schon wissen, was sie tun.«

»Aber Michelle Ami war mein Fall!«, rief Assaf trotzig.

»Liegt es daran, dass du nicht mit der Kollegin Cohen zusammenarbeiten willst?«, fragte Wieler plötzlich.

Der Kommissar blickte seinen Chef überrascht an. »Ma? Wie kommst du denn darauf?«, stotterte er.

»Ich habe gehört ... Na ja, mir ist zu Ohren gekommen, dass da mal was lief zwischen euch. Assaf, andere Mütter haben auch ... Du weißt schon, schlag dir die Kollegin aus dem Kopf.« Chaim Wieler tätschelte Assaf väterlich die Schulter.

»Chaim, das ist wirklich nicht mein Problem«, erklärte Assaf mit Nachdruck.

»Weißt du, manchmal muss man so etwas einfach akzeptieren. Was nicht sein soll ...«

Chaim Wielers Sprüche aus dem Poesiealbum fingen an, den Kommissar gehörig zu nerven. Es ging doch hier nun wirklich nicht um Anat. »Chaim, ich will nichts von Anat Cohen. Und wir haben bei der Mafiasache kaum miteinander zu tun. Und selbst wenn wir das hätten, wäre das auch okay. Ich will einfach nur in dem Fall ermitteln, den ich angefangen habe.«

Wieler nickte wissend und brachte Assaf damit fast auf die Palme.

»Umso besser. Dann wird es dir ja auch nichts ausmachen, heute mit der Kollegin eine Nachtschicht einzulegen.«

»Warum das jetzt auf einmal?«

»Die Kollegen vom organisierten Verbrechen haben einen Tipp bekommen, dass die Khaldis heute Nacht Ware im Hafen in Ashdod in Empfang nehmen.«

»Die Khaldis?«, fragte Assaf erstaunt. Er erinnerte sich dunkel daran, den Namen schon einmal gehört zu haben.

»Na, diese Beduinen, die den Laden von den Kahanas übernommen haben.«

»Ach, die haben den Laden von den Kahanas komplett übernommen?« Der Kommissar hatte das Gefühl, dass er anscheinend nicht auf dem neusten Stand der Ermittlungen war. Zu viele Köche verdarben den Brei. Das stimmte auch für Einsatzteams der Polizei.

»Ich will wissen, wer bei den Khaldis welche Rolle spielt. Der Beduinen-Clan ist laut Yaniv Baum bisher noch kaum in Erscheinung getreten. Schon gar nicht im Zentrum. Die Kollegin Cohen hat sich sofort bereit erklärt, sich das mal anzugucken, und sie kann ja schlecht alleine fahren.«

»Warum machen das nicht die Kollegen aus Ashdod?«

Chaim Wieler zögerte kurz. »Sagen wir so. Wir wollen sichergehen, dass die Gangster nicht vorgewarnt werden.«

»Willst du damit andeuten, dass es in der Polizei in Ashdod ein schwarzes Schaf gibt?«

»Das habe ich nicht gesagt. Aber ausschließen kann man es auch nicht«, formulierte Wieler vage, und Assaf beschloss, dass er es eigentlich auch nicht genauer wissen wollte.

»Und warum fährt Anat da nicht mit ihrem Kollegen Nir Singer hin? Die haben doch bisher auch zusammen ermittelt«, sagte Assaf. So schnell ließ er sich nicht abwimmeln.

»Der ist vom Fall abgezogen. Warum muss ich dir wohl nicht erklären? Immerhin war Singer es, der durch einen Fehler die Kahanas aufgeschreckt hat. Assaf, wir brauchen endlich einen Durchbruch in der Mafiageschichte. Die tanzen uns auf der Nase herum! Und die Idioten unter Baum wissen offenbar nicht einmal mehr genau, wer überhaupt das Sagen hat. Es scheint sie auch nicht sonderlich zu interessieren.«

Der Kommissar schnaufte. Er musste sich fürs Erste geschlagen geben. Aber im Fall der Aman-Toten war das letzte Wort noch nicht gesprochen. Zumindest nahm Assaf sich das fest vor.

Um Punkt acht Uhr fuhr Anat Cohen mit dem schwarzen Skoda seine Straße entlang und blieb vor seinem

Haus stehen. Nicht mal eine Sekunde konnte die Frau sich verspäten, dachte Assaf, der die Ankunft seiner Kollegin vom Balkon aus beobachtete. Er schlang hektisch seine Pita mit dem Omelette hinunter, füllte noch schnell die Futternäpfe der Katzen auf, und als er die zwei Stockwerke heruntergelaufen war, konnte er sich das genervte Gesicht seiner Kollegin so gut vorstellen, da er noch einmal zurück in die Wohnung lief, weil er sein Portemonnaie vergessen hatte.

»Assaf, wenn ich acht Uhr sage, dann meine ich auch acht. Kannst du nicht einmal pünktlich sein?«, fuhr ihn seine Kollegin dann auch an, als er in den Wagen stieg.

»Slecha, tut mir leid! Dafür habe ich uns Lakritz mitgebracht, die magst du doch so gerne«, säuselte der Kommissar versöhnlich, und tatsächlich rang Anat Cohen sich ein Lächeln ab.

»Hast du dir die Unterlagen durchgelesen, die ich dir geschickt habe?«, fragte sie prüfend.

»Wie befohlen! Aye, aye, Sir«, rief er grinsend und machte die passende Handbewegung dazu. Im nächsten Moment wunderte er sich jedoch über seine Albernheit. Er verstand ja selbst nicht, warum er sich in ihrer Gegenwart immer wie ein pubertierender Junge aufführen musste. Er konnte einfach nicht anders. »Die Khaldis sind immerhin noch Gangster, die das machen, was man von Gangstern erwartet«, fügte er hinzu, um sein ehrliches Engagement für diesen Fall zu zeigen.

»Und das wäre?« Anat schnallte sich an und setzte den Blinker links.

»Na ja, du weißt schon. Menschen- und Waffenhandel. Drogengeschäfte. Und das Ganze gewürzt mit einem krankhaften Ehrgefühl.«

»Meinst du die Familienmorde?«

»Ach so, ja, ich vergaß. Ehrenmorde dürfen wir ja nicht mehr sagen. Zwölf Frauen des Khaldi-Clans wurden in den letzten zehn Jahren umgebracht. Alle wegen schlimmster Verbrechen wie Ehebruch oder Affären vor der Eheschließung. Dagegen sind Steinzeitmenschen hochmodern.« Er wusste, dass Anat sich viel mit dem Thema Frauenrechte beschäftigte und ehrenamtlich in einem Frauenhaus aushalf. Früher, als sie sich noch nähergestanden hatten, hatte sie es geschafft, ihm ihre Ansichten regelrecht einzuimpfen. Keine Werbung, die er mehr sehen konnte, ohne an Sexismus zu denken. Kein Kommentar seiner Kumpels, der ihm nicht klarmachte, wie weit sie von einer Gleichberechtigung zwischen Mann und Frau entfernt waren. Zum Glück hatte das nachgelassen, als er und Anat sich voneinander distanzierten. Ehrenmorde waren natürlich eine ganz andere Hausnummer. Der Gedanke, dass solche Praktiken in seinem Heimatland Anwendung fanden, machte ihn krank. Vor allem, weil Araber involviert waren. Dass die sich aber auch nicht ein bisschen weiterentwickeln konnten, dachte er wütend.

»Und besonders schockierend ist«, sagte Anat nachdenklich, »wenn die Entscheidung getroffen wird, dass eine Frau die Ehre der Familie so schlimm beschmutzt hat, dass sie ermordet werden muss, dann geschieht das im Einvernehmen des ganzen Clans. Die Straße leert sich, die Jalousien werden geschlossen, und im Prinzip warten alle darauf, dass es schnell vorbei ist. Auf den erlösenden Schuss, der es ihnen ermöglicht, morgens wieder so zu tun, als seien die Verhältnisse im Gleichgewicht. Aber wie diese Leute morgens in den Spiegel gucken können, weiß ich nicht.« Der Kommissar sah, dass ihr das Thema wirklich naheging, und er bereute es ein wenig, dass er diese dunklen Gedanken heraufbeschworen hatte.

»Aber das bestärkt mich nur darin, diese Hurensöhne dranzukriegen«, sagte Anat nachdenklich, während sie den Wagen an einer Ampel stoppte. Assaf blickte seine Kollegin von der Seite an. Sie war ganz in Schwarz gekleidet, trug eine schwarze Röhrenjeans und dazu einen schwarzen, schlichten Pullover. Ihre braunen Haare hatte sie zu einem Dutt gebunden, der ihre hohe Stirn betonte. Er studierte ihr Profil mit der schmalen, langen Nase und den geschwungenen roten Lippen, die immer aussahen, als würde sie Lippenstift tragen. Assaf wusste jedoch, dass sie keinen benutzte. Selbst frühmorgens leuchteten ihre Lippen rot. Sie fing seinen Blick mit ihren hellen blauen Augen auf, lächelte kurz und fuhr dann zügig los, als die Ampel wieder auf Grün schaltete. Das war der Moment, in dem er es sich zum ersten Mal eingestand. Dass sein Herz sich wirklich und ganz wahrhaftig schwer anfühlte. Sie so von der Seite anzuschauen, aber nicht berühren zu können machte ihn schier wahnsinnig. Dieses Gefühl, das ihn auf einmal übermannte, diese Schwere und wie es ihm gleichzeitig fast den Hals zuschnürte, das kannte er nicht, und plötzlich schien es ihm, als hätte er nie etwas anderes empfunden. Konnte es sein, dass ihn nach all den Jahren plötzlich wieder so etwas wie Liebeskummer plagte? Der Gedanke verwirrte ihn, und er versuchte sich mit dem Blick aus dem Fenster abzulenken. Die Tel Aviver Nacht zog an ihnen vorbei. Das kürzlich renovierte Templerviertel Sarona, in dem der Kommissar noch nie gewesen war. Das Innenministerium und die Zentrale des israelischen Militärs. Die Azrieli-Türme. Er versuchte an den Fall des ermordeten Aman-Mitarbeiters zu denken, der hier vor einigen Tagen von der Rolltreppe auf den Highway gestoßen wurde, aber seine Gedanken drifteten immer wieder ab.

Assaf schloss die Augen und sah Anats blassblaue Augen vor sich. Also öffnete er sie schnell wieder, aber das half kaum, denn immerhin saß sie neben ihm. Er roch ihr Parfüm und hörte, wie sie leise atmete, als sie den Wagen konzentriert auf die Autobahn lenkte. Ihre zarten Finger nestelten am Autoradio herum, während sie einen Sender suchte. Und da fiel ihm auf, dass sie am Ringfinger einen Diamanten trug.

Als sie in Ashdod ankamen, hatte er sich noch nicht von dem Schock erholt, dass Anat Cohen sich anscheinend verlobt hatte. Die ganze Fahrt über war er stumm vor Schreck gewesen. Immer wieder hatte er auf den Ring gestarrt und sich gefragt, warum sie die Verlobung mit keinem Wort erwähnt hatte. Der Kommissar fühlte sich plötzlich, als ob sein Körper eine Grippe bekämpfte. Die Augenlider, die Glieder, der Hals, der Kopf – alles schmerzte ihn, und er schaffte es kaum, sich auf einen Gedanken bezüglich der Khaldis zu konzentrieren. Anat hatte zum Glück von seinem Elend nichts mitbekommen und begann die Vorgehensweise mit ihm zu besprechen. »Also, ich denke, wir sollten uns hier am Pier 7 positionieren. Da muss jeder vorbei, der aufs Hafengelände will. Und ganz in der Nähe liegt der Containerterminal. Vielleicht findet dort die Übergabe statt.«

»Mmmh«, brummte er abwesend.

»Uns interessiert im Wesentlichen: Wer von den Khaldis nimmt was entgegen, wo kommt die Ware her und wer im Hafen übergibt sie. Und natürlich, wohin die Gangster die Sachen vom Hafen bringen. Hab ich was vergessen?«

»Ich denke …« Er unterbrach sich. Seine Zunge war schwer wie Blei. Am liebsten hätte er sich selbst ins Gesicht geschlagen, um diesen Film anzuhalten, der gerade bei ihm ablief. Ihr Einsatz war sicherlich nicht besonders gefährlich, aber trotzdem sollte er sich besser konzentrieren.

»Assaf, ist alles okay? Du bist ganz blass.«

Jetzt kam sie ihm auf die Schliche. Reiß dich zusammen, Mann!, brüllte er sich in Gedanken an. »Alles okay. Mir war nur etwas übel, wohl was Schlechtes gegessen.« Wie zur Bestätigung ließ er das Fenster etwas herunter. Die kühle, salzige Luft tat ihm gut. »Ich denke«, nahm er seinen Gedanken wieder auf, »wir lassen den Wagen am besten draußen stehen und gehen zu

Fuß rein. Ich habe uns Nachtsichtgeräte mitgebracht. Damit können wir auch Fotos machen und zoomen. Vielleicht können wir sogar einen Blick darauf werfen, was genau die hier abholen.«

»Hast du die Geräte von der Armee geklaut?«, fragte sie, während sie nach einem der Teile griff, die man sich wie einen Helm aufsetzte.

»Du weißt doch, wie geizig man bei der Polizei mit Ausrüstung ist«, antwortete er indirekt. Langsam kam er wieder zu sich. Die wiedergewonnene Souveränität durfte er jetzt nicht aufs Spiel setzen. Daher achtete er sehr darauf, dass sich ihre Hände nicht berührten, als er ihr ein Nachtsichtgerät reichte. Anat setzte sich das Gerät auf den Kopf und rückte es etwas zurecht. Dann sprang sie voller Tatendrang aus dem Wagen, und ihm blieb nichts anderes übrig, als ihr zu folgen.

Nachdem sie stundenlang getrennt voneinander, nur über ein Funkgerät im Ohr verbunden, hinter verschiedenen Containern gelauert hatten, kam gegen zwei Uhr dreißig endlich Leben in das düstere Hafenareal. Ein grauer Toyota Pick-up fuhr an die Kaimauer, und kurze Zeit später stiegen zwei schwarz gekleidete Männer aus. Ungefähr zur selben Zeit begann es heftig zu regnen. Assaf, der näher an den beiden dran war, bemühte sich, eine ganze Ladung Fotos zu machen, auch wenn das miese Wetter die ohnehin schon schwierigen Sichtverhältnisse weiter verschlechterte. Darum, dass man auf den Fotos auch wirklich etwas erkennen konnte, würde sich Schlomo später kümmern müssen.

»Ankunft von zwei Männern in einem Pick-up«, informierte er Anat leise über Funk, die auf diese Ecke des Hafens keine Sicht hatte.

Sie gab zurück, dass sie versuchen würde, näher an das Geschehen heranzukommen.

Einer der Männer holte ein Telefon aus der Hosentasche und sprach kurz, wenn Assaf sich nicht irrte, auf Arabisch, mit jemanden am anderen Ende der Leitung. Der Kommissar bemerkte, dass er nicht dicht genug an den Männern dran war, um etwas zu hören. Er hatte einen Geräuschverstärker mitgebracht, aber in diesem Moment fiel ihm auf, dass er das Gerät im Auto vergessen hatte. So was passierte ihm sonst nicht, er konnte es nur darauf zurückführen, dass er einfach nicht ganz bei sich war. Er stieß stumm zehn Flüche aus und beschloss dann, dass er versuchen würde, sich den Männern zu nähern. Zurück zum Auto zu laufen hätte ihn zu viel Zeit gekostet, und wer weiß, was in der Zwischenzeit passiert wäre. Der Kommissar entdeckte einen Schlepper, der gemächlich von der Kaimauer wegschipperte. In einiger Entfernung wartete ein Containerschiff darauf, von dem Tugboat ins Hafengelände geschoben zu werden. Die beiden schwarz gekleideten Gestalten stiegen wieder in ihren Wagen und schalteten auf Standlicht. Es würde noch etwas dauern, bis sie wirklich etwas zu sehen bekamen.

»Anat, wo bist du?«, fragte Assaf ruhig und versuchte, sich so nah wie möglich an einen der Container heranzudrücken, damit der Regen möglichst an ihm vorbeipladderte.

»Direkt hinter dem Pick-up am Containerterminal«, antwortete sie prompt. Dem Kommissar war nicht wohl bei dem Gedanken, dass seine Kollegin so nah an den Gangstern dran war. Er schalt sich selbst für sein Misstrauen, immerhin war Anat Cohen eine außerordentlich erfahrene Kommissarin. Er musste sie nicht beschützen. Aber sie war eben auch die Frau, die ihm ein Gefühl im Herzen bescherte, welches er so lange nicht gefühlt hatte, dass er es sich erst einmal als Liebeskummer erklären musste.

Es dauerte eine gute halbe Stunde, bis der Kommissar den Schlepper, nun ein großes Containerschiff vor sich herschiebend, wieder entdeckte. Beide Schiffe schienen sich im Schneckentempo zu bewegen, und die Tatsache, dass die Insassen des Pick-up bisher keine Anstalten machten, wieder aus ihrem Wagen zu steigen, zeigte, dass sie der Prozedur schon öfter beigewohnt hatten und um seine Dauer wussten.

Es dauerte eine weitere gefühlte Ewigkeit, bis der Schlepper das Containerschiff an seinen Liegeplatz bugsiert hatte. Der Motor des Toyotas sprang an, und die beiden Männer fuhren die Kaimauer ein paar Meter entlang. Assaf und Anat folgten mit einigem Abstand zu Fuß. Es handelte sich bei dem Containerschiff um keinen besonders großen Kahn, zudem schien er nicht vollbeladen zu sein. Assaf schätzte, dass sich lediglich etwa zweihundert Container an Deck befanden. Ihm fiel jedoch sofort auf, dass der Kahn unter keiner Flagge fuhr, oder er konnte sie nur nicht entdecken. Obwohl sein Bruder im Hafen in Haifa arbeitete, wusste der Kommissar erstaunlich wenig über Schiffe. Nicht einmal, wo man die Flagge suchen musste, war ihm so richtig klar. Vielleicht würden sie später auf den Fotos etwas erkennen können, sagte er sich.

Die Männer parkten den Toyota, und als sie näher kamen, meinte Assaf, im Schein des Hafenlichts erkennen zu können, dass es sich ganz sicher um Beduinen handelte. Sie hatten eine dunkelbraune Haut und schwarze Haare. Der eine trug einen Vollbart, er schien älter als der zweite zu sein. Der jüngere lief langsam Richtung Kai, an dem sich mittlerweile ein kleiner Kran in Position gebracht hatte, das Schiff zu entladen. Assaf überlegte, wie viele Menschen an der Entladung eines solchen Containerschiffs beteiligt waren und wie viele Leute die Khaldis schmieren mussten, damit die in die andere Richtung schauten, sobald sie auftauchten. Dann bemerkte er, dass die Männer gar kein Interesse an dem Schiff hatten, das da gerade in den Hafen gezogen wurde. Sie liefen zielstrebig an einen Container heran, der bereits im Hafen gestanden hatte, als sie gekommen waren. Nutzten sie etwa das ankommende Schiff als Ablenkung?

»Die bewegen sich auf einen rotbraunen Container zu«, informierte Assaf seine Kollegin.

»Ich werde versuchen, einen Blick in den Container zu werfen«, meldete sich Anat, und bevor er ihr antworten konnte, dass sie lieber etwas warten sollte, war seine Kollegin bereits losgespurtet. Um näher an den Container heranzukommen, musste die Kommissarin an dem vorderen Teil des Pick-ups vorbeilaufen. Aus einer spontanen Eingebung heraus entschloss Assaf sich, ein Stück zurückzulaufen. So konnte er Anat Rückendeckung geben. In diesem Moment, als er sich dem Wagen von hinten näherte, bemerkte er, dass in dem Auto, an dem Anat gleich vorbeilaufen würde, noch eine dritte Person saß. Zum wahrscheinlich allerersten Mal in seiner gesamten Karriere als Offizier und Polizist brach in Assaf blanke Panik aus.

»Der Himmel ist die Grenze und der Weg.«
Motto der israelischen Luftstreitkräfte

KAPITEL 8

Seine panischen Rufe »Anat, stopp, stopp! Da ist noch einer im Pick-up!« verhallten im Nichts und wurden vom lauten Knallen einer Pistole übertönt. Assaf sah, wie Anat langsam zu Boden ging, während der Toyota mit quietschenden Reifen an ihr vorbeiraste. Ein paar Meter weiter sprangen die beiden anderen Männer in den Wagen, und das Auto verschwand im nebligen Regen. Der Kommissar rannte zu seiner Kollegin.

»Ah fuck«, stöhnte Anat, »Assaf, nimm die Verfolgung auf. Ich komme schon klar.«

»Du spinnst wohl!« Er wählte mit einer Hand den Notruf und klemmte sich das Telefon unter sein Kinn. Dann zog er hektisch seine Jacke aus und wickelte sie schnell und gekonnt um die Einschusswunde. Der Gangster schien seine Kollegin zum Glück nur am Oberschenkel erwischt zu haben. Es handelte sich um keine lebensbedrohliche Verletzung, wenn er es richtig sah. »Schalom, ich brauche dringend einen Krankenwagen im Hafen Ashdod. Wir sind am Pier 7 hinter einem roten Container, direkt an der Kaimauer«, rief der Kommissar ins Handy, während er Anats Bein auf seine Schulter hob. Als er aufgelegt hatte, vergewisserte er sich, dass ihr Puls normal war. Danach war er kurz versucht, seinen eigenen Puls zu untersuchen, sein Herz raste wie verrückt. »Das war mein Fehler«, rief er aufgelöst, »ich habe dir gesagt, dass da nur zwei Männer sind. Den dritten habe ich erst entdeckt, als es schon zu spät war.«

Anat sah ihn erschrocken an. Selbst in dem schwachen Licht der Hafenbeleuchtung konnte Assaf sehen, wie blass sie war. »Ich weiß gar nicht …«, stammelte sie, »das ging alles so schnell. Ich konnte mich gerade noch so wegdrehen …« Sie fasste sich mit einer Hand an die Stirn und wischte bei der Gelegenheit auch gleich ihre nassen Haare aus dem Gesicht.

»O Gott, Anat, das tut mir so leid …«

»Assaf, das war nicht deine Schuld. Ich hätte einfach nicht blind losrennen sollen.« Sie stöhnte erschöpft.

»Ich bin so froh, dass nichts Schlimmeres passiert ist.« Assaf schaute seine Kollegin an. Sie war mittlerweile pitschnass. Es regnete immer noch ohne Pause. Erst da begriff er, dass auch seine Kleidung völlig durchnässt war. Er griff nach ihrer Hand und drückte sie fest. So saßen sie da, bis der Krankenwagen endlich ankam.

»Deine Kollegin hat lediglich einen Streifschuss am Oberschenkel abbekommen. Wir haben die Wunde versorgt. Es gibt keinen Grund, sie weiter hierzubehalten.« Der Kommissar strich sich mit der geöffneten Hand über seinen Bart und seufzte erleichtert, als er die Worte des Arztes hörte. Er hatte geahnt, dass Anat nicht ernsthaft verletzt war, aber in seiner Angst, die ihm während der Wartezeit auf dem Krankenhausflur förmlich den Hals emporgekrochen war, hatte er plötzlich alles für möglich gehalten. Was war es nur, dass man in Krankenhäusern plötzlich die Gegenwart des Todes so deutlich zu spüren schien? Er hatte wirklich kein Bedürfnis, nur eine Minute länger als nötig dort zu bleiben. Schon die Neonröhren, die nervös und unregelmäßig über ihm flackerten, vermittelten ein beklemmendes Gefühl. Dabei gab es objektiv gesehen keinen Grund für sein Unbehagen. Er verband keine unangenehmen Assoziationen oder Erinnerungen mit Krankenhäusern. Niemand, der ihm etwas bedeutete, war je lange im Krankenhaus gewesen oder gar dort verstorben. Seine Großmutter war eingeschlafen und nicht wieder aufgestanden, und an den kurzen Krankenhausaufenthalt seines Großvaters konnte er sich schon gar nicht mehr erinnern. Trotzdem: Krankenhäuser schnürten ihm die Luft ab. Kein Wunder also, dass Assaf übers ganze Gesicht strahlte, als Anat auf Krücken aus dem Behandlungszimmer gehumpelt kam. Der Kommissar eilte zu ihr, um sie zu stützen, was sie, die sich sonst nicht einmal die Tür aufhalten ließ, ohne Widerworte geschehen ließ.

»Yalla, Feierabend für heute Frau Kollegin?«, bemühte sich Assaf, witzig zu sein.

»Ja, bitte!«, antwortete Anat müde und ernst. Der Angriff schien sie wirklich erschüttert zu haben.

Im Auto wurde sie, nachdem sie am Anfang noch bereitwillig von der Untersuchung berichtet hatte, Kilometer um Kilometer stiller. Als Assaf zum zweiten Mal die Radiowerbung hörte, die junge Soldaten darauf aufmerksam machte, keine wichtigen Informationen über WhatsApp zu verschicken, fragte er Anat vorsichtig, ob alles in Ordnung war.

Sie nickte zögerlich. Dann nach zehn Minuten weiteren Schweigens sagte sie schließlich: »Ehrlich gesagt, nein. Ich bin nicht in Ordnung. Das war das erste Mal in meiner Karriere, dass jemand auf mich geschossen hat.«

Der Kommissar nickte verständnisvoll.

»Eigentlich erstaunlich, was?«, schob sie schwach lächelnd hinterher. Einige schweigsame Minuten später griff sie nach Assafs Hand. »Danke.«

Er schaute überrascht zur Seite. »Wofür? Ich habe das Gefühl, ich bin überhaupt dafür verantwortlich, dass wir den dritten Mann nicht gesehen haben.« Er machte sich ehrlich Vorwürfe.

»Das ist doch Quatsch. Und das weißt du auch. Hättest du nicht geschrien, ich weiß nicht, ob ich es geschafft hätte, mich wegzudrehen. Und dann wäre die ganze Geschichte vielleicht nicht so glimpflich ausgegangen.«

»Das ging alles so schnell. Ich verstehe auch nicht, warum der Typ sofort losgeballert hat.« Assaf schaute kopfschüttelnd auf die Straße.

»Der hatte wahrscheinlich Panik. Oder er war einfach unerfahren«, nahm Anat seinen Gedanken auf.

»Oder er wollte beweisen, wie entschlossen er ist«, überlegte der Kommissar weiter.

»Aber wie auch immer«, seufzte sie, »dich trifft keine Schuld.«

Assaf drückte ihre Hand. Es rührte ihn, dass sie ihn in Schutz nahm. In einiger Entfernung vor ihnen konnte der Kommissar bereits die Skyline von Tel Aviv sehen. Links die Azrieli-Türme, das Electra-Gebäude. Rechts von ihnen das Leonardo-Hotel Ramat Gan. In der Dämmerung fand er die Stadt am schönsten. Auch der Regen hatte endlich nachgelassen. »Jetzt fahr ich dich erst einmal nach Hause, und du ruhst dich aus. Wo muss ich hin?« Er wusste, dass seine Kollegin vor kurzem irgendwo in den alten Norden der Stadt gezogen war. Sie und ihr Verlobter, dachte Assaf bedrückt, und da war es wieder, dieses Stechen im Herzen.

Als sie nicht antwortete, fragte Assaf noch einmal nach: »Anat?«

Sie druckste herum. Anat Cohen, die Frau, die nie um einen Spruch verlegen war, druckste herum.

»Anat, ich müsste schon wissen, wo ich hinfahren soll …«, sagte Assaf zögerlich. Sie antwortete immer noch nicht. Assaf schaute kurz zur Seite, und als er den Ausdruck sah, mit dem sie ihn anschaute, verstand er.

Als er am Morgen aufwachte, konnte er es immer noch nicht ganz glauben. Wie ein Film kamen ihm die Ereignisse der letzten Nacht vor. Er versuchte sich jedes Detail in Erinnerung zu rufen, versuchte, den Film, unterteilt in seine Szenen, noch einmal abspielen zu lassen. Und dann war da ja noch das Jetzt und Hier.

Jetzt und hier lag sie neben ihm. Ganz wahrhaftig. Er berührte ihre Haare, die in der Morgensonne glänzten. Vorsichtig, lediglich, um zu spüren, dass sie echt war. Er wollte sie nicht aufwecken, nur sichergehen, dass ihm die Fantasie keinen Streich spielte. Aber hier neben ihm lag sie tatsächlich: Anat Cohen. In ihrer ganzen Schönheit. Ihr Brustkorb hob und senkte sich gleichmäßig unter der Decke. Sie schien tief und fest zu schlafen. Assaf sah sie ruhig und lange an. Wann hatte er dazu schon einmal die Gelegenheit? Sie war ja sonst immer auf dem Sprung, weg von ihm. Er betrachtete ihre hohe, runde Stirn. Die geschwungenen dunklen Augenbrauen, die an ihrem Beginn über der Nasenwurzel leicht buschig waren. Die hohen, hervorstehenden Wangenknochen, die ihrem Gesicht eine kantige Form verliehen. Und natürlich ihre roten Lippen. Nicht zu schmal, nicht zu breit. Leicht geschwungen und so rot, als wären sie angemalt worden. Wie oft hatte er diese Lippen wohl in den letzten Stunden geküsst? Zehnmal? Zwanzigmal? Fünfzigmal? Oft genug?

Ihr Mund war ganz entspannt, leicht geöffnet, ohne den spöttischen Zug, an den er sich schon so gewöhnt hatte, dass er sich die Lippen kaum noch ohne ihn vorstellen konnte. Darunter lag ihr spitzes Kinn, dann kam ihr schmaler Hals, um den eine zierliche silberne Kette mit einem Waage-Anhänger, ihr Sternzeichen, hing. Waage – bedeutete das nicht, dass sie gerade Geburtstag gehabt hatte?, überlegte der Kommissar, während er sie weiter studierte, wie ein Maler sein

Modell. Ihr Körper ruhte unter der Decke, aber auch ihn kannte Assaf nun ganz genau. In Gedanken schaute er ihn sich noch einmal an. Er wollte sich jeden kleinen Leberfleck einprägen, das Gefühl ihrer weichen, blassen Haut. Wie gerne hätte er sie noch einmal berührt! Wie gerne würde er noch einmal da anfangen, wo sie aufgehört hatten! Er seufzte leise. Sie drehte sich etwas, und als ihre Hand nach seiner griff, drehte auch der Kommissar sich und zog sie ganz eng an sich. Dann schlief er noch einmal ein.

Als ihn kurze Zeit später das Summen seines Telefons weckte, verließ Assaf nur widerwillig das Bett. Am anderen Ende der Leitung war Chaim Wieler, der sicherlich wissen wollte, was genau bei der Observation passiert war. Der Kommissar hätte gerne noch stundenlang mit Anat im Bett gelegen, aber er musste nun dringend ins Büro und gemeinsam mit Schlomo die Fotos von gestern Abend auswerten. Das Schwein, das auf Anat gezielt hatte, würde ihm nicht davonkommen.

»Rosenthal«, bellte sein Chef ins Handy, nachdem Assaf den Anruf in der Küche angenommen hatte, »wo seid ihr denn? Ich erreiche weder dich noch die Kollegin Cohen, und das schon seit Stunden. Der Chef von der Dienststelle in Aschdod hat mir gesagt, dass Cohen angeschossen wurde. Ich mache mir Sorgen, verdammt noch mal!«

»Alles okay, Chaim. Anat hat lediglich einen Streifschuss abbekommen. Sie ist schon wieder ...«, der Kommissar überlegte, wie fortfahren sollte, »... zu Hause.

Auf dem Weg der Besserung. Wahrscheinlich schläft sie und nimmt deshalb ihr Telefon nicht ab.« Die letzten zwei Aussagen waren ja noch nicht einmal gelogen.

Sein Chef atmete hörbar auf. »Beseder.«

»Ich mach mich gleich auf den Weg in die Dienststelle. Ich habe gestern eine Menge Fotos aufgenommen. Hoffentlich können wir darauf erkennen, wer auf Anat geschossen hat.« Während er das sagte, kam Anat langsam in die Küche gehumpelt und setzte sich ihm gegenüber an den Tisch. Sie lächelten einander an. Assaf wollte nun so schnell wie möglich das Gespräch mit Wieler beenden.

»Rosenthal, wir haben jetzt Informationen von den Kollegen aus Ashdod, was sich in dem Container befunden hat …«

»Ja, ja«, unterbrach Assaf seinen Chef, »ich guck mir das alles an, sobald ich im Büro bin.« Bevor Wieler noch etwas sagen konnte, hatte der Kommissar bereits aufgelegt.

»Hey, guten Morgen«, sagte er zu Anat und beschloss, aufs Ganze zu gehen und sie auf den Mund zu küssen. Sie wehrte sich nicht, aber Assaf spürte sofort, dass ein wenig von ihrer gewohnten Reserviertheit zurückgekehrt war.

»O Gott, es ist ja schon halb zwölf mittags.«

»Du hast sicher Hunger. Ich mache uns jetzt ein richtig tolles Frühstück«, versuchte er die plötzliche Distanz zu überbrücken.

»War das Wieler am Telefon?«, murmelte sie. »Was hat er gesagt?«

»Er wollte sich nur erkundigen, wie es dir geht«, erklärte Assaf mit einer wegwerfenden Handbewegung und begann den Tisch zu decken.

»Sollten wir nicht ins Büro?«

Er sah Anat grinsend an. »Ich glaube, du solltest dir sowieso erst einmal einen Tag freinehmen. Und ich gehe später. Auf die paar Stunden kommt es nun auch nicht mehr an.«

Sie nickte langsam. »Assaf, ich ...«, begann sie, und bevor sie sagen konnte, was der Kommissar nicht hören wollte, unterbrach er sie: »Ich weiß schon. Du warst aufgewühlt letzte Nacht.« Wenn er eins nicht hören wollte, dann dass sie es bereute. Es gab nichts zu bereuen. Ihre gemeinsame Nacht war fantastisch gewesen, das musste sie doch auch so empfunden haben.

»Ja, genau, ich ...« Sie fuhr nervös mit der Hand über die Tischplatte. »Ich bin verlobt. Gabriel und ich, wir wollen heiraten und ...«

Assaf schaute schnell aus dem Fenster. Wo war der Lärm dieser Stadt, wenn man ihn brauchte? Er wollte dieses Gespräch wirklich nicht führen, wollte ihre Gedanken zur Verlobung und warum sie mit ihm, Assaf, einen Fehler gemacht hatte, nicht hören. »Anat, es ist alles in Ordnung. Ich verstehe schon«, sagte er cool. Er nahm ein paar Tomaten und Gurken aus dem Kühlschrank. »Aber ein Frühstück darf ich dir trotzdem machen, oder? Als Freunde sozusagen.« Noch während er das aussprach, kam es ihm falsch vor. Er und Anat würden nie Freunde sein. Er wollte sie ganz oder gar nicht. Am liebsten ganz – das war ihm in dieser Nacht endlich klargeworden.

»Betach«, über ihr Gesicht huschte ein schiefes Grinsen, »Frühstück ist immer gut.«

Auf dem Weg zur Arbeit ließ der Kommissar sich die Ereignisse der Nacht wieder und wieder durch den Kopf gehen. War er morgens noch hoffnungsvoll aufgestanden, für einen kurzen Moment in dem Glauben, dass doch etwas aus Anat und ihm werden könnte, hatte ihr Gespräch am Küchentisch jede Hoffnung hinweggefegt. Und bei allem Herzschmerz, den er in diesem Moment empfand, war es Zeit, das Thema Anat Cohen endgültig abzuschließen. Assaf lenkte seinen Motorroller auf die Herbert-Samuel-Straße, die parallel zum Meer verlief. Der Anblick der gleichförmigen Wellen beruhigte ihn. Ganz pragmatisch gesehen, war in diesem Moment alles so wie gestern. Die Situation hatte sich nicht verschlechtert oder verbessert. Er hatte immerhin eine Nacht mit ihr verbracht, und nun musste er akzeptieren, dass sie keine Zukunft hatten. Nicht als Paar zumindest. Er beschleunigte den Roller und sprang in eine kleine Lücke zwischen zwei Autos. Wenn er sich selbst daran nur oft genug erinnerte, würde es irgendwann schon auch in seinem Herzen ankommen. Und wahrscheinlich war das besser so für alle Beteiligten. Anat wollte heiraten, er nicht. Sie wollte eine Familie, er nicht. Höchstwahrscheinlich würde er sie nur unglücklich machen, da war es besser, dass sie ihm dazu gar nicht erst die Gelegenheit gab.

Im Büro wartete bereits ein Empfangskommando, bestehend aus Zipi, Yossi und Schlomo, auf ihn. Er hatte die Tür zu seinem Büro kaum geöffnet, da prasselte es auch schon auf ihn ein: »Assaf, ma kore?« »Wie geht es Anat?« »Ist mit dir alles okay?«

Assaf antwortete zunächst mit einem Lächeln. Dann sagte er: »Es ist alles in Ordnung. Anat geht es gut. Sie erholt sich von dem Streifschuss. Wir haben jetzt jedoch einiges zu tun.« Er reichte Schlomo die Speicherkarte der Kamera. »Achi, kann mir einer deiner Mitarbeiter diese Fotos vergrößern? Am besten so, dass ich sehe, wer in dem fotografierten Pick-up sitzt. Von dort wurde nämlich auf Anat geschossen.«

»Kein Problem. Ich kümmere mich selbst darum«, erwiderte Schlomo Malul, der nicht nur als Chef der Spurensicherung, sondern auch als Tekkie vom Dienst fungierte.

»Ich habe bereits mit den Kollegen aus Ashdod gesprochen«, warf Yossi ein und folgte Assaf in sein Büro. »Sie konnten in dem Container nichts Illegales finden.«

»Sondern?«

»Alle möglichen Produkte für Kosmetikstudios. So kleine Lifting-Geräte, Cremes, Nagellacke und UV-Lampen.«

»Ma? Und dafür laufen die da nachts auf? Und schießen wahllos um sich? Das kann doch nicht dein Ernst sein!«

»Angeblich haben die Jungs in Ashdod alles genau unter die Lupe genommen. Ganz normale Kosmetikprodukte, ohne Netz und doppelten Boden. Ich kann mir das nur so erklären, dass die keine Einfuhrsteuern und Zölle bezahlen wollen. Insgesamt belaufen sich die Waren wohl auf einen Wert von über einer Million Schekel«, erklärte Assafs Kollege.

»Walla. Dann sollten wir sie wegen Steuerhinterziehung festnehmen. Hauptsache, wir bringen sie erst einmal in den Knast«, sagte der Kommissar, der auf eine schnelle Rache sann.

»Das ist die Frage. Vielleicht kriegen wir sie aber auch noch für etwas Größeres dran?«, überlegte Yossi, der das Thema weniger emotional anging als sein Chef.

»Und was soll das sein?«

»Ich weiß es auch nicht. Es kann doch nicht nur um Kosmetikartikel gehen. Und wenn wir den Mann identifizieren können, der auf die Kollegin geschossen hat, dann können wir den immerhin aus dem Verkehr ziehen.« Yossi wusste, dass es Assaf eigentlich um den Schützen ging.

»Apropos. Lass uns mal zu Schlomo gehen und schauen, ob sie schon an den Fotos dran sind.«

Schlomo Malul saß mit einem seiner Mitarbeiter gebannt vor dem Computer, als Assaf und Yossi sein Büro betraten.

»Assaf, perfektes Timing. Die Fotos von den zwei Beduinen vor dem Pick-up sind hervorragend geworden.«

»Sababa, aber ich will das Schwein im Auto haben.«

»Wir sind dabei. Oded hier wird die Bilder jetzt bearbeiten, und dann können wir hoffentlich besser sehen, was sich in dem Wagen abspielt.« Falls Schlomo Malul dachte, Assaf damit abwimmeln zu können, hatte er sich getäuscht. Der Kommissar machte es sich neben den beiden Männern bequem. »Na, dann mal los.«

Zu dritt beobachteten sie, wie Oded verschiedene Filter über die dunklen Bilder legte, sie aufhellte, nachschärfte, reinzoomte. Gerade als Assaf kurz davor war, die Geduld zu verlieren, und sich beschweren wollte, dass man überhaupt nichts auf den Fotos erkennen konnte, auch nicht mit all den Filtern und sonstigen Computerspielereien, tauchte wie aus dem Nichts ein Gesicht im Wageninneren auf. Und dieses runde Gesicht mit den einprägsamen Glupschaugen erkannte der Kommissar sofort.

Sie rasten mit Blaulicht auf direktem Wege nach Herzlia. Da Yossi die Angewohnheit hatte, wie ein älterer Herr mit Hut zu fahren, hatte Assaf ausnahmsweise das Steuer übernommen. Zwei weitere Polizeiwagen folgten ihnen ebenfalls mit heulender Sirene. Außerdem hatte Assaf sofort eine Fahndung herausgegeben, die auch das Flughafenpersonal darüber informierte, dass Schimon »Sioma« Nanikashvily dringend gesucht wurde. Der Kommissar ging davon aus, dass Nanikashvily alles tun würde, um so schnell wie möglich das Land zu verlassen. Er konnte zwar nicht ahnen, dass sie über Bildmaterial von der gestrigen Nacht verfügten, aber es war der Reflex von Gangstern, nach einer solchen Straftat – immerhin hatte Nanikashvily auf eine Polizistin geschossen – erst einmal zu verschwinden. Assaf jagte die Küstenstraße entlang, und obwohl es offenbar israelischer Instinkt war, sich einem Auto mit Blaulicht besonders in den Weg zu stellen, gelangten sie in rekordverdächtigen fünfzehn Minuten von der Polizeidienstelle im Süden Tel Avivs zur Villengegend in Herzlia. Assaf brachte den Wagen quer vor der Einfahrt zum Stehen und hinterließ dabei eine lange Bremsspur, die sich tief durch den dort aufgeschütteten Kies zog. Er klingelte Sturm, und in dem Moment, als auch die Kollegen vor der hohen Mauer zum Stehen kamen, öffnete eine ältere Frau das Tor. »Hallo, was wollt ihr hier?«, rief sie aufgeregt, als Assaf die Frau aus dem Weg schob und sofort in die Villa hineinlief. Er hörte dabei noch Yossi sagen: »Geveret Nanikashvily? Wir suchen deinen Sohn Schimon.«

»Sioma ist nicht hier. Ich habe schon seit Tagen nichts von ihm gehört«, rief die Frau, und Assafs Blick in leere, verwaiste Räume bestätigte seine Befürchtung, dass der Georgier es geschafft hatte, sich abzusetzen.

Fluchend kam der Kommissar zurück zur Eingangstür, neben der die Frau, überwältigt von den Ereignissen, Platz genommen hatte. »Wo ist dein Sohn?«, rief Assaf wütend.

»Ich weiß es wirklich nicht. Er ist bereits seit einigen Tagen verschwunden. Das musst du mir glauben. Ich weiß nicht, wo er ist. Was hat er denn nur angestellt?« Ihr Hebräisch war nicht das beste, aber es war zu verstehen.

»Ruf ihn an!«, forderte der Kommissar die Frau auf, die nun wirklich mitgenommen aussah.

Sie stand auf und suchte zerstreut ihr Telefon im Wohnzimmer. Als sie es endlich gefunden hatte, schien es eine weitere halbe Ewigkeit zu dauern, bis sie das Handy ans Ohr hielt. Assaf glaubte jedoch nicht, dass sie Zeit schinden wollte, sondern dass sie wirklich völlig durch den Wind war. Sie lauschte einen Moment und nahm das Handy kurze Zeit später vom Ohr. »Mailbox«, sagte sie in Richtung des Kommissars.

»Sag, dass er sich bei dir melden soll«, flüsterte Assaf der Frau zu.

Sie schien einen Moment zu zögern, entschloss sich dann aber, der Aufforderung nachzukommen. »Sioma, gamarjoba, deda«, begann sie in einer fremden Sprache, von der Assaf annahm, dass es sich um Georgisch handelte.

»Was hast du ihm gesagt?«, fragte der Kommissar misstrauisch, nachdem sie aufgelegt hatte.

»Dass ich mir Sorgen um ihn mache und er sich bitte bei mir melden soll.« Sie sah den Kommissar sorgenvoll an, und Assaf beschloss, ihr zu glauben.

In ihren Augen lag ein ähnlich trauriger Ausdruck wie bei ihrem Sohn. Nur dass es bei Mama Nanikashvily eine echte Traurigkeit war, die, begleitet von einem gebrechlichen Körper und vielen tiefen Falten, von einem anstrengenden Leben voller Sorgen erzählte. »Adon, was hat mein Sohn gemacht?«, fragte sie ihn verzweifelt.

»Er hat auf eine Kollegin geschossen.«

»O Gott!«, rief sie aus und schlug die Hand vor den Mund. »Ich ... Kommissar ... ich ... ich möchte mich für meinen Sohn entschuldigen.«

Sie streckte Assaf ihre kleinen, faltigen Hände entgegen, und der Kommissar, der von dieser unterwürfigen Geste völlig überrascht war, konnte nicht anders, als ihre Hände zu ergreifen.

»Geveret Nanikashvily, wo kann Sioma sein? Hat er irgendwelche Bekannten, zu denen er gegangen sein könnte?« Während die Frau zu überlegen schien, nahm Assaf ihr behutsam das Telefon aus der Hand und wies Yossi kurz an, das Handy von Nanikashvily orten zu lassen.

»Ich weiß es wirklich nicht«, antwortete die Frau ihm schließlich. »Seitdem mein Mann im Krankenhaus liegt, sehe ich Sioma nur noch selten. Wir wohnen in Raanana. Wir haben dort eine Wohnung. Sioma ist erst vor kurzem in diese riesige Villa hier gezogen. Ich komme ab und zu vorbei, um nach dem Rechten zu sehen und ihm Essen zu bringen. Nachdem ich seit zwei Tagen nichts von ihm gehört habe, wollte ich heute schauen, ob alles in Ordnung ist.«

Assaf begann zu vermuten, dass der exorbitante Reichtum von Schimon Nanikashvily nicht viel mit dem Hotel Florida des Vaters zu tun hatte. »Deinem Mann gehören Hotels und Restaurants?«

Sie nickte langsam. »Aber seitdem er krank ist, kümmert sich Sioma um die zwei Lokale und unser Hotel in Tel Aviv.«

»Was hat dein Mann?«

»Er hatte vor einem halben Jahr mehrere Schlaganfälle, von denen er sich immer noch nicht erholt hat.«

»Assaf, Schlomo sagt, dass sie das Handy von Nanikashvily in Eilat geortet haben«, raunte Yossi dem Kommissar zu.

Assaf ging ein paar Schritte zur Seite. Per Handzeichen wies er einen der Kollegen an, sich um die Frau zu kümmern.

»Wahrscheinlich haben ihn die Beduinen außer Landes geschafft. Von Eilat ist man in kürzester Zeit in Ägypten. Und von Sharm El Sheik kann er unbehelligt in die Welt hinausfliegen«, sagte Assaf zu Yossi, während die beiden vor die Villa traten.

»Fuck!«, schrie Assaf wütend, als sie draußen waren.

»Ich habe sofort die Kollegen in Eilat informiert. Vielleicht finden sie Nanikashvily ja?«, versuchte Yossi den Kommissar aufzumuntern, auch wenn Assaf fand, dass er nicht sehr überzeugend klang.

»Dann müssen wir uns jetzt auf die Khaldis konzentrieren. Sie waren dabei und arbeiten anscheinend mit Nanikashvily zusammen.«

»Weißt du noch, wie wir darüber herumgewitzelt haben? Wegen der Ducatis …«

Assaf nickte, aber man sah, dass er mit den Gedanken ganz woanders war.

»Vor allem sollten wir die Kollegen von der Abteilung für organisiertes Verbrechen über die Entwicklungen informieren«, warf Yossi pflichtbewusst ein.

Der Kommissar hatte die Neigung, sich über Abteilungen und solche Dinge wie Verantwortungsbereiche und Befugnisse hinwegzusetzen. Was das anging, war er noch ganz ein Mann des Militärs, bei dem oft schnelle Entscheidungen getroffen werden mussten und wo Assaf als Major über einen deutlich größeren Einflussbereich verfügte als bei der Polizei.

Assaf nickte widerwillig. »Ich fürchte, du hast recht. Es wird wohl Zeit, dass wir Avner Yosef einen Besuch abstatten.«

»Na, mal schauen, ob der überhaupt noch arbeitet um diese Zeit«, sagte Yossi mit Blick auf seine Armbanduhr. Es war mittlerweile halb acht abends. Der Kommissar hatte völlig die Zeit vergessen. Er schaute sich um. Es war ja bereits dunkel. Dass es erst heute Vormittag gewesen war, als er und Anat in seiner Küche zusammengesessen hatten, konnte er kaum noch glauben. Es schien ihm, als seien seitdem Wochen vergangen. »Yossi, ich übernehme das alleine. Fahr du nach Hause zu deiner Familie.«

»Wir sind, wie Ihr, Menschen, die ein Zuhause bauen, die einen Baum pflanzen, lieben und mit Euch in Würde Seite an Seite leben wollen. In Empathie, als Menschen, als freie Leute.«
Jitzchak Rabin

KAPITEL 9

Avner Yosefs Büro befand sich wie die gesamte Abteilung, die sich um die israelische Mafia und generelle Vertreter des organisierten Verbrechens kümmern sollte, in einem Nebengebäude des Polizeihauptquartiers.

So wie Assaf verfügte auch er über ein eigenes Büro, vor dem eine Sekretärin sämtliche Besucher empfing. Ihr Stuhl war allerdings verwaist, kein Wunder, denn mittlerweile war es acht Uhr abends. Daher ging der Kommissar direkt in den Raum mit der offenen Tür.

»Avner«, grüßte der Kommissar den Kollegen, der nicht aussah, als würde er bald nach Hause gehen wollen, mit Handschlag und nahm dann vor dessen Schreibtisch Platz. Auf dem Tisch stand eine scheinbar antike Zeichnung, die ein Papyrusboot auf einem gelben Fluss vor einer grünen, hügeligen Landschaft zeigte. Ansonsten nichts. Yosef war – wie er selbst – Single, vermutete der Kommissar. Kein Wunder, dass er um diese Zeit noch in seinem Büro saß.

Assaf sah sich kurz in dem Raum um. An der Wand

hingen mehrere Auszeichnungen, die dem äthiopischen Israeli im Laufe seiner Karriere verliehen worden waren.

»Kommissar Rosenthal, Anat Cohen hat mich bereits über die Ereignisse der letzten Nacht informiert«, kam Avner Yosef gleich zur Sache.

Bei der bloßen Erwähnung ihres Namens spürte Assaf einen Stich im Herzen. Es war ein durch und durch unangenehmes Gefühl. Glücklicherweise fing er sich sofort und konzentrierte sich auf seinen Ärger darüber, dass Anat anscheinend bereits mit Avner gesprochen hatte – während er von ihr seit ihrem Gespräch am Morgen nichts mehr gehört hatte.

»Es ist uns gelungen, den Schützen als Schimon ›Sioma‹ Nanikashvily zu identifizieren«, stellte der Kommissar nicht ohne Stolz über dieses schnelle Ergebnis fest. »Anscheinend arbeiten die Khaldis mit Schimon Nanikashvily zusammen.«

Yosef tippte mit seinen hellen Fingerkuppen auf den Schreibtisch. »Nanikashvily – diesen Namen habe ich noch nie gehört. Das kann doch nicht sein, dass dieser Typ einfach aus dem Nichts auftaucht.«

Assaf verkniff sich die Bemerkung, dass die Abteilung Yosefs seit ihrem Führungswechsel von so einigen Dingen keine Kenntnis zu haben schien. Nicht umsonst waren die Mafiamorde in den letzten Monaten so ausgeufert. Unter der Führung von Yaniv Baum machten die Gangster, was sie wollten.

»Wir hatten mit Nanikashvily schon wegen einer anderen Sache zu tun. Ich habe ihm damals sogar die Einwanderungspolizei auf den Hals geschickt. In seinem Hotel war eine palästinensische Putzfrau beschäftigt und solche Geschichten.« Assaf wurde jetzt zum ersten Mal richtig bewusst, dass sich Michelle Ami in dem Hotel von Nanikashvily umgebracht hatte. Irgendwie schon ein komischer Zufall, dachte er.

»Nu? Hat es was gebracht?«, unterbrach Avner Yosef mit einem Gähnen Assafs Gedanken.

»Natürlich nicht.«

»Und wo ist der Georgier jetzt?«

»Wir konnten Nanikashvilys Handy in Eilat orten, aber mehr auch nicht. Schimon Nanikashvily ist verschwunden. Daher würden wir uns jetzt erst einmal die Khaldis vornehmen. Wahrscheinlich haben sie Nanikashvily geholfen, das Land zu verlassen.«

»Der Khaldi-Clan ist uns bekannt. Als Schmugglerbande aus dem Süden, aber wahrlich nicht als wichtige Mafiafamilie im Zentrum des Landes.«

»Dann solltet ihr euch schnell an den Gedanken gewöhnen, dass die Khaldis ins Zentrum vorstoßen. Wahrscheinlich haben sie sich deshalb mit jemandem, der sich hier auskennt, zusammengetan. Nämlich Nanikashvily«, stellte Assaf mit einem überheblichen Ton fest.

»Aber was hat Nanikashvily ihnen zu bieten?«, fragte Yosef ruhig weiter.

»Seinem Vater gehören ein paar Restaurants und ein Hotel in Tel Aviv. Seitdem der Vater schwerkrank ist, hat Nanikashvily junior wohl die Geschäfte übernommen.«

»Also Infrastruktur. Vielleicht befinden sich die Restaurants an taktisch bedeutsamen Orten ...«, überlegte Avner Yosef, während er einen silbernen Kugelschreiber in seinen Händen hin und her drehte. »Aber warum diese Kurzschlussaktion, auf die Kollegin zu schießen? Es gab doch gar keinen Grund. In dem Container befand sich nichts Illegales.«

»Vielleicht war Nanikashvily gar nicht klar, auf wen er da überhaupt schoss. Vielleicht hielt Nanikashvily Anat für jemand anderen.«

»Möglich«, stimmte Yosef zu.

»Oder es ging gar nicht um den Container. Haben die Kollegen das gesamte Gelände gründlich untersucht?« Assaf schaute seinen Kollegen fragend an.

Yosef antwortete mit einem Schulterzucken. »Davon gehe ich doch mal aus ...«

»In jedem Fall müsst ihr eure Männer jetzt auf die Khaldis und Nanikashvily ansetzen. Es ist doch klar, dass die Beduinen mehr als eine unbedeutende Schmugglerbande sind«, forderte Assaf den Äthiopier auf. »Anat hat bereits vor Tagen herausgefunden, dass es eine Verbindung zwischen ihnen und den Kahanas gibt. Aber keiner von eurer Abteilung hat es mal für nötig gehalten, genauer zu untersuchen, wie diese Verbindung aussieht. Ihr tappt doch völlig im Dunkeln.« Er sah den Kollegen vom organisierten Verbrechen vorwurfsvoll an.

»Was wir immer noch nicht wissen, ist, woher die Kahanas ihre Ausrüstung bekommen«, gab Yosef zurück, nun sichtbar genervt. »Ich brauche von dir keine

Hinweise, wie wir unsere Arbeit machen sollen. Ihr solltet euch lieber um eure Aufgaben kümmern.«

Assaf schüttelte den Kopf. Gegenseitige Beschuldigungen brachten sie jetzt auch nicht weiter. Und er wurde das Gefühl nicht los, dass die lieben Kollegen vom organisierten Verbrechen Informationen nur stückchenweise preisgaben. Das hier war keine Zusammenarbeit auf Augenhöhe. »Was hältst du davon, Avner? Die Kahanas bekommen ihren Sprengstoff von den Khaldis! Dann wären wir immerhin auf der richtigen Spur, während ihr wichtige Hinweise zu ignorieren scheint«, sagte er aus einer spontanen Eingebung heraus. Unter den Khaldis gab es sicherlich genug junge Männer, die in den letzten Jahren bei der Armee gedient hatten. Immerhin entschieden sich viele Beduinen für den Militärdienst, auch wenn sie es, wie die Araber im Land, nicht mussten.

»Wenn du dafür keine Beweise hast, kann ich mir mit dieser Vermutung den Hintern abwischen, Kommissar Rosenthal.« Die letzten beiden Worte betonte Avner Yosef, als würde er sich über diesen Titel lustig machen wollen.

»Beseder«, sagte der Kommissar und überging Avner Yosefs Wut mit einem Grinsen. »Dann nehmen wir uns jetzt die Khaldis vor.«

»Zipi, ich brauche alle Informationen, die du über die Mitglieder des Khaldi-Clans finden kannst. Vor allem, wer, wann, wo in der Armee gedient hat. Und wenn du schon dabei bist, überprüfe doch auch gleich Schimon

Nanikashvily. Bei dem liegt die Militärzeit sicher schon einige Jahre zurück, aber vielleicht macht er noch Reservedienst. Wahrscheinlich wurde die Verbindung zum Militär, über die jetzt die militärische Ausrüstung abgezogen wird, während des Dienstes von irgendeinem dieser Mafioso etabliert«, begrüßte Assaf seine Sekretärin am nächsten Morgen, als sie um neun das Büro betrat.

Assaf selbst war schon seit gut einer Stunde im Büro und hatte akribisch noch einmal alle Akten durchgelesen. Nach dem Gespräch mit Avner am Vortag war er abends nach Hause gefahren und hatte sich früh schlafen gelegt. Selbst auf den obligatorischen Joint hatte er verzichtet. Seine Disziplin hatte sich ausgezahlt. Als er morgens aufgestanden war, fühlte er sich ausgeruht und erholt.

»Assaf, das machen die Gangster doch nicht selbst. Die haben bestimmt einen anderen Soldaten, der das für die klaut«, gab Zipi zu bedenken, während sie ihre Handtasche abstellte und den Computer einschaltete.

»Beseder, aber diesen Soldaten müssen sie ja auch irgendwo getroffen haben. Und wenn aus einer der Einheiten, in denen ein Khaldi-Mitglied gedient hat, Waffen verschwunden sind, dann wissen wir, dass wir auf der richtigen Spur sind.«

Die Sekretärin, heute in leuchtendem Mädchenrosa, nickte und setzte sich an den Computer.

Kurze Zeit später hörte der Kommissar Yossis Bürotür klappen. »Yossi«, rief Assaf, während er in dessen Büro marschierte, »gibt es Neuigkeiten von der Steuerbehörde? Können wir die Gangster wegen Steuerhinterziehung durch den nicht angegebenen Import von Kosmetikartikeln drankriegen?«

»Ich fürchte nicht«, murmelte sein Kollege. »Ich war gerade da, und die Kollegen haben mir gesagt, dass man vielleicht ein Strafverfahren einleiten könne, aber ein Haftbefehl ist laut Staatsanwalt definitiv nicht drin.«

»Vogelscheiße«, sagte der Kommissar.

»Ja, so kann man es auch ausdrücken«, antwortete Yossi irritiert.

»Nee. Du hast Vogelscheiße auf dem Sakko.«

»O Mann, das gibt's doch nicht! Ich habe die Jacke heute Morgen erst aus der Reinigung geholt.« Yossis Jammern wurde vom Telefonklingeln unterbrochen.

Assaf nahm ab.

»Rosenthal.«

Am anderen Ende herrschte kurz Ruhe. Dann: »Ich bin's.«

»Boker tov. Du, ist gerade ganz schlecht ...«, versuchte Assaf seinen Freund Boaz abzuwimmeln.

»Und wenn ich dir sage, dass ich ein paar brisante Sachen von meinen Kontaktmännern der Mafia in Haifa gehört habe?«

»Dann habe ich natürlich alle Zeit der Welt. Also, so ungefähr anderthalb Minuten.«

Der Kommissar hörte das tiefe Lachen seines Freundes am anderen Ende. »Gut, ich fasse mich kurz. Du lagst mit deinem Gefühl richtig, Achi. Es geht das Gerücht um, dass die Khaldis an die Macht im Zentrum des Landes streben.«

»Walla.«

»Es heißt sogar, dass die Khaldis Avichai Touboul auf dem Gewissen haben.«

»Walla!«, rief der Kommissar aus.

»Und man sagt auch, dass sie sich mit einem Gangster aus dem Zentrum zusammengetan haben. Irgendeinem Georgier.«

»Nanikashvily.«

»Die Kahanas sind angeblich so gut wie weg vom Fenster.« Boaz Fadida spuckte die Sätze aus wie Kirschkerne.

»So schnell geht das?«

»Unter diesen Leuten gehen diejenigen, die Schwäche zeigen, sofort unter.«

»Inwiefern haben die Kahanas Schwäche gezeigt?«

»Ido Kahana hat nach dem Attentat auf ihn nicht sofort reagiert.«

»Du meinst, als Avichai Touboul ihn abstechen wollte?« Assaf erinnerte sich daran, dass Anat ihm von dieser Geschichte erzählt hatte.

»Genau. Vergiss die Kahanas, die Toubouls, die Grinbaums. All die alten Mafiosi. Schnee von gestern. In Tel Aviv weht jetzt ein neuer Wind. Und der kommt aus der Wüste.«

»Warum wissen die Kollegen vom organisierten Verbrechen das nicht?«

»Weil Yaniv Baum ein Idiot ist.« Nach diesen Worten legte Boaz Fadida auf. Und immerhin war diese letzte Aussage für den Kommissar keine Neuigkeit.

»Chaim, ich gehe davon aus, dass es unter der Mafia in Tel Aviv ein völlig neues Machtgefüge gibt. Und die Beduinen stehen im Zentrum«, erklärte Assaf seinem Chef aufgeregt.

Wieler war zu ihm in sein Büro gekommen. Soweit sich Assaf erinnern konnte, war das noch nie passiert. Sonst zog Wieler es vor, seinen Schützling zu sich in den sechsten Stock zu zitieren.

»Assaf, du wirst mich gleich zum Teufel wünschen.«

»Warum?«

»Ich brauche dich in einem anderen Fall. Die Mafiasache geht an die Kollegin Cohen zurück. Sie ist ab morgen wieder voll einsetzbar und übernimmt wieder.«

»Ma? Chaim, du verarschst mich, nicht wahr?«, fragte Assaf ungläubig. Jetzt, wo er das Gefühl hatte, dass er endlich vorankam, sollte er den Mafia-Fall abgeben?

»Mizrachi. Der ermordete Offizier. Die Militärpolizei hat den Fall heute Morgen an uns zurückgegeben.« Chaim Wieler zuckte mit den Schultern.

»Schön für sie«, erwiderte Assaf. »Dann gib den Fall jemand anderem. Ich will diese Khaldis und Nanikashvily zur Strecke bringen.«

»Die Kollegin Cohen ist genauso motiviert und hat einen guten Draht zu Avner Yosef. Die werden sich jetzt darum kümmern.«

»Ich war gestern Abend bei Yosef. Da bestätigte er mir noch, dass ich ermitteln kann«, wurde Assaf laut. »So langsam reicht mir dieses Hickhack. Immer, wenn ich gerade in einem Fall drin bin, reißt du mich raus, Chaim. So kann doch niemand arbeiten.«

»Rosenthal, jetzt sei mal nicht so empfindlich. Ich weiß, dass es in letzter Zeit etwas chaotisch lief. Wir haben einfach echte Personalschwierigkeiten. Aber sei doch mal ehrlich! Du hattest doch von Anfang an keine Lust auf das Sonderteam mit den Jungs vom organisierten Verbrechen. Und nach allem, was ich gehört habe, kommst du weder mit Yaniv Baum noch mit Avner Yosef besonders gut klar.« Sein Chef untermalte seine Worte mit einem monotonen Klopfen auf die Schreibtischplatte.

»Haben diese Schmocks sich etwa über mich beschwert?«

»Rosenthal, jetzt mach es mir doch nicht so schwer. Yalla, Eli Mizrachi, dein Fall. Ich verspreche dir auch, dass ich dich in Ruhe schalten und walten lasse. Du hast meine vollste Rückendeckung«, versuchte Wieler seinen Untergebenen milde zu stimmen.

»Leckt mich doch alle am Arsch.«

»Das nenne ich Arbeitsethos. Ich kann mich auf dich verlassen.« Mit diesen Worten walzte Chaim Wieler davon und hinterließ einen sprachlosen Kommissar.

Assaf fuhr die Rolltreppe am Azrieli-Center nun bereits zum dritten Mal hoch und wieder hinunter. Dabei schaute er in die Berichte von Schlomo Malul und Liat Schapira sowie eines Mannes namens Gilad Orbach von der Militärpolizei. Was man bisher wusste:

Eli Mizrachi war gegen acht Uhr abends aus dem Büro im Hauptquartier der Streitkräfte, direkt neben dem Azrieli-Center, losgelaufen. Gegen halb zwölf stürzte er auf den Ayalon-Highway, und ein Mann namens Esra Roswaski, der ebendiesen Fall beobachtet hatte, rief die Polizei an. Assaf las sich das Protokoll des Anrufs durch.

»Notruf. Schalom.«

»Ja, hier ist eben jemand von der Azrieli-Brücke auf den Ayalon-Highway gesprungen.«

»Wo?«

»Von der Azrieli-Brücke am Azrieli-Center.«

»Auf die Ayalon?«

»Na, sag ich doch.«

»Wo genau?«

Assaf schüttelte beim Lesen den Kopf. Die Mitarbeiter der Hotline und der Polizei brauchten dringend eine Schulung, wie man Notrufe richtig entgegennahm. Er hatte selbst vor kurzem von seinen Eltern aus die Polizei angewählt, als in der Nähe ihres Häuserblocks rund fünfzig Feuerwerkskörper aus heiterem Himmel explodierten. Allein zehn Minuten hatte es gedauert, ehe der Polizist begriff, wo Assaf sich befand. Und das, obwohl es sich um dessen Einsatzgebiet gehandelt hatte. Noch weitere zwanzig Minuten vergingen, bis sich endlich zwei behäbige Streifenpolizisten einfanden. Zu dem Zeitpunkt war von den Amateur-Pyrotechnikern natürlich nichts mehr zu sehen. Dabei war das Werfen von Feuerwerkskörpern in Israel illegal. Und besonders die arabischen Mitbürger machten sich einen Spaß daraus, Böller in jüdischen Nachbarschaften explodieren zu lassen.

»Na, auf den Highway. Ziemlich direkt unter der Brücke vom Azrieli-Center«, las der Kommissar weiter.

»Wo befindest du dich?«, fragte die Mitarbeiterin vom Notruf.

»Ich? Auf dem Seitenstreifen. Rund fünfzig Meter von der Stelle, wo ich den Mann hab springen sehen.«

»Und der Gesprungene?«

»Ma?«

»Der Mann, den du hast springen sehen?«

»Na, der liegt auf dem Highway, nehme ich an. Er wird ja wohl keine Flügel haben.«

Assaf klappte den Bericht zu. Das war ja, als ob man eine schlechte Komödie las.

Als die Polizei dann endlich eintraf, fand sie Eli Mizrachi auf der Stadtautobahn, genau unter der Brücke. Laut dem rechtsmedizinischen Bericht von Liat Schapira hatte Mizrachi mehrere Wunden, die auf einen vorhergehenden Kampf hinwiesen.

»Vor allem die Hämatome an beiden Oberarmen, dem rechten Handgelenk sowie die gebrochene Nase weisen darauf hin, dass jemand Eli Mizrachi verprügelt hat, bevor er von der Rolltreppe stürzte. Jedoch gibt es keine Spuren, die darauf hindeuten, dass jemand versucht hat, ihn festzuhalten, als er über die Brüstung fiel. Im Gegenteil, von der Art des Aufpralls würde ich darauf schließen, dass das Opfer kopfüber gestürzt ist. Dies spricht für die Vermutung, dass jemand den Mann über die Brüstung gestoßen hat. Mizrachi hatte auch keine Chance, sich noch irgendwo festzuhalten. Er fiel wie ein Sack Reis runter. Ich nehme an, er war bereits angezählt vom vorausgehenden Kampf.«

Liat Schapira hatte die Angewohnheit, neben ihrem offiziellen Bericht, der sich für einen Laien oft nur beschwerlich lesen ließ, noch eine Notiz hinzuzufügen, die das Ganze umgangssprachlich erklärte.

Assaf sah sich die Tatortfotos genau an, die Schlomo sowohl von der Rolltreppe als auch vom Ayalon gemacht hatte. Die Brücke, von der die Rolltreppe hinunterführte, verband das Einkaufszentrum mit dem Bahnhof Azrieli. Mizrachi, der in Binyamina lebte, hatte wahrscheinlich vorgehabt, mit dem Zug nach Hause zu fahren. Zwischen seinem Aufbruch im Büro gegen zwanzig Uhr und seinem Fall auf die Schnellstraße gegen dreiundzwanzig Uhr dreißig war er mit ein paar Kollegen in einem kleinen Pub im Sarona-Viertel gewesen. Allerdings nur bis kurz vor halb elf. Dann verlor sich seine Spur. Mit 0,3 Promille war der Offizier auch nicht betrunken gewesen, als er von der Brücke gestoßen worden war. Auch die Kollegen hatten berichtet, dass Mizrachi lediglich zwei kleine Bier getrunken hatte und ziemlich nüchtern war, als er losging. Was er im Azrieli-Center in der Zeit zwischen halb elf und halb zwölf gemacht hatte, war unklar. Niemand hatte von dem unauffällig aussehenden Offizier Notiz genommen. Bisher hatte Assaf nicht einmal gewusst, dass das Center so spät noch geöffnet war. Im

Bericht las er, dass es im Center ein Kino, ein Restaurant und ein rund um die Uhr geöffnetes Fitnessstudio gab. Deswegen konnte man die Shopping Mall bis spät in die Nacht über den Ausgang zum Bahnhof verlassen. Betreten konnte man die Mall allerdings nur über einen Seiteneingang.

Der Kommissar machte sich eine Notiz, eventuell die Überwachungskameras der Eingänge des Centers auswerten zu lassen. Wobei es sich hierbei um eine echte Sisyphusarbeit handelte. Daher würde er diese Maßnahme nur für den Fall veranlassen, wenn er sonst überhaupt nicht mehr weiterkam. Die Haupteingänge schlossen um zweiundzwanzig Uhr. Der Mörder war sicher nicht schon vorher im Zentrum gewesen und so viele Stunden im Azrieli-Center herumgelaufen. Erst einmal wollte Assaf sich nur die Kameraaufzeichnungen des Seiteneingangs ansehen. Die Überwachungskameras an den Rolltreppen konnten sie sowieso vergessen. Schlomo hatte ihm ja gesagt, dass jemand die Kameras besprüht hatte und daher nichts zu sehen war.

Assaf stieg auf die Rolltreppe und fuhr sie wieder hinauf. Tagsüber, zumal sie sich mitten in den Feiertagen befanden, war im Azrieli-Center und auf der Brücke zwischen Bahnhof und Zentrum die Hölle los. Assaf ließ sich in dem Menschenstrom auf die Brücke treiben. Spätestens hier musste der Täter Mizrachi angegriffen haben. Der Kommissar hielt es für unwahrscheinlich, dass Mizrachi erst auf der Rolltreppe auf seinen Angreifer getroffen war. Die Verletzungen aus der vorausgehenden Auseinandersetzungen waren zu vielfältig, als dass sie in der Enge einer Rolltreppe passiert sein konnten.

Assaf stellte sich mitten auf die Brücke. Hinter ihm lagen die vier Eingangstüren zum Center, vor ihm die Brücke. Man sah bereits die Rolltreppen, die rechte führte hinunter, über die linke kamen Menschen vom Bahnhof hoch. Auf der Brücke war genug Platz für eine Schubserei. Dazu kam, dass dieser Bereich des Übergangs zum Bahnhof nicht von Kameras überwacht wurde. Wahrscheinlich sah man dafür, da sich normalerweise am Eingang zur Mall ein weiterer Sicherheitsmann befand, keinen Grund. Zudem konnte man hier eigentlich niemanden hinunterstürzen, da die Seiten nicht nur mit Metallstelen, sondern auch mit einer dicken Glaswand abgesichert waren.

Der Kommissar ging erneut langsam den Weg zur Rolltreppe entlang. Hier öffnete sich die Seitenwand der Brücke. Lediglich einzelne Säulen, die in der Form einer Raute angebracht waren, trennten die Passanten vom freien Fall. Stand man auf der Rolltreppe, fuhr man direkt an der äußeren Begrenzung der Brücke entlang. Kurz vor dem Ende der Rolltreppe gab es eine Stelle, an der die Begrenzungsstellen extrem niedrig waren. Assaf lehnte sich über das Geländer. Rund zwanzig Meter unter ihm rauschte der Verkehr der Stadtautobahn. Er blickte auf die Ayalon. Vier Spuren und ein schmaler Seitenstreifen führten Richtung Süden. Links bog man nach Givatajim ab, rechts ging es

Richtung Tel Aviver Zentrum. Geradeaus passierte man die Stadt und fuhr weiter Richtung Flughafen. Die Seitenbegrenzung der Rolltreppe lag nur wenige Zentimeter von einer Öffnung entfernt, die groß genug war, dass ein Mensch durch sie fallen konnte. Der Kommissar stieg auf der Rolltreppe immer wieder eine Stufe hoch, um auf der Höhe dieser Öffnung zu bleiben. Eigentlich war es ein Wunder, dass hier noch niemand aus Versehen hinuntergefallen war, überlegte er, während er in die Tiefe schaute. Die Stelle konnte durchaus gefährlich sein. Natürlich, normalerweise hielten Menschen sich am Geländer der Rolltreppe fest. Und selbst wenn nicht – es gab hier keinen Grund, das Gleichgewicht zu verlieren. Aber man müsste sich nur etwas in die Höhe strecken, und schon war es möglich, über das Rolltreppengeländer zu fallen. Oder es musste eben jemand nachhelfen.

Assaf stellte sich auf die Zehenspitzen, um besser abschätzen zu können, wie hoch man springen oder gestoßen werden musste, um endgültig über das Geländer zu fallen. Einige Passanten sahen ihn verwundert an. Hin und wieder hob er beschwichtigend die Hand und sagte: »Keine Sorge, es ist alles in Ordnung.«

Schließlich, nachdem er einige Minuten immer wieder die Rolltreppe rückwärts hochgelaufen war, kam er zu dem Schluss, dass, wer auch immer Mizrachi da hinuntergestürzt hatte, ein kräftiger Mann gewesen sein musste. Der Offizier selbst war nämlich mit einem Meter zweiundachtzig und neunzig Kilo kein Leichtgewicht. Damit hatte der Kommissar eine erste Spur. Er würde sich zuerst einmal anschauen, wer am Abend der Tat im Fitnessstudio trainiert hatte. Jemand, der über solche Kräfte verfügte, war höchstwahrscheinlich dort Stammkunde, und Zugang zum Center hatte er auch.

Während Zipi Meir sich um die Kundenliste des Fitnessstudios im Azrieli-Center sowie die Aufnahmen der Überwachungskameras der Seiteneingänge kümmerte, beschlossen Yossi und Assaf, der Frau von Eli Mizrachi einen Besuch abzustatten. Dafür machten sie sich auf den Weg in die Kleinstadt Binyamina, die zwar etwa eine Stunde Autofahrt nördlich von Tel Aviv lag, in der aber trotzdem viele Leute lebten, die in Tel Aviv arbeiteten. Es war einer der wenigen Orte, den man schneller mit dem Zug – in nur knapp dreißig Minuten – erreichte als mit dem Auto. Ansonsten hatten viele Bahnverbindungen den Nachteil, dass sie mit mehrmaligen Umsteigen verbunden waren oder dass nur ein Zug pro Stunde fuhr. Oft lagen die Bahnhöfe so weit außerhalb der Städte, dass man ein Auto benötigte, um überhaupt zum Bahnhof zu kommen. Auch Assaf kannte von Binyamina nur den Bahnhof, auf dem er als Soldat oft umgestiegen war. Wie er beim Ankommen in der Gemeinde feststellen konnte, hatte sich seitdem einiges geändert. Überall hatten sich neue Wohngegenden gebildet. An jeder zweiten Ecke wurde gebaut. Außer Bauarbeitern sah man jedoch kaum Menschen auf den Straßen. Assaf wunderte das nicht.

Denn wer sich hier ein Haus leisten wollte, musste hart arbeiten.

Der Kommissar kannte die Geschichten seiner Freunde, die Familien hatten. Von einem eigenen Haus konnten die meisten von ihnen nicht einmal träumen. Wenn überhaupt, konnten sie sich eine Wohnung leisten. Irgendwo in einem der tausend Hochhäuser, die zwischen Rehovot und Haifa aus dem Boden schossen wie Giftpilze.

»Sie vergewaltigen das Land mit Beton.« Assaf konnte sich nicht mehr erinnern, wo er diesen Satz gehört hatte, aber er traf haargenau auf das zu, was in Israel passierte. Andererseits: Wenn eine Doppelhaushälfte in einem Ort wie Binyamina bereits mehr als zwei Millionen Schekel kostete, dann hatten die meisten Bewohner des Landes keine andere Wahl, als auf Hochhäuser auszuweichen, wenn sie in einer Wohnung leben wollten, die ihnen gehörte. Assaf selbst wohnte zur Miete und stellte damit unter seinen Freunden die Ausnahme dar. Selbst Jaron hatte sich vor kurzem ein Drei-Zimmer-Apartment gekauft, weil er den ständigen Kampf mit seinem Vermieter um die Erstattung von notwendigen Reparaturen und die saftigen Mieterhöhungen nicht mehr ausgehalten hatte. Aber erstens war Jaron aus einer wohlhabenden Familie und Assaf nicht – natürlich verdiente er als Kommissar nicht schlecht, aber für eine eigene Drei-Zimmer-Wohnung in Tel Aviv reichte es bei weitem nicht. Und zweitens hatte Assaf praktisch keine Probleme mit dem Eigentümer seiner Wohnung. Da der Vermieter wusste, dass Assaf bei der Polizei war, würde er es nicht wagen, mit irgendwelchen unlauteren Praktiken völlig überzogene Mieterhöhungen durchzusetzen. Dieses Glück hatten aber wenige. Die meisten hangelten sich von Jahresvertrag zu Jahresvertrag.

Yossi lenkte den Wagen auf einen kleinen Hügel. Die Straße führte sie direkt an einem Feld mit unzähligen Weinstöcken vorbei. Von hier oben konnte man bis zu den Bergen von Judäa und Samaria, dem Westjordanland, sehen. Dazwischen lag eine malerische Toskana-ähnliche Landschaft, deren Schönheit man vom Bahnhof aus nicht erkennen konnte. Yossi hielt den Wagen kurz an. Gemeinsam schauten die beiden Polizisten über das Land, das so klein war, dass man, egal, wo man stand, immer schon sein Ende sah. Bei all der Schönheit, kam es Assaf in den Sinn, war es wahrlich kein Wunder, dass die Araber ganz Israel für sich wollten. Den Gedanken behielt er jedoch lieber für sich. Ihm war heute nicht nach politischen Diskussionen mit seinem Kollegen. Seine Konzentration lag einzig und allein auf den Ermittlungen im Mordfall Eli Mizrachi. Er konnte nur hoffen, dass der Besuch bei Mizrachis Frau ihnen weiterhelfen würde.

»Wer wagt, gewinnt.«
Motto der Spezialeinheit Sajeret Matkal

KAPITEL 10

Yossi lenkte den Wagen weiter, und sie fuhren in die Wohnsiedlung, in der die Mizrachis lebten. Am Eingang passierten sie ein kleines Einkaufszentrum. Es schien noch neu zu sein, denn die großen, hohen Schaufenster boten einen Blick auf überwiegend leere Gewerbeflächen. Statt der Menschen schienen Hunde die Straßen übernommen zu haben. Mindestens zehn sah Assaf auf den Gehwegen spazieren, als sie in den Stadtteil Karmei Binyamina hineinfuhren. Die Mizrachis lebten in einem Einfamilienhaus, von dem man sehen konnte, dass es noch nicht allzu lange das Zuhause der Familie war. Das erkannte man einerseits am neuen Baustil, andererseits daran, dass die Auffahrt gerade erst gepflastert worden war.

Die Haustür stand offen, ein Zeichen dafür, dass die Familie noch die sieben Trauertage der Schiwa absaß. Assaf und Yossi betraten leise das Haus. Sie standen sofort mitten in einem riesigen Wohnzimmer, in dessen offener Küche mehrere Frauen beschäftigt waren. Auf dem abgewandten Sofa hatten mehrere Männer Platz genommen, einer von ihnen leitete das Gebet. Die anderen Männer stimmten ab und zu ein.

Assaf stieg der Essengeruch in die Nase, und ihm fiel

ein, dass er noch gar kein Mittag gegessen hatte. Das passierte ihm selten und konnte nur mit dem Chaos, das seit dem Morgen in seinem Büro geherrscht hatte, erklärt werden.

»Schalom, mein herzlichstes Beileid. Ich bin Kommissar Assaf Rosenthal, das ist mein Kollege Yossi Hag. Wir würden gerne mit Scharona Mizrachi sprechen«, grüßte der Kommissar in den Raum hinein.

»Aber hier war doch gestern schon jemand von der Polizei. Könnt ihr meine Mutter nicht in Ruhe lassen?«, meldete sich eine junge Frau von etwa achtzehn Jahren zu Wort.

»Avital, lass gut sein. Es ist schon in Ordnung. Der Kommissar macht doch nur seinen Job«, rief eine Frau mittleren Alters.

»Scharona Mizrachi?«

»Ken. Was kann ich für euch tun?«

»Können wir vielleicht irgendwo ungestört sprechen?«, schaltete sich nun Yossi ein, dem man ansah, dass ihn der Blick der vielen auf ihn gerichteten Augenpaare verunsicherte.

»Natürlich. Am besten gehen wir in das Büro meines Mannes«, antwortete Scharona Mizrachi.

Im selben Moment verzog sich ihr Gesicht, und Assaf vermutete, dass ihr in diesem Moment bewusst wurde, dass ihr Mann dieses Büro nie wieder nutzen würde.

»Zuerst einmal möchten wir uns dafür entschuldigen, dass wir die Schiwa stören«, begann Assaf zu erklären, als sie in dem kleinen Büro, das gleichzeitig als

Bunkerzimmer diente, auf einem schwarzen Ledersofa Platz nahmen. »Es hat eine Änderung in der Verantwortlichkeit für die Ermittlungen gegeben. Statt der Militärpolizei ermitteln wir jetzt aus dem Kommissariat in Tel Aviv. Ich verspreche, wir werden dich so wenig wie nötig belästigen.«

»Es ist schon in Ordnung«, antwortete Mizrachis Witwe und versuchte derweil, die schwere Metallschiebewand zu öffnen, die vor dem Fenster angebracht war und im Falle eines Raketenangriffs die Menschen in diesem Zimmer schützen sollte. »Wie kann ich euch weiterhelfen?«

»Uns interessiert natürlich in erster Linie, ob du dir vorstellen kannst, wer deinem Mann das angetan haben könnte«, meinte Yossi, während er der Frau beim Öffnen der Metallwand half.

»Hatte er irgendwelche Feinde? War er in letzter Zeit verändert? Ist dir irgendetwas Besonderes aufgefallen?«, ergänzte Assaf.

»Ich habe das euren Kollegen von der Militärpolizei schon gesagt. Mein Mann hatte meines Wissens keine Feinde. Im Gegenteil, er war bei allen sehr beliebt. Eli war sehr gesellig. Ich kenne niemanden, der ihn nicht mochte.«

»Aber vielleicht hast du trotzdem in den letzten Wochen oder Monaten eine Veränderung in seinem Verhalten beobachtet? Selbst Kleinigkeiten könnten wichtig sein«, hakte der Kommissar nochmals nach.

Scharona Mizrachi überlegte einen Moment. Dann sagte sie langsam: »Ich weiß nicht, vielleicht war er in letzter Zeit etwas fahrig. Manchmal hatte ich das Gefühl, dass er mit den Gedanken ganz woanders war. Er schien nervös zu werden, wenn sein Telefon klingelte. Aber wisst ihr«, sie begann leise zu schluchzen, »sein Tod ist für mich so unbegreiflich, dass ich mir nicht sicher bin, ob ich mir diese Dinge nicht einbilde. Vielleicht kommen mir rückblickend Sachen seltsam vor, die nicht seltsam waren.«

»Das verstehe ich gut. Gab es denn jemanden, der deinen Mann regelmäßig angerufen hat?«

Sie schnäuzte sich die Nase, bevor sie weitersprach. »Ich weiß es ehrlich gesagt nicht. Manchmal hat er mit jemandem telefoniert.« Sie überlegte kurz. »Sammy oder so hieß der. Als ich Eli danach gefragt habe, meinte er, das sei einer seiner Soldaten.«

»Und kam dir das seltsam vor? Dass er auch außerhalb der Arbeit mit einem Soldaten sprach?«

»Nein, eigentlich nicht. Mein Mann hat viele junge Leute in ihrer Grundausbildung begleitet. Er war sehr hilfsbereit, manche Soldaten gehörten zu den ›einsamen Soldaten‹, deren Eltern im Ausland lebten. Um die hat sich Eli besonders gekümmert, einige waren sogar bei uns zum Essen.«

»Hat er mal von einer gewissen Michelle Ami erzählt?«, fragte Assaf weiter. Amis Eltern lebten zwar in Israel, aber man konnte ja nie wissen. Auch wenn die junge Frau Selbstmord begangen hatte – der Kommissar glaubte noch immer, dass es einen Zusammenhang zwischen ihrem und Mizrachis Tod geben könnte.

»Nein, den Namen kenne ich nicht.« Scharona Mizrachi sah die Polizisten kopfschüttelnd an. »Neben diesem Sammy, den ich jedoch nie persönlich kennengelernt habe, hat Eli einmal einen Yonathan mitgebracht. Also wenn ich an die letzten Monate denke. Ein junger Franzose.«

Assaf notierte sich den Namen, bevor er weiterfragte: »Hatte dein Mann irgendein Hobby? Was hat er in seiner Freizeit gemacht?«

Sie zuckte mit den Schultern. »Nichts Besonderes. Er fuhr gerne mit dem Mountainbike mit ein paar Nachbarn.«

»Und abends? Nach der Arbeit?«

»Da hat er meist vor dem Computer gesessen und Karten gespielt.«

»Karten?«, hakte Yossi nach, der bis dahin schweigend zugehört hatte.

»Online-Poker. Er hat mir aber versprochen, dass er da ohne echten Geldeinsatz spielte.«

»Hattet ihr Geldprobleme?« Der Kommissar horchte auf.

»So würde ich es nicht sagen. Aber wir haben uns erst vor kurzem dieses Haus gekauft. Ich fand es eigentlich zu teuer …«

»Warum habt ihr es trotzdem gekauft?«

»Eli hatte kurz vorher eine Gehaltserhöhung erhalten. Für den Kredit haben wir über das Militär bessere Konditionen bekommen. Er meinte, wir könnten uns das jetzt leisten. Ich habe mich ehrlich gesagt nie großartig mit unseren Finanzen beschäftigt. Aber ich war trotzdem anfangs nicht so begeistert von dem Umzug.

Unser jüngster Sohn ist neun, für ihn war die Veränderung nicht einfach.«

»Und warum habt ihr es dennoch gemacht?«

»Nu, das Haus hier ist wunderschön. Und viel größer als die Wohnung, die wir vorher hatten. Und mittlerweile fühlt sich auch unser Jüngster wohl hier.«

»Wo habt ihr vorher gewohnt?«, fragte Assaf.

»In Or Akiva. Wir konnten die Wohnung zum Glück mit viel Gewinn verkaufen.«

Assaf nickte verständnisvoll. Das Immobilienspiel der Israelis. Der Wert von Wohnungen stieg schnell um das Doppelte, wenn man sich zur richtigen Zeit für die richtige Location entschieden hatte. Was ein gutes Geschäft versprach.

»Wir würden gerne den Computer deines Mannes mitnehmen«, sagte der Kommissar, der genauer wissen wollte, auf welchen Online-Poker-Seiten sich Eli Mizrachi herumgetrieben und ob er wirklich nur um Spielgeld gepokert hatte.

»Betach, warum nicht?«, antwortete seine Witwe hilfsbereit. »Habt ihr denn schon eine Spur, wer meinem Mann das angetan hat?«

»Das werden wir bald. Versprochen«, sagte Assaf zuversichtlich.

»Und, was hast du gefunden, Assaf?«, fragte Yossi ihn, als sie sich am nächsten Tag zu einer verfrühten Mittagspause aufmachten.

»Erzähle ich dir in Ruhe, wenn wir sitzen. Wo wollen wir denn hin?«, erwiderte der Kommissar, der sich unmöglich auf irgendetwas konzentrieren konnte, bevor er wusste, wo und was er essen würde.

Die beiden Männer entschieden sich für ein kleines Lokal in einer Seitenstraße des Flohmarktes von Jaffa, in dem es – nach Angaben des Eigentümers – das beste Malzbier gab. Assaf bestellte dazu Kebab-Spieße mit Tahini und Pita und bat den Kellner, ihnen sofort ein paar Oliven und sauer eingelegtes Gemüse zu bringen. Yossi entschied sich, nachdem er die kleine Karte dreimal hoch und runter gelesen hatte, für einen Hummusteller mit Ei.

»Sag mal, isst du kein Fleisch mehr?«, fragte der Kommissar verwundert, dem in letzter Zeit bereits öfter aufgefallen war, dass Yossi nur noch Gemüse bestellte.

Sein Kollege seufzte. »Dikla will das unbedingt probieren, und du weißt ja: mitgefangen, mitgehangen. Am liebsten würde sie sich nur noch vegan ernähren, aber da mache ich nicht mit.«

»Find ich aber gut«, kommentierte Assaf, und sein Kollege sah ihn erstaunt an.

»Du McDonald's-Fan findest Vegetarismus gut?«, sagte er lachend.

»Yossi, ich mache auch seit Jahren Yoga. Ich bin nicht der Haudrauf, für den du mich immer hältst. Ich habe auch eine sanfte Seite.« Dabei musste auch Assaf lachen.

»Aha, du und sanft!«

Der Kellner brachte ihnen ihre Malzbiere und stellte neben Pita und Oliven sauer eingelegte Gurken, Weißkohl, Blumenkohl und Kohlrabi auf den Tisch. Assaf griff sofort zu, und nachdem er noch einen kräftigen Schluck Malzbier getrunken hatte, begann er zu erzählen. »Also, Eli Mizrachi war Stammkunde auf einer Webseite namens Pokerstars24. Er hat dort allein in den letzten acht Wochen rund fünfzigtausend Schekel verzockt.«

»Ya-alla«, zischte Yossi mit hochgezogenen Augenbrauen, »von wegen Spielgeld.«

»Nun liegt natürlich die Vermutung nahe, dass Mizrachi Schulden gemacht hat und irgendjemand langsam ungeduldig wurde.«

»Wer steckt hinter der Webseite?«

»Die Webseite wird von einem Unternehmen namens OniMedia betrieben. Die haben ihren Sitz in Wien. Geschäftsführer ist ein Österreicher.«

»Ich glaube kaum, dass der sich in den Flieger gesetzt hat, um Mizrachi von der Azrieli-Brücke zu stürzen«, gab Yossi zu bedenken.

»Ich vermute nicht, dass sich überhaupt irgendjemand in irgendeinen Flieger setzen musste«, antwortete Assaf. »Ich nehme an, der Österreicher ist nur ein Handlanger. Hinter der Seite stecken andere, vielleicht sogar Israelis. Zumindest haben die meisten angemeldeten Nutzer eine israelische IP. So viel konnte Schlomo mir sagen.«

Der Kommissar machte eine Pause, als er den Kellner entdeckte, der bereits mit zwei vollen Tellern auf dem Weg zu ihrem Tisch war. Der Grillgeruch, der ihm in die Nase stieg, ließ Assaf das Wasser im Munde zusammenlaufen. Die Kebabs, mit Petersilie und Koriander, von denen er sofort probierte, waren ein Gedicht. Assaf schnitt gekonnt die Pita auf und bestrich sie von innen mit Tahini. Dann füllte er das Brot mit zwei vollen Löffeln Gemüsesalat, und schließlich drückte er mit der Hand zwei Kebab-Bouletten hinein. Am Ende kippte er noch einmal eine Ladung Tahini über das Ganze, bevor er herzhaft zubiss. Yossi, der lustlos mit der Pita in seinem vegetarischen Kichererbsenbrei herumwischte, sah seinem Kollegen neidisch beim Essen zu.

»Wie finden wir heraus, wer hinter der Seite steckt und wem Mizrachi Geld geschuldet hat?«, fragte Yossi, während er einen Schluck von seinem Malzbier nahm.

»Ich habe die Daten an einen Freund bei der Steuerbehörde geschickt. Die haben ein hervorragendes Netzwerk, wenn es um solche Dinge geht. Er hat mir versprochen, das zu checken und sich so schnell wie möglich zurückzumelden. Bis dahin sollten wir vielleicht mal im Büro von Mizrachi vorbeischauen, oder was meinst du?«, antwortete Assaf schmatzend. Essen und gleichzeitig sprechen war in seiner Familie üblich. Seine Exfreundin Gili hatte immer gesagt, Umgangsformen und Tischmanieren seien der Kleister, der die Zivilisation zusammenhalte. Wenn man dem Kommissar beim Essen zusah, konnte man meinen, zurück in der Barbarei gelandet zu sein. Er griff nach einer Serviette und wischte sich den Mund, Assaf Rosenthal war immerhin eine Art vornehmer Barbar.

Yossi kämpfte derweil immer noch mit seinem Hummus. »Denkst du etwa doch, dass der Tod von Mizrachi etwas mit seiner Arbeit zu tun hat?«

Assaf strich sich nachdenklich über seinen Bart. »Ich weiß es nicht. Aber ich werde nach wie vor das Gefühl nicht los, dass der Selbstmord von Michelle Ami und der Tod von Eli Mizrachi, die ja immerhin in derselben Einheit gewesen waren, kein Zufall sein können.«

»Zumal Selbstmorde unter Soldaten trotz der außergewöhnlichen Belastungen eine Seltenheit sind. Ich habe gerade die aktuelle Statistik dazu gelesen: Selbst im letzten Jahr nach der Gaza-Operation haben sich die Selbstmordzahlen von Soldaten im Vergleich zum Vorjahr zwar verdoppelt, lagen aber immer noch mit fünfzehn Fällen recht niedrig.«

»Und eine posttraumatische Belastungsstörung, die wohl bei den meisten von ihnen für den Freitod verantwortlich war, können wir bei Michelle Ami ausschließen. Sie war ja nie im Gefecht, wenn ich das richtig sehe.« Der Kommissar bestellte noch einen Espresso beim Kellner. Nach diesem Festmahl fühlte er sich etwas matt und brauchte dringend Koffein. »Was ist mit Eifersucht als Motiv?«, fragte er Yossi, nachdem der Kellner die kleine Kaffeetasse vor ihm abgestellt hatte und sie die Rechnung geordert hatten. »Vielleicht hatten Mizrachi und Ami eine Affäre?«

Yossi sah seinen Chef ungläubig an. »Also, das kann ich mir beim besten Willen nicht vorstellen. Michelle Ami war jung und recht hübsch, Mizrachi hingegen war ja nun alles andere als attraktiv.«

Assaf lachte. »Wenn es so einfach wäre. Die Regeln von Liebe und Leidenschaft, mein lieber Yossi, sind definitiv komplizierter.«

Sein Kollege stimmte in das Lachen ein. »Na, du musst es ja wissen.«

Nach dem Mittag machte der Kommissar sich auf den Weg in das IDF-Hauptquartier HaKirya am Azrieli-Center. Hier saß neben der gesamten Führungsriege aller Einheiten auch der militärische Nachrichtendienst Aman, in dem Eli Mizrachi als Offizier und Michelle Ami als Soldatin gedient hatten. Aman stand als Abkürzung für AgafHaModi'in, was in etwa so viel wie Geheimdienstsektion bedeutete. Das gesamte israelische Militär bestand vor allem aus solchen Abkürzungen, die meist aus den Initialen der Einheiten und Operationen gebildet wurden. Für einen Laien war es schier unmöglich, sich in dieser Buchstabensuppe zurechtzufinden. Selbst Assaf musste manchmal nachfragen, wenn er eine Einheit nicht kannte. Wie er im Vorfeld recherchiert hatte, waren sowohl Mizrachi als auch Ami in einer Rechercheeinheit tätig gewesen, die vor allem die Eliteeinheit Sayeret Matkal mit wichtigen Informationen versorgte. Auch bei Assafs letztem Reservediensteinsatz hatten sie mit Aman-Soldaten zusammengearbeitet, er wusste also ungefähr, was das für Informationen waren, die sie für die Eliteeinheiten sammelten. Mit deren Arbeit war der Kommissar sowieso bestens vertraut, immerhin hatte er einen Großteil seiner militärischen Karriere in der Yamam-Einheit verbracht, die als Ergänzung zur Sayeret Matkal gegründet worden war. Erstere widmete sich der Terrorismusbekämpfung und Angelegenheiten wie Geiselbefreiungen in Israel selbst, während Sayeret Matkal diese Aufgaben außerhalb der Staatsgrenzen übernahm. Daneben war die Sayeret Matkal vor allem für militärische Aufklärung und somit Geheimdienstarbeit verantwortlich. Dass Mizrachi zur Sayeret-Matkal-Einheit gehört hatte, hatte Assaf sofort auf den Tatortfotos gesehen. Als eine der wenigen Einheiten trugen Sayeret-Matkal-Soldaten keine Rangabzeichen. Was als besonders geheimnisvoll gedacht war, führte jedoch mittlerweile dazu, dass man die Sayeret Matkal gerade als solche erkannte, eben weil ihnen das Abzeichen fehlte.

Assaf passierte die Schranke am Eingang zum Kirya-Gelände in Blitzgeschwindigkeit, nachdem er dem Wachsoldaten seinen Militärausweis gezeigt hatte, den er wie die meisten Reservisten immer mit sich trug. Er stellte seinen Roller am Rande des Parkplatzes ab und vergaß nicht, wenn die Kirya auch einer der am besten bewachten Plätze der Welt war, sein Moped anzuschließen. Dann blickte er sich kurz um. In seinem Gesicht lag ein Ausdruck von Stolz. Die Kirya bestand aus mehreren modernen Hochhäusern, wovon das einprägsamste wohl der Matkal-Turm war. Ein imposanter Würfelbau, durch den eine massive Betonsäule in Zylinderform führte, auf der der Hubschrauberlandeplatz wie eine Schüssel auflag. Dieses eindrucksvolle Gebäude des Hauptquartiers der IDF, das auch Camp

Rabin genannt wurde, hatte es schon in so einige Propaganda-Filmchen der Araber und Iraner geschafft, deren größter Traum es war, eine Rakete in den Würfelbau zu jagen.

Assaf lief langsam über den weitläufigen Parkplatz. Das Büro, in dem Eli Mizrachi gearbeitet hatte, lag in einem der unscheinbareren Nebengebäude, vis-a-vis dem Templerviertel Sarona, das sich seit seiner Restauration zu einem der beliebtesten Ausgehviertel Tel Avivs gemausert hatte. Der Kommissar betrat den etwas renovierungsbedürftigen Flachbau mit kleinen Fenstern, in dem wahrscheinlich schon die Briten stationiert gewesen waren, als sie in Sarona deutsche Templer gefangen genommen hatten. Am Eingang hing eine kleine Metallplatte, auf der die Worte »Keiner von uns will Krieg, aber wir wissen alle ganz sicher, dass wir gewinnen müssen – Yonathan Netanjahu« eingraviert waren. Yoni, der ältere Bruder des Ministerpräsidenten Benjamin Netanjahu, war der wohl berühmteste Vertreter der Eliteeinheit Sayeret Matkal. Er war in Entebbe bei der Befreiung der Geiseln gestorben, die von palästinensischen und deutschen Terroristen in einer Air-France-Maschine gefangen genommen worden waren. Seitdem war er der Inbegriff des israelischen Helden.

Der Kommissar lief die Treppe ins erste Stockwerk hinauf. Dort erwartete ihn bereits ein General. Sie tauschten einige Worte aus, bevor der General Assaf in den zweiten Stock führte. Hier im Zimmer zehn bis zwölf saß das Team, das Eli Mizrachi untergeordnet war und zu dem auch Michelle Ami gehört hatte. Es bestand neben Mizrachi aus vier weiteren Personen, von denen zwei erst vor kurzem dazugekommen waren. Die vier jüngeren Soldaten saßen in einem Büro zusammen, ihre Schreibtische aneinandergereiht wie Dominosteine. Das Büro hatte ein kleines Fenster, vor dem eine weitere Häuserwand lag. Nicht gerade ein Traumarbeitsplatz. Aber für die jungen Soldaten, die hier nur ihren Pflichtdienst ableisteten, war dies immer noch die bessere Option als eine Kaserne oder ein Zelt irgendwo in der Wüste oder auf den Golanhöhen.

Der Kommissar beschloss, dass es am sinnvollsten war, mit den Soldaten zu sprechen, die bereits seit einiger Zeit mit Mizrachi zusammengearbeitet hatten. Dabei handelte es sich um Yonathan Levi und Sigalit Feldman.

Levi war ein junger hagerer Offizier mit kurz geschorenen Haaren, der den Kommissar misstrauisch aus kleinen dunklen Augen ansah. Assaf schätzte ihn auf Anfang zwanzig. Er erinnerte sich, dass Scharona Mizrachi von einem Yonathan erzählt hatte, den ihr Mann zum Essen mitgebracht hatte, und ging davon aus, dass es sich dabei um ebendiesen jungen Mann handelte, der vor ihm saß.

»Wie lange hast du schon unter Mizrachi gedient?«, begann der Kommissar seine Befragung.

»Ungefähr achtzehn Monate«, antwortete Levi, und Assaf hörte sofort einen leichten französischen Akzent heraus.

»Du kommst aus Frankreich?«

»Oui.«

»Wie lange bist du schon in Israel?«

»Vier Jahre.«

Der Kommissar sah den jungen Mann nachdenklich an. Besonders gesprächig war er nicht. Dazu kam, dass etwas Düsteres in seinem Gesicht lag. Assaf fühlte sich in Gegenwart dieses jungen Soldaten irgendwie unwohl. Vielleicht lag es an den dunklen Augenringen, die Yonathan Levis Gesicht etwas Unheimliches verliehen.

»Deine Familie ist weiterhin in Frankreich?«, fragte der Kommissar im Plauderton weiter.

»Ich habe nur noch eine Großmutter in Straßburg. Meine Eltern sind gestorben, als ich neun war.«

»Oh«, sagte Assaf betroffen. Das erklärte vielleicht die düstere Ausstrahlung, die von dem Mann ausging.

»Meine Schwester und ich sind alleine nach Israel gekommen. Wir haben hier ein paar Tanten und Onkel. Ich bin als Letzter gekommen, meine Schwester wohnt schon seit vielen Jahren im Süden.«

»Die Frau von Eli Mizrachi hat mir erzählt, dass du bei ihnen zu Hause zu Gast warst?«

»Eli wollte wohl so etwas wie mein Mentor sein«, antwortete Levi.

Die Art, wie er es formulierte, ließ den Kommissar aufhorchen. Mag sein, dass es seinem nicht ganz perfekten Hebräisch zuzuschreiben war, aber Assaf hatte sofort das Gefühl, dass Yonathan Levi eine Abneigung gegen Mizrachi hegte.

»Du mochtest Mizrachi nicht?«

»Eh, no«, erwiderte der Soldat abwehrend. »Das habe ich nicht gesagt.«

Assaf verschränkte die Hände und legte dann sein Kinn auf den Daumen ab. Der junge Mann flutschte ihm durch die Finger wie ein nasser Fisch.

»Auf jeden Fall wolltest du nicht, dass er dein Mentor ist.«

Yonathan Levi zuckte mit den Schultern. »Ich brauche keine Vaterfigur. Ich hatte einen Vater, und wenn ich nicht weiterweiß, frage ich ihn.«

Der Kommissar sah ihn mit hochgezogenen Augenbrauen an. Was für eine seltsame Antwort!, dachte er. Immerhin hatte der Soldat ihm doch gerade selbst erzählt, dass seine Eltern vor vielen Jahren gestorben waren.

»Hast du, außer dem Essen, jemals privat Zeit mit Eli Mizrachi verbracht?«, fragte Assaf weiter, nachdem er beschlossen hatte, nicht auf die seltsame Bemerkung von Levi einzugehen.

»Nein. Meine Freizeit verbringe ich alleine oder bei meiner Schwester und ihrer Familie. Abgesehen davon, hatten Mizrachi und ich nichts gemeinsam. Ich wüsste also nicht, warum wir Zeit miteinander verbringen sollten.«

»Kannst du dir vorstellen, wer ihn umgebracht haben könnte und warum?«

Levi wich nun dem Blick des Kommissars aus und starrte auf die Tür.

»Nein, ich habe keine Ahnung.«

Man musste kein Hellseher sein, dachte Assaf misstrauisch, um zu merken, dass mit diesem Yonathan Levi etwas nicht stimmte und dass vor allem seine letzte Antwort nichts weiter als eine Lüge war.

»Wenn du Frieden schließen möchtest, sprich nicht mit deinen Freunden. Sprich mit deinen Feinden.«
Moshe Dayan

KAPITEL 11

»Danke dir für den Moment. Wenn ich noch Fragen habe, melde ich mich«, beendete der Kommissar das Gespräch und rief Sigalit Feldman zu sich. Vielleicht bekam er aus der jungen Frau mehr heraus.

»Dein Kamerad Yonathan ist ja ein komischer Vogel«, versuchte er die junge Soldatin, ebenfalls mit dem Rang eines Sergeant ausgestattet, gleich zu Beginn aus der Reserve zu locken.

»Ach der!« Sie lachte, und es wurde sofort deutlich, dass der Kommissar mit ihr eine deutlich offenere Gesprächspartnerin gefunden hatte. »Der ist eigentlich nicht verkehrt. Nur ein bisschen eigen.«

»Ist der immer so schlecht drauf?«

»Meistens.« Sie nickte. »Ich glaube, er ist traumatisiert oder so.«

»Wieso traumatisiert?«

»Er war doch früher bei den Sayeret Matkal im Einsatz. Deren Einzelgänger-Navigationseinsätze haben ihm wohl nicht so gutgetan. Deswegen haben sie ihn bestimmt in die Verwaltung gesteckt.«

Sie sagte das mit einer solchen Leichtigkeit, dass Assaf für einen Moment überlegte, ob sie einen Scherz gemacht hatte. »Die sind doch die Einzigen, die Soloeinsätze durchführen. Ansonsten geht man immer zu zweit«, fügte sie erklärend hinzu.

Assaf hörte ihr aufmerksam zu, sie konnte ja nicht wissen, dass vor ihr ein hochrangiger Offizier der Yamam saß, der um diese Soloeinsätze bestens Bescheid wusste.

»Wie war dein Verhältnis zu Eli Mizrachi?«, wechselte er das Thema.

»Gut, würde ich sagen. Ich hatte nicht so viel mit ihm zu tun. Michelle«, sie stockte kurz, »eine andere Soldatin und eben Yonathan haben am engsten mit ihm zusammengearbeitet.«

»Michelle Ami?«

»Ja, genau. Sie hat sich vor kurzem umgebracht.« Sigalit Feldman schüttelte den Kopf. »Ich war nicht sehr mit ihr befreundet, aber man kannte sich ja. Die Nachricht von ihrem Tod hat uns alle überrascht. Am meisten hat sie wohl Yonathan mitgenommen.«

»Warum?«

»Nu, er war offensichtlich ziemlich in sie verknallt. Und als wir von ihrem Selbstmord erfuhren, hat er aufgebracht die Basis verlassen und sich tagelang nicht im Büro blicken lassen.«

Der Kommissar strich sich mit der flachen Hand über seinen Bart. »Meinst du, Michelles Tod hatte irgendetwas mit ihrem Dienst zu tun?«

Sigalit Feldman guckte ihn erstaunt an. »Ma? Wie das denn?«

»Ich weiß nicht, vielleicht hat sie irgendetwas fertiggemacht?« Assaf musste an die Dokumente denken, die Ami dem Reporter angeboten hatte. Was lief hier in dieser Einheit falsch?

Feldman schüttelte ihre langen braunen Locken. »Ich habe gehört, sie hat Drogen genommen. Und sich deswegen das Leben genommen.«

»Wer hat das erzählt?«, fragte Assaf, der ja aus dem rechtsmedizinischen Bericht wusste, dass das nicht stimmte.

»Eli hatte mal so etwas erwähnt. Insgesamt haben wir aber nicht viel über ihren Tod gesprochen. Das kam mir schon etwas seltsam vor. Aber Eli wurde dann ja auch gleich ermordet.« Sie machte ein hilfloses Gesicht.

»Findest du das nicht seltsam?«, fragte Assaf.

»Was jetzt?«

»Dass die beiden in so kurzem Abstand gestorben sind.«

Sie schob ihre Unterlippe vor und guckte fragend. »Ja, irgendwie schon … aber es gibt doch keinen Zusammenhang zwischen dem Selbstmord von Michelle und dem Mord an Eli, oder?«

Der Kommissar sah sie schweigend an. Daran glaubte er immer weniger.

»Ich brauche alles, was du über einen gewissen Yonathan Levi finden kannst«, rief er Zipi entgegen, noch bevor er seine Sekretärin sah. Als er das Büro betrat, bemerkte er nicht einmal, dass Zipi Meir ihren Bürostuhl mit einem großen, blauen Gymnastikball getauscht hatte, auf dem sie, Sonnenblumenkerne kauend, langsam hoch und runter wippte. »Und was ist mit der Liste der Mitglieder des Fitnessstudios? Bist du da weitergekommen?«

Assaf war bereits auf dem Weg in sein Büro und ging wohl davon aus, dass seine Kollegin ihm folgen würde. Das tat sie nach einem kurzen Moment auch. Ihre enge Leggings aus Lederimitat knirschte bei jedem Schritt.

»Slecha, Assaf, schalom erst einmal. Grüßen fällt heute aus oder wie?«, sagte Zipi beleidigt, als sie sein Büro betrat.

»Liebe Zipi, du hast vollkommen recht. Ich bin ein Schmock«, stimmte er reumütig zu. »Schalom. Und, hast du eine Liste für mich?« Der Kommissar blinzelte sie verschmitzt an.

»Natürlich. Und nicht nur das! Ich habe dir sogar bereits die Aufnahmen der Überwachungskamera vom Seiteneingang beschafft.«

»Ui.«

»Die CD liegt bei Schlomo. Ich habe mir gedacht, dass du sie vielleicht gleich mit einem Spezialisten zusammen prüfen willst.«

»Toda, Zipi!«

»Und wer ist Yonathan Levi?«, fragte sie lächelnd.

»Einer der Soldaten, die in Mizrachis Einheit dienen.«

»Denkst du, dass er etwas mit dem Tod des Offiziers zu tun hat?«

Assaf überlegte kurz. »Eigentlich nicht. Ich denke,

dass das Motiv für Mizrachis Mord irgendwie in seiner Spielsucht liegen muss.«

Zipi sah ihn fragend an.

»Aber«, fügte er schließlich hinzu, »irgendetwas stimmt mit diesem Yonathan nicht. Er weiß mehr, als er zugibt. Eine Soldatin meinte, er sei traumatisiert und deshalb vom Sayeret Matkal in die Jobnik-Position gewechselt.« Als Jobniks bezeichneten sie in Israel die Soldaten, die ihren Militärdienst wie einen Job absolvierten, die also morgens hin und abends nach Hause gingen und die vor allem nie Gefahr liefen, ins Gefecht zu müssen.

»Ich finde das nicht so ungewöhnlich. Sayeret Matkal ist eine unglaublich harte Einheit, da fühlt sich nicht jeder wohl«, sagte Zipi schulterzuckend und legte ihm die Liste derjenigen Personen auf dem Tisch, die am Abend des Mordes an Mizrachi im nahe gelegenen Fitnessstudio trainiert hatten.

Assaf schaute seine Kollegin skeptisch an. Es war ihm gar nicht in den Sinn gekommen, dass es Männer geben könnte, die nicht in einer Eliteeinheit dienen wollten. Das war doch eine Auszeichnung. Er war sich nicht sicher, ob er jemals Kinder haben würde – aber wenn es ein Sohn sein sollte, würde er ihn definitiv ermutigen, in einer der Spitzeneinheiten zu dienen.

Nachdem Zipi mit ihrer falschen Lederhose zu ihrem Schreibtisch zurückgeknirscht war, beschloss der Kommissar, zu Schlomo Malul zu gehen, um sich die Aufnahmen der Überwachungskamera anzuschauen.

Im Treppenhaus hatte er Yossi getroffen und seinen Kollegen gleich mitgenommen. Nun saßen sie beide mit einem von Schlomos Männern vor dem Computerbildschirm.

»Zipi hat mir gesagt, dass vor allem die Aufnahmen ab zehn Uhr abends für euch von Interesse sind?«, fragte der junge Mann namens Ofer, der ihnen bereits mit den Fotos von der Observation im Hafen geholfen hatte.

»Genau. Das Opfer war bis zweiundzwanzig Uhr dreißig in einem Pub im Sarona-Viertel. Gegen dreiundzwanzig Uhr dreißig stürzte er von der Brücke«, bestätigte der Kommissar.

»Ich habe das Material bereits für euch gesichtet. An dem Abend war nicht viel los. Meines Erachtens kommt nur eine Person in Frage. Moment, ich zeige euch die Aufnahme, dann werdet ihr verstehen, warum ich das denke.« Ofer bewegte den Zeiger der Maus über den Bildschirm und klickte dann einen Mediaplayer an. Das Video erschien krisselig und schwarzweiß auf dem Computer.

»Die Aufnahmen sind schlecht. An den Haupteingängen verfügt das Center über bessere Kameras, aber bei den Seiteneingängen hat man sich für das Billigste und Einfachste entschieden.«

»Na joffi«, kommentierte Assaf trocken.

»Man kann trotzdem was erkennen. Hier!« Ofer zeigte mit dem Finger auf den Bildschirm, auf dem nun eine kräftige Person auftauchte. »Ich glaube, das ist euer Mann.«

»Der hat sich die Kapuze ja fast bis über das Gesicht gezogen«, rief Yossi enttäuscht.

»Genau deswegen!«

Sie beobachteten, wie der Mann mit der hellen Kapuzenjacke und neongelb leuchtenden Turnschuhen zum Seiteneingang lief, den Kopf tief gesenkt. Der Sicherheitsmitarbeiter am Eingang überprüfte kurz und routiniert den Rucksack und ließ den Mann dann weitergehen.

»Das hilft uns ja nicht wirklich weiter.« Assaf seufzte enttäuscht.

»Na, wartet mal«, erwiderte der Techniker beruhigend. »Ich habe mir die Aufnahme mehrmals angeguckt. Hier, als der Mann seinen Rucksack öffnet.« Ofer hielt das Video an und vergrößerte langsam den Bildausschnitt. Man sah verschwommen den Unterarm des Unbekannten

Assaf und Yossi starrten gebannt auf den Bildschirm. »Ist das ein Tattoo?«, rief der Kommissar nach einigen Sekunden.

»Bingo.«

»Sieht aus wie Arabisch«, sagte Yossi, der nun fast in den Bildschirm hineinkroch.

»Auf jeden Fall irgendwie Schriftzeichen. Meint ihr, ihr könnt damit etwas anfangen?«, fragte Ofer gespannt.

»Auf jeden Fall! Toda, Ofer.«

Zurück in seinem Büro, zog Assaf sich mit dem Bürostuhl an seinen Schreibtisch heran. Auf seinem Tisch lagen zwei Ausdrucke der Kameraaufnahmen. Eine zeigte den Unbekannten in Ganzkörperaufnahme, er trug schwarze Hosen und eine graue Kapuzenjacke. Das einzig Auffällige an ihm waren die neongelben Turnschuhe. Auf dem zweiten Ausdruck war ein Ausschnitt des Bildes am Eingang zu sehen, auf dem man schwach den tätowierten Unterarm der Person erkennen konnte. Neben den Ausdrucken lag die Liste derjenigen, die am betreffenden Abend im Fitnessstudio gewesen waren. Auf dem Blatt standen zweiundzwanzig Namen. Die weiblichen Besucher hatte Zipi auf seinen Wunsch bereits aussortiert.

Auf den ersten Blick sprang dem Kommissar kein Name ins Auge.

Er sah die Liste noch einmal durch. Mit dem Kugelschreiber glitt er über jede einzelne Zeile, als ihm plötzlich ein Name, den er aus unerfindlichen Gründen bisher übersehen hatte, ins Auge sprang: Omar Khaldi. Ein ungewöhnlicher Name für einen Besucher eines Tel Aviver Fitnessstudios, zumindest war ihm nicht bekannt, dass mittlerweile Beduinen in Tel Aviv lebten. Dann wiederum war Omar Khaldi auch kein gewöhnlicher Beduine.

»Wie bereits gesagt …« Omar Khaldi lehnte sich auf dem Holzstuhl zurück und verschränkte seine muskulösen Arme, am rechten Unterarm blitzte eine Tätowierung unter dem Pullover hervor, »… ich kenne keinen Eli Mizrachi. Außerdem wurde mir vor kurzem meine Mitgliedskarte für das Fitnessstudio geklaut. Ich habe also keine Ahnung, wer da unter meinem Namen eingecheckt hat, aber es könnte so ziemlich jeder gewesen sein.«

»Und dass die Aufnahmen der Überwachungskameras einen Mann mit einer Tätowierung zeigen, die deiner erstaunlich ähnelt, ist also auch ein Zufall?«

Der Beduine lachte leise und schaute auf den Ausdruck, den ihm der Kommissar vor die Nase hielt. »Das soll mein Arm sein? Das könnte auch ein Stück Holz sein. Man erkennt ja gar nichts auf diesem Foto. Wenn das alles ist, was ihr gegen mich in der Hand habt …«

Assaf ließ das Foto fallen und schaute den Mann wütend an. Der Kommissar war kurz davor, zu platzen. Die Arroganz, mit der ihm Khaldi, der sich anscheinend für unverwundbar hielt, entgegentrat, trieb ihn zur Weißglut. Um keinen Fehler zu machen, verließ er lieber schnell das Verhörzimmer.

Im Nebenraum wartete Yossi, der das Gespräch aufmerksam durch die verspiegelte Scheibe beobachtet hatte. »Aus dem werden wir nichts rausbekommen, Assaf«, meinte er und seufzte.

Der Kommissar knirschte zornig mit den Zähnen, weil er wusste, dass Yossi recht hatte. Er starrte Khaldi durch die Scheibe an. Der Beduine saß immer noch entspannt im Nebenzimmer. Wahrscheinlich wusste er, dass sie ihn beobachteten. Omar Khaldi, ein entfernter Neffe von Musa Khaldi, dem Oberhaupt des kriminellen Clans, war bisher ein unbeschriebenes Blatt. Keine einzige Straftat hatte man dem Zweiundzwanzigjährigen nachweisen können. Nicht mal einen Autodiebstahl.

»Aber er hat ein Tattoo am Arm. Arabische Schriftzeichen. Mann, hält der uns für Idioten, oder was?«

»Lo«, sagte Yossi langsam, »hast doch gehört, was er gesagt hat. Der weiß ganz genau, dass dieses Indiz nicht ausreicht, um ihn festzunehmen. Vor allem, weil man auf den Kameraaufnahmen ja kaum etwas erkennt.«

Der Kommissar schlug mit der Hand an die Tür. »Dann müssen wir das Feld von hinten aufrollen«, sagte er schließlich, nachdem er sich wieder etwas beruhigt hatte.

»Wie meinst du das?«

»Wir müssen endlich herausfinden, bei wem Mizrachi Spielschulden hatte. Ich bin mir ziemlich sicher, dass uns diese Spur schon irgendwie zu Omar Khaldi führen wird.«

»Immer noch keine Hinweise, wer hinter der Poker-Seite steckt?«

»Klum, nichts.« Der Kommissar öffnete die Tür. »Da hat der Kollege wohl den Mund zu voll genommen. Die finden einfach keine Verbindung nach Israel. Aber ich mache da noch einmal Druck.«

»Und was machen wir mit dem?«, fragte Yossi mit einer Kopfbewegung in Richtung Scheibe.

»Gehen lassen. Was sonst?«, knurrte Assaf.

Auf dem Weg in sein Büro klingelte Assafs Handy. Es war sein Vater, der bereits in den letzten Tagen mehrmals versucht hatte, ihn zu erreichen. Der Kommissar schlug sich mit der Hand auf die Stirn. Er hatte völlig vergessen, ihn zurückzurufen. »Hallo, Aba!« Er nahm ab, obwohl es ihm gerade nicht wirklich passte.

»Eh, mein Sohn. Wo steckst du? Ich versuche dich seit Tagen zu sprechen«, rief sein Vater vorwurfsvoll in den Hörer.

»Slecha, ich habe so viel zu tun. Wie geht's dir?«

»Nu, ich bin am Flughafen. Ich fliege doch nach Georgien.«

»Ach ja, das habe ich ganz vergessen. Aber ich dachte, du fliegst nach Rumänien. Was willst du denn in Georgien?«

»Abale, das hab ich dir neulich schon erzählt. Shabtei will doch diese Wandertouren aufziehen. Das wird ein ganz großes Ding, und ich helfe ihm.«

Assaf schüttelte den Kopf. Sein Vater, mittlerweile Anfang siebzig, war immer noch scharf auf die waghalsigen Geschäftsideen seiner rumänischen und georgischen Freunde.

»Wir fliegen nach Tiflis und fahren dann weiter nach Oni. Direkt in die Berge«, erzählte sein Vater, der anscheinend in Plauderlaune war.

»Walla.« Assaf sah auf die Uhr. Er hatte wirklich keine Zeit mehr, um länger mit seinem Vater zu plaudern. Als es ihn plötzlich wie der Blitz traf. »Was hast du eben gesagt?«

»Dass wir nach Tiflis fliegen und dann in die Berge fahren.«

»Wie heißt die Stadt?«

»Oni.«

»Aba, guten Flug und viel Erfolg. Wir skypen am

Wochenende. Ohev Otra. Pass auf dich auf.« Er konnte das Gespräch nicht schnell genug beenden.

Oni – eine Stadt in Georgien. Wie wunderbar sich auf einmal alles zusammenfügte! Der Kommissar konnte es selbst kaum glauben.

»Acharai! Mir nach!«

Motto der Fallschirmjäger der IDF

KAPITEL 12

»Nanikashvily hat diese Poker-Seite aufgezogen.« Assaf gegenüber saßen Anat und Avner Yosef und sahen ihn gespannt an.

»Eli Mizrachi hat auf der Poker-Seite gespielt und hohe Schulden gemacht. So hatten die Gangster ihn in der Hand. Ihr habt eure Verbindung zum Militär und ich meine Mörder.« Assaf grinste zufrieden. Jetzt machte es sich doch noch bezahlt, dass Wieler ihn ständig von Fall zu Fall geschickt hatte. Er hielt alle Fäden in der Hand. Es kam ihm fast wie ein kleines Wunder vor.

Yosef schürzte die Lippen und schüttelte zweifelnd den Kopf. »Wie soll Mizrachi an die Waffen gekommen sein? Der war doch in der Verwaltung tätig. Und überhaupt, wie kommst du darauf, dass Nanikashvily etwas mit dem Mord an Mafiaboss Avichai Touboul zu tun hat?«

Nun schaltete sich Anat ein: »Avner, die Vermutung liegt nahe. Nanikashvily arbeitet mit den Khaldis zusammen. Das wissen wir, seitdem wir den Georgier eindeutig auf den Fotos vom Hafen in Ashdod identifizieren konnten. Wer sagt denn, dass die Kahanas für den Mord an Touboul verantwortlich sind? Das war doch nur eine Vermutung. Wäre es nicht stattdessen auch möglich, dass die Khaldis und Nanikashvily in den Tel Aviver Markt drängen?«

»Und dass sie Touboul aus dem Weg gebombt haben, um ihren Machtanspruch zu demonstrieren«, ergänzte der Kommissar. »Mein Informant«, erklärte er weiter und bezog sich auf das Gespräch mit seinem Freund Boaz Fadida, »hat mir genau das gesagt: Dass die Khaldis und ein Georgier Tel Aviv übernehmen wollen. Und Mizrachis Frau erwähnte etwas davon, dass er hin und wieder mit einem ›Sammy‹ telefoniert hatte. Wahrscheinlich war es Sioma. Und sie hat sich nur falsch erinnert. Es gibt also eine Verbindung.«

Avner Yosef schüttelte nachdenklich den Kopf. »Rega, wenn deine Theorie wirklich stimmt – warum haben die Kahanas und die Toubouls sich noch nicht gerächt?«

»Das ist vielleicht nur eine Frage der Zeit. Und Nanikashvily konnte immerhin fliehen«, erwiderte Assaf.

Anat stimmte ihm nickend zu. »Vielleicht sind die anderen Familien aber auch einfach weg vom Fenster. Sie haben zu lange gezögert, etwas gegen die Machtansprüche der Beduinen zu tun.«

Assaf sah seine Kollegin von der Seite an. Es war ihr erstes Wiedersehen seit den Ereignissen in Ashdod, und es war erstaunlich, wie einig sie sich waren.

»Angenommen, ihr habt recht«, erklärte Avner Yosef, »wie bekommen wir Nanikashvily zurück ins Land? Und wie willst du beweisen, dass Omar Khaldi deinen Offizier ermordet hat? Die Aufnahmen der Überwachungskamera und sein registrierter Besuch im

Fitnessstudio reichen jawohl nicht für einen Haftbefehl aus, wenn ich das richtig verstanden habe.«

Der Kommissar kratzte sich am Kopf. »Ich würde Nanikashvily einen guten Grund geben, nach Hause zurückzukehren. Er scheint ein enges Verhältnis zu seinen Eltern zu haben. Der Vater liegt im Krankenhaus. Wenn er nun glauben würde, dass sein Vater bald stirbt, wäre das sicherlich ein Grund für ihn, zurückzukommen.«

»Beseder, gute Idee. Und was ist mit Khaldi?«, fragte Anat ihn ruhig.

»Ich weiß, dass er es war. Und ich habe eine Ahnung, was uns weiterhelfen könnte. Vor allem auf die Frage, wie genau Mizrachi an die Waffen kam. Ich muss es nur erst finden«, sagte der Kommissar, bevor er sich von den beiden Kollegen verabschiedete.

Am nächsten Morgen fuhr Assaf mit seinem Roller die Ibn-Gvirol-Straße Richtung Norden entlang. Seine Nacht war kurz gewesen, zu sehr hatten ihn die neuen Ergebnisse beschäftigt. Es kam ihm immer noch vor, als würde der Fall Eli Mizrachi bisher aus vielen kleinen Punkten bestehen, deren Zusammenhang sich ihm einfach nicht erschließen wollte. Es war wie ein Puzzle, von dem man nicht wusste, welches Bild es darstellen sollte. Der Kommissar hatte das Gefühl, auf tausend kleine Puzzleteile zu starren, von denen er nicht wusste, wie sie zusammengehörten. Zu allem Überfluss schien die Mafia auch noch knöcheltief in der ganzen Geschichte drin zu stecken. Das machte es nicht einfacher, das Durcheinander zu entwirren. Was ihn nach wie vor nicht losließ, war der Gedanke, dass Michelle Amis Selbstmord irgendetwas mit dem Tod von Mizrachi zu tun hatte.

Assaf hatte nachts kaum schlafen können und sich ständig unruhig hin und her gewälzt, immer mit dem Gefühl, irgendetwas übersehen zu haben. Bereits am Abend zuvor hatte er, nachdem er nochmals mit Zipi und Yossi darüber gesprochen hatte, beschlossen, dass er sich auf die Suche nach den Dokumenten machen musste, die Michelle Ami der Zeitung angeboten hatte. Er wusste, dass das alles etwas weit hergeholt war, aber den Versuch war es wert. Und wer weiß? Vielleicht würden sie in den Dokumenten ja wirklich auf etwas stoßen, das ihnen weiterhalf. Und so hatte er fast erleichtert schließlich den Morgen begrüßt und sich dann, so schnell wie möglich, auf den Weg zu Michelle Amis Eltern gemacht.

In der Ibn-Gvirol-Straße, die Tel Avivs Norden durchzog, herrschte bereits ein reges Treiben. In den Cafés saßen so viele Leute, dass sich Assaf fragte, ob es in Tel Aviv überhaupt noch Menschen gab, die arbeiteten. Je näher er dem Park Hayarkon kam, desto mehr Jogger und Radfahrer passierte der Kommissar. Fast schien es, als sei die ganze Stadt auf den Beinen. Familie Ami wohnte nördlich des Parks, den Assaf auf einer kleinen Brücke überquerte. Er fuhr in eine Nachbarschaft aus Hochhaussiedlungen hinein, in der jede Straße und jedes Haus wie aus einer Schablone gestanzt aussahen.

Abgesehen von den Nummern und Buchstaben, die an den Eingängen hingen, glich jedes Gebäude exakt dem anderen. Trotz der verschiedenen Nummern hatte Assaf Probleme, sich zu orientieren. Nachdem er den Roller auf einem großen Parkplatz, der hinter dem Gebäudekomplex lag, abgestellt hatte, lief er suchend zwischen den Häusern hin und her. Familie Ami sollte angeblich in dem Hochhaus mit der Nummer elf und im Abschnitt Gimmel wohnen. Verloren stand Assaf vor Haus elf, und erst nach mehrmaligen Nachfragen schickte ihn ein Anwohner schließlich in die richtige Richtung. Der Kommissar betrat das mehrstöckige Haus durch einen verglasten Flur, in dem ein paar schwere Töpfe mit Zimmerpflanzen wohl für ein einladendes Ambiente sorgen sollten. Kurz bevor er den Fahrstuhl betrat, klingelte sein Handy.

»Rosenthal.«

»Assaf, ich bin's, Liat.« Die Rechtsmedizinerin klang gehetzt.

»Liat, was gibt's?« Assaf ging ein paar Schritte vom Fahrstuhl weg und schaute aus den großen Fenstern, die die Eingangstür begrenzten, auf den davorliegenden Parkplatz.

»Zipi hat mir gesagt, dass du auf dem Weg zu den Eltern von Michelle Ami bist.«

»Ja und?«

»Bist du schon da?«

»Ich stehe vor dem Fahrstuhl.«

»Kannst du dort auf mich warten? Ich bin schon auf dem Weg.«

»Ma? Warum? Was ist denn?«, fragte er besorgt.

»Ich bin in zehn Minuten da. Kannst du warten, bevor du mit den Eltern sprichst?«

»Ja, sicher«, stimmte Assaf zögerlich zu, obschon die Bitte von Liat Schapira ihn verwunderte.

Wie versprochen, kam Liat Schapira nur wenige Minuten später an.

Assaf, der auf einer Bank in einer kleinen Grünanlage neben dem Parkplatz gewartet hatte, ging seiner Kollegin entgegen. »Was ist denn los, Liat? Ich mache mir wirklich Sorgen.«

»Am besten setzen wir uns«, sagte sie, und gemeinsam liefen sie in Richtung der Bank zurück, auf der Assaf eben noch gesessen hatte.

»Assaf, ich habe einen Fehler gemacht«, begann sie, nachdem sie sich mehrmals nervös durch die Haare gefahren war.

»Womit?«

»Michelle Ami. Der Cocktail aus Sedative und Beta-Blockern, den sie eingenommen hat …« Liat stockte.

»Ken?«, fragte Assaf, der seiner Kollegin ansah, wie erschüttert sie war.

»Ich glaube, jemand muss sie in die Badewanne gelegt haben.« Liat atmete aus, so als würde eine schwere Last von ihr abfallen.

»Was genau meinst du damit?« Assaf sah sie entsetzt an.

»Ich bin mir nicht mehr sicher, ob es wirklich Selbstmord war. Ich glaube, dass sie zu dem Zeitpunkt, als sie in die Badewanne gelangte, schon bewusstlos war.

Das würde bedeuten, jemand muss sie dort hineingelegt haben.«

Assaf konnte nicht glauben, was Liat ihm hier erzählte. »Warum kommst du damit erst jetzt? Wie konnte das passieren?«

Die Rechtsmedizinerin wich Assafs bohrendem Blick aus und schaute an ihm vorbei über den Parkplatz.

»Liat! Rede mit mir«

Sie sah ihn kopfschüttelnd an. »Ich hatte so viel zu tun. Die Schlaflosigkeit ... Ich habe anfangs gedacht, dass ich alles richtig gemacht habe.«

»Nu, und dann?«

»Als du dich mit diesem Journalisten getroffen und vorher noch einmal bei mir nachgefragt hast, da sind mir Zweifel gekommen. Deshalb habe ich mir die Sachen noch einmal genau angeguckt.«

»Liat, das war vor Wochen!«, rief er wütend.

»Ich weiß, ich weiß«, jammerte sie verzweifelt. »Ich hatte so eine Ahnung, aber sie immer wieder verdrängt. Bis ich mir die Unterlagen dann doch angesehen habe. Die Fotos, die Spuren des Wassers. Ich habe einfach die zeitlichen Abstände nicht richtig berechnet. Die Zeit, die sie im Wasser gelegen hat, und die Wirkung der Medikamente – ich habe mich da total geirrt. Sie kann überhaupt gar nicht mehr selbst in die Wanne gestiegen sein. Zu dem Zeitpunkt hatten die Beta-Blocker ihre Herztätigkeit bereits entscheidend verlangsamt.« Liat vergrub ihr Gesicht in den Händen.

»Sie hat also viel länger in der Badewanne gelegen, als du berechnet hast?«

»Und der Medikamentencocktail hat schneller gewirkt. Ich habe wirklich alles falsch gemacht. Das ist mir noch nie passiert.«

Die beiden saßen einen Moment schweigend da.

»Assaf, wenn das herauskommt, verliere ich meinen Job«, flüsterte Liat und schaute den Kommissar verzweifelt an. »Du musst mir helfen. Niemand darf davon erfahren.«

»Was soll ich da jetzt machen, Liat? Warum hast du es mir dann überhaupt gesagt, nach so langer Zeit?«

»Als ich erfahren habe, dass du immer noch an dem Fall dran bist, habe ich es nicht länger ausgehalten.«

»Und jetzt willst du, dass ich dich decke? Du weißt, dass ich das nicht kann. Wir würden ein Verbrechen vertuschen.«

»Jemand könnte sie zum Selbstmord gezwungen haben. Wir müssten gar nicht auf meinen Fehler eingehen«, schlug sie flehend vor. »Assaf, bitte lass mich nicht hängen.« Sie knetete nervös ihre Finger. »Ich kann nicht glauben, dass mir so etwas passiert ist. In meinem ganzen Arbeitsleben habe ich immer gewissenhaft gearbeitet und gehandelt. Ich weiß überhaupt nicht, wie das gekommen ist.«

Der Kommissar sah die Rechtsmedizinerin lange an. Er versuchte, die Wut herunterzuschlucken und stattdessen eine Lösung für die Bredouille zu finden, in die Liat sie beide gebracht hatte. »Was wäre, wenn es ein neues Ermittlungsergebnis gäbe?«, sagte er schließlich langsam. »Etwas, von dem wir bisher nichts wussten, was aber alles in einem neuen Licht erscheinen lassen würde?«

»Wie genau stellst du dir das vor?«

»Wir könnten dann aufgrund des Ermittlungsergebnisses ein Zweitgutachten anfordern, und der zweite Rechtsmediziner würde den Fehler finden«, schlug er vor.

»Aber dann hätte ich immer noch einen Fehler gemacht ...«

»Das stimmt. Aber du hättest nichts vertuscht. Es wäre halt ein normaler Fehler bei der Arbeit, für den du geradestehen müsstest.«

Sie seufzte.

»Liat, wir alle machen Fehler. Deswegen wird Wieler dir nicht kündigen. Er hält große Stücke auf dich. Wenn er aber erfährt, dass du von dem Fehler wusstest, wird das Ganze anders ausgehen.«

»Okay, beseder«, stimmte sie zu. »Welches neue Ermittlungsergebnis wird das sein?«

»Darum werde ich mich jetzt kümmern«, sagte der Kommissar und stand auf. Bevor er ging, drückte er der sichtbar mitgenommenen Liat Schapira noch einmal die Hand. »Es wird alles gut.« Überzeugt war er von seinen Worten selbst nicht ganz.

Er saß auf dem Sofa, während Rachel Ami einen Kaffee kochte. Assaf nutzte die Gelegenheit, um sich umzusehen. Vor allem aber musste er sich nach dem Gespräch mit Liat erst einmal sammeln. Er konnte einfach nicht glauben, dass Liat Schapira bei der Untersuchung der Leiche von Michelle Ami einen so folgenschweren Fehler gemacht hatte. Ausgerechnet Schapira, die sonst mit hundertprozentiger Genauigkeit vorging. Der Kommissar seufzte und versuchte, sich auf das Jetzt und Hier zu konzentrieren. Auf einem kleinen Tisch neben dem Sofa standen Familienfotos. Er erkannte Michelle Ami sofort. Sie blickte auf fast allen Bildern sehr nachdenklich in die Kamera. Ihre Eltern und die beiden Brüder hingegen lachten fast immer. Zumindest auf diesen alten Fotos. In Wirklichkeit hatten sich in das Gesicht von Rachel Ami tiefe Falten gegraben. Ihre Mundwinkel hingen, als wenn ein Gewicht sie nach unten ziehen würde. Die rötlich gefärbten Haare waren im Ansatz grau und verrieten, dass die Mutter der verstorbenen Soldatin lange keinen Friseur besucht hatte.

»Es wäre mir lieber, wenn du mit meinem Mann sprechen könntest. Aber er hat Vorlesungen ...«, murmelte die zierliche Frau, während sie Kaffee und Kekse vor Assaf abstellte. »Nach Michelles Tod ist er eine Zeitlang nicht an der Uni gewesen. Seit zwei Wochen arbeitet er wieder.«

Der Kommissar zögerte, nachzufragen, ob auch Rachel Ami wieder arbeiten würde. Es ging ihn eigentlich nichts an. »Rachel, danke, dass du dir trotzdem Zeit nimmst. Wie ich bereits gesagt habe, ich ermittle im Mordfall Eli Mizrachi, dem Offizier, unter dem Michelle gedient hat.«

Sie nickte langsam und blickte den Kommissar schweigend an.

Assaf überlegte, wie er seine Fragen am besten stellen konnte, ohne zu verraten, dass Michelle Amis Tod kein Selbstmord war. Da es sich dabei um ein wirklich schwieriges Unterfangen handelte, dauerte es eine Weile, bevor er weitersprach. »Michelle wollte vor ihrem Tod Informationen an die Presse geben, die vielleicht bei den Ermittlungen in der Sache Eli Mizrachi helfen könnten. Weißt du davon etwas?«

Sie sah ihn ausdruckslos an, bevor sie sich räusperte und schließlich zu sprechen begann. »Ich weiß, dass Michelle das Militär immer sehr scharf kritisiert hat. Du musst wissen, dass ihre beiden Brüder in Eliteeinheiten waren. Beides Golanis.« Der Gedanke an ihre Söhne schien Rachel Ami zu beruhigen, sie lächelte sogar ein wenig. »Michelle hingegen hätte den Dienst am liebsten verweigert. Aber das geht ja leider nicht.«

»Wieso wollte sie den Dienst verweigern?«

»Sie war … wie soll ich sagen? … Pazifistin. Immer schon sehr nachdenklich und mit einem sehr ausgeprägten Gerechtigkeitssinn. Sie hatte kein Verständnis für die Besatzung und wählte, seit sie wählen durfte, die Meretz-Partei.«

»Wenn sie so links war, warum ist sie dann ausgerechnet zur Aman-Einheit gegangen?«, fragte Assaf und nahm einen Schluck aus der Kaffeetasse.

»Mein Mann hatte Beziehungen, und wir dachten, dass sie am Schreibtisch am besten aufgehoben war.«

»Sie hat wohl seitenweise Unterlagen kopiert. Kannst du dir vorstellen, wo sie diese deponiert hat?«

Rachel Ami schaute den Kommissar an. Diese Information schien sie nicht zu überraschen. »Eli Mizrachi war ein paar Tage nach ihrem Tod hier und hat uns davon berichtet, dass Michelle illegal Unterlagen kopiert hatte. Wir haben ihm die Kiste mitgegeben, die immer unter ihrem Bett gestanden hat. Darin befanden sich die Kopien.«

Assaf sah die Frau überrascht an. Eli Mizrachi hatte also gewusst, dass Michelle Ami Unterlagen weitergeben wollte. »Habt ihr euch nicht gewundert, dass ihr Offizier diese Unterlagen haben wollte?«

»Kommissar Rosenthal, ehrlich gesagt war ich froh, dass Eli die Unterlagen mitgenommen hat. Er versprach uns, dass es kein Nachspiel geben würde und niemand je erfahren müsste, dass Michelle die Daten an die Zeitung geben wollte. Wir waren schockiert, dass unsere Tochter zu so etwas fähig gewesen wäre.« Sie spielte nachdenklich mit dem Ehering an ihrer linken Hand. »Dann wiederum … Sie hat sich auch aus dem Nichts das Leben genommen. Das kann ich bis heute nicht fassen.«

Der Kommissar ballte seine Hände zur Faust. Es war unerträglich, dass er dieser Mutter nicht die Wahrheit sagen konnte. Auch wenn er sich nicht sicher war, dass die Wahrheit leichter zu verkraften war. »Was kannst du mir sonst über den Dienst von Michelle erzählen?«, fragte er weiter.

»Nu … Sie fuhr morgens zur Kirya und kam abends meist gegen siebzehn Uhr nach Hause.«

»Hatte sie zu irgendwelchen Kameraden besonders guten Kontakt?«

»Lo. Sie wollte möglichst wenig mit den anderen Soldaten zu tun haben. Als Linke war sie dort wohl nicht besonders beliebt.«

Assaf nickte verständnisvoll. Was ihm nicht klar war: Wie konnte es sein, dass Eli Mizrachi Michelle Zugang zu so viel vertraulichen Informationen gegeben hatte, wenn es doch bekannt war, dass sie nicht viel von der Militärideologie hielt? Der Kommissar überlegte kurz, bevor er weiterfragte. »Es gab in ihrer Einheit einen Yonathan. Hat Michelle von dem mal erzählt?«

Die Mutter schien sich sofort zu erinnern. »Stimmt, Yoni. Den hatte ich vergessen. Die beiden waren kurz ein Paar. Nachdem sie sich getrennt hatten, habe ich ihn nicht mehr gesehen. Und Michelle hat auch nicht mehr über ihn gesprochen.«

»Hat sie sonst mal irgendetwas von ihrem Dienst erzählt?«

»Nichts Konkretes. Sie hat, wenn überhaupt, mehr allgemein davon geredet, wie falsch sie es findet, diesen Wehrdienst ableisten zu müssen. Sie hat mich immer gefragt, warum wir nicht ausgewandert sind. Ich habe einen amerikanischen Pass, deswegen wäre das eine Möglichkeit gewesen.«

»Und? Warum seid ihr nicht ausgewandert?«, fragte der Kommissar.

»Ich habe ihr gesagt, dass ich bei jedem meiner Kinder, als es geboren wurde, gedacht habe, dass sie vielleicht nicht zum Militär müssen, wenn sie erwachsen sind«, erwiderte Rachel Ami. »Aber das hat auch schon meine Mutter gedacht, als ich geboren wurde. Ist es nicht schrecklich, was diese jungen Menschen aushalten müssen?« Sie schien keine Antwort zu erwarten, denn sie sprach sofort weiter. »Und wir Erwachsenen müssen so tun, als wäre es das Normalste von der Welt. Ich bin jeden Monat zu meinen Jungs in den Norden gefahren. Ich habe ihnen Essen gebracht, frische Unterwäsche und das Duschbad, das sie mögen. Und jedes Mal, wenn ich mich von ihnen verabschiedet habe, habe ich gebetet, dass es nicht das letzte Mal ist, dass ich sie sehe. Nach außen haben wir Witze gemacht und über das Wetter gesprochen.« Rachel Ami hing einen Moment lang ihren Gedanken nach. »Und nun ist mein Mädchen tot. Die, die ich in Sicherheit wähnte. Meine Söhne waren beide im Reservedienst im letzten Gaza-Krieg. Sie saßen in Tunneln, rannten durch verminte Häuser und haben Nachrichten geschrieben, die man uns überreicht hätte, wenn sie nicht zurückgekehrt wären. Sie leben, und Michelle ist tot. Das kann man gar nicht begreifen. Warum sie das gemacht hat, wo ihr doch das Leben geschenkt wurde, das meine Jungs in ihrem Dienst ständig fast verlieren?«

Der Kommissar biss sich auf die Unterlippe. Er hielt es kaum aus, dass er Rachel Ami nicht die Wahrheit sagen durfte. Zumindest noch nicht.

Assaf überlegte kurz. Was, wenn sich herausstellte, dass jemand vom Militär etwas mit Michelle Amis Tod zu tun hatte? Warum hatte Eli Mizrachi die Unterlagen abgeholt? Was hatte er mit den Unterlagen gemacht? Er beschloss, Scharona Mizrachi anzurufen und nach dieser Kiste zu fragen. »Die Kiste, die Eli Mizrachi mitgenommen hat – wie sah die aus?«

Rachel Ami schaute ihn irritiert an. »Die war gestreift, rotweiß gestreift. Warum ist das denn so wichtig?«

»Reine Routine«, antwortete Assaf.

Als der Kommissar in sein Büro kam, erwarteten ihn bereits Zipi und Yossi. Assaf war kurz verwirrt über das Empfangskomitee, bevor ihm einfiel, dass sie ein Meeting zum Fall Eli Mizrachi verabredet hatten. Sie setzten sich an den großen runden Tisch, der an den hohen Fenstern seines Büros stand und von dem man einen so unverschämt schönen Blick auf Tel Aviv und das Meer hatte, dass es fast unmöglich schien, sich auf die Arbeit zu konzentrieren. Assaf begann sofort von den neuesten Ermittlungsergebnissen zu berichten. Die Nachricht von Liat Schapiras Untersuchungsfehler ließ er dabei aus, auch wenn es ihm schwerfiel, seinen Kollegen nicht die ganze Wahrheit zu sagen. »Scharona Mizrachi hat mir versprochen, die Kiste zu suchen, die ihr Mann von Michelle Amis Elternhaus mitgenommen hat. Ich hoffe, sie findet sie bald. Wir könnten die Unterlagen natürlich auch vom Militär anfordern, aber ehe die sich bewegen, uns vertrauliche Informationen zu schicken …«

»Du meinst, wir finden in den Akten einen Beweis dafür, dass Khaldi ein Motiv für den Mord an Mizrachi hatte?«, fragte Yossi und blickte von seinen Notizen auf, die er sich während Assafs Bericht gemacht hatte.

»Ich glaube, dass so einiges in dieser Einheit schieflief. Erst der vorgebliche Selbstmord von Michelle Ami und dann der Mord an Mizrachi. Das kann doch kein Zufall sein!«

»Du zweifelst immer noch daran, dass Michelle Ami sich umgebracht hat?« Yossi las wie immer zwischen den Zeilen. Der Kommissar vergaß manchmal, wie gut sein Kollege ihn mittlerweile kannte.

»Ja, das tue ich«, stimmte er vorsichtig zu.

»Nu, und du hast doch bestimmt einen Plan?«, fragte Yossi weiter.

Assaf nickte. »Wir brauchen einen Beweis dafür, dass Mizrachi oder irgendjemand anderes ein Motiv für den Mord an Ami hatte. Wenn wir den gefunden haben, gehe ich damit zu Wieler und fordere ein Zweitgutachten an.«

»Du glaubst, dass Liat einen Fehler gemacht hat?«

»Sicherlich nicht mit Absicht, aber niemand ist perfekt«, antwortete Assaf ausweichend auf Yossis Frage.

Sein Kollege gab sich mit dieser Antwort zufrieden. »Wie liefern wir diesen Beweis?«, fragte er.

»Ich fürchte, wir müssen abwarten, bis Scharona Mizrachi die Unterlagen gefunden hat.«

»Was, wenn Mizrachi sie vernichtet hat?«

»Ich habe die Hoffnung, dass ihm dazu nicht genügend Zeit geblieben ist«, stellte Assaf seufzend fest.

»Ich bin auf etwas gestoßen, das uns vielleicht weiterhelfen kann«, sagte Zipi auf einmal, die bis dahin in ihre Unterlagen versunken und dem Gespräch anscheinend kaum gefolgt war.

»Ja?«, fragte Assaf gespannt.

»Du hattest mich ja gebeten, sowohl zu Omar Khaldi als auch zu Yonathan Levi Informationen zu sammeln.«

»Und?« Der Kommissar sah seine Sekretärin ungeduldig an.

»Das habe ich auch getan. Wir wissen ja, dass beide nicht vorbestraft sind …«

»Aber?« Assaf begann nun mit den Fingern auf der Tischplatte zu trommeln.

»Aber die beiden haben noch etwas gemeinsam.«

»Zipi, jetzt rück endlich mit der Sprache raus!«, rief Yossi.

»Sie saßen gemeinsam in einer Zelle im Militärgefängnis.«

»Vielleicht gefällt einem das Wort nicht, aber was hier passiert, ist eine Besatzung. Dreieinhalb Millionen Palästinenser werden unter Besatzung gehalten. Ich glaube, das ist eine furchtbare Angelegenheit für Israel und für die Palästinenser.«

Ariel Sharon

KAPITEL 13

»Ich werde verrückt«, rief Yossi neben ihm aus. Der Kommissar selbst warf seiner Sekretärin Zipi Meir eine Kusshand zu. »Zipi, kol ha kavod. Du bist mein Star!«

Sie lachte geschmeichelt und fuhr fort: »Nun lasst mich doch auch mein ganzes Wissen präsentieren. Yonathan Levi kam ins Gefängnis, weil er einen anderen Soldaten verprügelt hatte, und Omar Khaldi wegen Fahnenflucht. Die beiden saßen vierzehn Tage ihres Arrestes gemeinsam ab.«

»Yalla, wir haben nun also schon zwei eindeutig belegbare Verbindungspunkte zwischen der Einheit von Mizrachi und dem organisierten Verbrechen«, fasste der Kommissar zusammen. »Mal ganz abgesehen davon, dass Michelle Ami ausgerechnet in dem Hotel von Nanikashvily gefunden wurde.«

»Was willst du damit sagen?«, fragte Zipi gespannt.

»Dass wir unsere Theorie, dass Mizrachi nur deswegen umgebracht wurde, weil er seine Spielschulden nicht bezahlt hat, wohl verwerfen müssen.«

»Weil«, führte Yossi den Gedanken des Kommissars weiter, »es hier um etwas viel Größeres geht. Die Zusammenarbeit zwischen Militärpersonal und der Mafia.«

»Genau! Dass Mizrachi bei den Männern Spielschulden hatte, konnten sie umso besser nutzen, um ihn zu instrumentalisieren.«

»Vielleicht haben sie ihn überhaupt erst auf diese Pokerseite gebracht.« Der Kommissar und Yossi spielten Gedanken-Pingpong.

Zipi Meir beobachtete die beiden Männer aufmerksam. »Und Yonathan Levi hat den Kontakt zwischen Mizrachi und den Gangstern wahrscheinlich initiiert«, sagte sie schließlich.

»Ganz genau«, murmelte der Kommissar. »Aber bevor wir den Kerl noch einmal vorladen, müssen wir uns bestens vorbereiten.«

»Wo war Levi, bevor er nach Tel Aviv versetzt wurde?«, fragte Yossi den Kommissar.

»Na, bei den Sayeret Matkal. Die trainieren meines Wissens in der Nähe von Beersheva …«

»Meinst du, wir sollten einmal mit Levis ehemaligen Commander sprechen?«

»Yossi, den Gedanken hatte ich auch gerade.« Assaf stand langsam auf. »Zipi, kannst du derweil Anat über die aktuellsten Ermittlungsergebnisse informieren? Sie hat mich gebeten, sie auf dem neusten Stand zu halten.« Zu seiner Erleichterung fragte die Sekretärin nicht, warum er das nicht selbst machen würde.

Zwei Stunden später befanden sie sich bereits mitten in der Wüste. Yossi hatte den Wagen trotz des starken Regens ruhig und sicher über die Autobahn 6 Richtung Süden gelenkt, bis diese in eine etwas holprigere Landstraße überging. Je weiter sie Richtung Süden fuhren, desto schwächer wurde der Regen, bis er schließlich den Himmel ganz und gar der Sonne überließ. Das Grün der Landschaft schien mit jedem Kilometer weiter zu verblassen, wurde erst hellgrün, und dann, als die blühenden Wiesen schließlich von unendlich scheinenden Sandflächen ersetzt wurden, zeigte die Wüste, wie viele Schattierungen von Beige und Braun sie hervorbrachte. Bäume und grüne Büsche sah man jetzt nur noch vereinzelt am Straßenrand. Hin und wieder erhoben sich Wellblechsiedlungen aus dem einheitlichen Braunbeige-Muster, und wenn Assaf das Fenster herunterließ, konnte er die Generatoren der illegalen Beduinenlager rattern hören. Vor den Hütten stand manchmal ein gelangweilt schmatzendes Kamel, und ab und zu sah man einen beduinischen Hirten ein paar Schafe antreiben.

Sie fuhren an den Hochhäusern der Wüstenmetropole Beersheva vorbei und kamen schließlich einige Kilometer später auf dem Stützpunkt der Fallschirmjäger an. Auf diesem Stützpunkt mitten in der Wüste trainierten die Sayeret Matkal erst seit ein paar Jahren. Hier, in der Nähe der Stadt Dimona, wo angeblich Israels Atomwaffen lagerten, gab es genug Platz für die militärischen Übungen.

Nachdem die beiden Polizisten sich am Eingangstor,

dem Schin Gimmel, ausgewiesen hatten, fuhren sie langsam auf das von Stacheldraht umzäunte Militärgelände. In einiger Entfernung war das Dröhnen von Jets zu hören, gelegentlich drang auch das Geräusch von Explosionen zur Basis heran. Sie hatten sich nicht angemeldet, und daher dauerte es eine Weile, bis sie den richtigen Ansprechpartner fanden.

»Schalom, ich bin Dotan Shmuel, ihr wollt mit mir reden?« Ein Mann, der ungefähr Mitte vierzig war, kam auf sie zu. Sie erfuhren, dass es sich um Dotan Shmuel, den Kommandanten der Batterie, handelte.

»Schalom, Dotan, ich bin Kommissar Assaf Rosenthal, das hier ist mein Kollege Yossi Hag. Wir würden gerne mit dir über einen deiner ehemaligen Soldaten sprechen.«

Statt einer Antwort nickte Dotan Shmuel nur und bedeutete den Polizisten, ihm durch den Staub in eine der Kasernen zu folgen.

»Kaffee?«, fragte er freundlich, nachdem die Männer in einem kleinen fensterlosen Raum Platz genommen hatten.

Assaf und Yossi nickten, und der Commander brüllte daraufhin in Richtung Flur: »Hadas, bring uns drei Kaffee.«

Kurz darauf betrat Hadas, eine kleine dunkelhaarige Soldatin, das Zimmer und stellte die Kaffeetassen auf dem Tisch ab. Im Gegensatz zu Dotan Shmuel bedankten die Polizisten sich artig, bevor Assaf das Gespräch aufnahm. »Es geht um Yonathan Levi, einen jungen französischen Einwanderer. Er war bei den

Sayeret Matkal, bevor er zum Aman nach Tel Aviv wechselte. Dort dient er im Büro von Eli Mizrachi.«

»Mizrachi, der vor kurzem ermordet wurde? Deswegen seid ihr hier?«, fragte der Commander, während er die Kaffeetasse zu sich heranzog.

»Ken, genau. Kannst du dich an Yonathan erinnern?«, warf Yossi ein. Bei den Massen an Soldaten, die so ein Commander in seinem Leben betreute, war die Frage durchaus berechtigt.

»Yonathan Levi vergisst man nicht so schnell«, meinte Dotan Shmuel trocken.

»Was kannst du uns über ihn erzählen?«, fragte Assaf gespannt.

»Kein schlechter Junge. Sehr aufbrausend. Aber das Herz am rechten Fleck.«

»Er saß im Militärgefängnis, weil er einen Kameraden verprügelt hat.« Yossis Ton verbarg nicht, was er von so einer Aktion hielt.

»Ich sag ja, er war aufbrausend.«

Assaf nickte. Auch er hatte solche Momente in seinem Dienst erlebt, wo ihn Kameraden bis aufs Blut gereizt hatten. In Kombination mit der unmenschlichen Müdigkeit, die einen gerade während der Grundausbildung quälte, konnten einem schon mal die Sicherungen durchbrennen. »Im Militärgefängnis traf Yonathan Levi auf einen gewissen Omar Khaldi, einen beduinischen Soldaten, der mit der Unterwelt verbandelt ist«, sprach der Kommissar weiter. »Wir glauben, dass die beiden gemeinsam mit Mizrachi Militärausrüstung an die Gangster vertickt haben.«

Der Commander sah die Polizisten erstaunt an. »Ma?«

»Sind von der Basis hier in letzter Zeit Waffen oder Sprengstoff verschwunden?«

Dotan Shmuel nickte langsam. »Hadas«, schrie er wiederum in Richtung Flur, »hol mir mal Seren Reisman.«

Kurze Zeit später betrat ein junger Offizier das Büro. »Reisman«, sagte Dotan Shmuel, an den jungen Mann gerichtet, »die beiden Herren sind vom Kommissariat in Tel Aviv. Es geht unter anderem um die Waffen und den Sprengstoff, der von der Basis verschwunden ist.«

Der Offizier blieb in der Tür stehen. »Das muss vor etwa sieben Monaten gewesen sein. Drei Micro-Tavor, C4-Plastiksprengstoff und ein paar M26er.«

»Waffen, Sprengstoff und Handgranaten also«, fasste der Kommissar die Liste zusammen. »Habt ihr damals irgendwelche Hinweise auf den Dieb gehabt?«

»Kommissar, du weißt doch, wie das ist.« Dotan Shmuel winkte ab. »Wir haben eine offizielle Anzeige gemacht, aber die Ermittlungen sind ins Leere gelaufen. Mehr, als die Jungs zu überprüfen, können wir nicht. Aber wenn ich mich recht erinnere, war Levi zu der Zeit doch schon gar nicht mehr hier. Und überhaupt, so eine Aktion würde sowieso nicht zu dem Jungen passen.« Der Commander schüttelte den Kopf.

»Warum?«, fragte Assaf ernst.

»Weil er ein Patriot war, ein Idealist. Der macht doch so was nicht …«

»Um welchen Yonathan geht es?«, hakte der junge Offizier namens Reisman nach.

»Yonathan Levi, der Franzose. Erinnerst du dich?«, erwiderte Shmuel.

»Ach der … der hatte eine harte Zeit hier. Kann mir schon vorstellen, dass dem das zugesetzt hat.«

»Sprich!«, forderte der Commander den Offizier auf.

»Ich war damals noch nicht Offizier, aber ich erinnere mich, dass er sehr mit den Übungen zu kämpfen hatte.«

»Inwiefern?«, schaltete sich der Kommissar wieder ein.

»Das war alles einfach viel zu anstrengend für ihn. Tagelang kein Schlaf. Das Gibbush-Training ist nun mal verdammt hart, und unsere Jungs trainieren daraufhin, seitdem sie sechzehn sind. Levi hat extrem geschwächelt, eine richtige Heulsuse war das. Und ihr wisst ja, wie das ist …« Der Offizier sah die Männer seufzend an. »Wer nicht ordentlich mitmacht, wird bestraft.«

»Yonathan Levi verließ also die Einheit, weil er dort regelmäßig malträtiert wurde«, resümierte Assaf nachdenklich, als er und Yossi wieder im Auto saßen.

»Der arme Kerl musste Schlamm fressen, Toilettenwasser trinken und Tausende Liegestütze mitten in der Nacht machen. Danach wäre ich auch fertig mit der Armee.« Yossi fuhr an eine Ampel auf der Hauptstraße kurz hinter Beersheva heran. Mittlerweile war es dunkel geworden. »Viel interessanter ist doch aber, was der Batterie Commander uns zu Eli Mizrachi erzählt hat.«

»Du meinst, dass er mehrmals auf der Basis war, um Dotan Shmuel vertrauliche Informationen zu überreichen.«

»Genau. Das wussten wir bisher nicht, dass Mizrachi regelmäßig zu Basen im Süden fuhr, um dort Dokumente abzugeben.«

Der Kommissar schaute nachdenklich aus dem Fenster. Wie oft war er selbst auf Basen ein und aus gegangen und hatte sich Ausrüstung geschnappt, ohne jemandem Bescheid zu sagen? Natürlich, in seinem Fall hatte es sich dabei lediglich um Kleinigkeiten wie Farbe und Sandsäcke zum Markieren von Grenzgebieten gehandelt. Was aber, wenn Mizrachi und Levi, die im Dienste der Aufklärungsarbeit regelmäßig auf Militärstützpunkten unterwegs waren, sich dabei mit den Waffen eingedeckt haben? Er teilte seine Vermutung Yossi mit.

Yossi pfiff anerkennend durch die Zähne. »Assaf, das ist eine hervorragende Theorie. Das würde bedeuten, dass auf allen Basen, auf denen Mizrachi auftauchte, um Informationen abzugeben, Ausrüstung verschwand. Das kann man doch überprüfen. Ich mache mich gleich morgen dran.«

Als Assaf am nächsten Morgen ins Büro kam, saß Yossi bereits an seinem Schreibtisch, auf dem sich unzählige Papierstapel aneinanderreihten. Der Kommissar hatte wieder schlecht geschlafen und sich daher erst gegen neun aus dem Bett gequält. Dementsprechend missgelaunt kam er in der Dienststelle an. Das »Boker tov« presste er gerade noch zwischen seinen Zähnen heraus, bevor er sich in seinem Zimmer aufs Sofa fallen ließ. Seine Kollegen hatten jedoch nicht vor, ihm auch nur einen Moment Ruhe zu gönnen.

»Assaf!« Yossi riss die Tür mit einem solchen Krach auf, dass der Kommissar vor Schreck fast vom Sofa fiel. »Gegen zehn bekomme ich die restlichen Unterlagen.«

»Welche Unterlagen?« Assaf rieb sich mit der Hand über den Bart, dann hievte er sich schweren Herzens vom weichen Sofa hoch.

»Na, von den Militärbasen, auf denen Mizrachi war, um Informationen abzugeben.«

»Ach so, ja genau. Beseder.«

»Assaf«, rief Zipi in diesem Moment und stürmte mit einer ähnlichen Energie wie Yossi in das Büro, »Scharona Mizrachi hat die Kiste mit den Kopien von Michelle Ami gefunden.«

Nun war der Kommissar endgültig wach.

Nachdem er wie ein Henker nach Binyamina und von dort zurück nach Tel Aviv gerast war, beschloss Assaf, sich erst mal ein ausgiebiges Mittag zu gönnen. Er brauchte dringend etwas im Magen, bevor er sich dranmachte, die Hunderte von Seiten zu begutachten, die sich in der rotweiß gestreiften Kiste auf seinem Schreibtisch befanden. Es würde ein langer Tag werden, und der Kommissar wusste, dass er seine gesamte

Konzentration für diese Aufgabe brauchen würde. Konzentrieren konnte er sich jedoch nur, wenn er satt war. Gemeinsam mit Zipi entschied er sich daher, zu Itziks Grill zu gehen, und als Yossi von dem Plan hörte, warf er kurzerhand seinen Vegetarismus über Bord.

Sie gönnten sich die besten Filetsteaks der Stadt. Dazu wurden bei Itziks Pitabrote und viele kleine köstliche Salate serviert, vom klein geschnittenen Gemüse über rote Bete bis hin zu pürierter Aubergine.

Eine knappe Stunde nach dem Festmahl begann Assaf, die Unterlagen auf dem Fußboden in seinem Büro auszubreiten und Stück für Stück durchzusehen. Er sortierte sie dafür in mehrere Stapel, um nicht durcheinanderzukommen, welche Akten er bereits gesichtet hatte und welche noch nicht. Yossi war im Nebenzimmer mit einer ähnlich reizvollen Aufgabe beschäftigt, nachdem er die Unterlagen zu den Basis-Besuchen von Mizrachi erhalten hatte. Zipi Meir hatte derweil beschlossen, den Bericht für die Kollegen vom organisierten Verbrechen vorzubereiten.

Die gesamte Maschinerie seines Teams hatte sich in Bewegung gesetzt, dachte der Kommissar kurz zufrieden. Nun war es nur noch eine Frage der Zeit, bis sie endlich wissen würden, was genau passiert war.

Viereinhalb Stunden später war Assafs Zuversicht fast gänzlich verflogen. Hunderte Seiten hatte er bereits gelesen und überprüft, und noch immer verstand er nicht, was an diesen Dokumenten so brisant sein sollte, dass ein Mensch deswegen sterben musste.

Er hatte gehofft, in ihnen einen Hinweis auf den Grund für die Morde an Michelle Ami und Eli Mizrachi zu finden. Oder wenigstens zu verstehen, warum Michelle Ami die Akten der Presse angeboten hatte – aber der Kommissar kam einfach nicht darauf. Sicherlich, die Daten und Informationen, die sich vor allem mit den südlichen Grenzgebieten und den Aktivitäten von Al Quaida und ISIS nahestehenden Terrorgruppen beschäftigten, waren vertraulich. Sie stellten einen Schlüssel in der nationalen Sicherheit dar – gerade weil es in den letzten Jahren, bevor in Ägypten die Militärdiktatur wieder die Macht übernommen hatte, im Grenzgebiet zu mehreren gefährlichen Vorfällen gekommen war –, aber Assaf konnte partout nicht erkennen, was an den Informationen so gefährlich sein sollte. Im Großen und Ganzen handelte es sich um Informationen, die die Bewegungen der Terrorgruppen und ihre Versuche, in israelisches Staatsgebiet einzudringen, dokumentierten. Nicht mehr und nicht weniger. Daran gab es nichts Verwerfliches. Auch die Art, wie diese Informationen beschafft worden waren, mehrheitlich von beduinischen Soldaten sogenannter Tracker-Einheiten, war durch und durch geläufig.

Der Kommissar setzte sich einen Moment auf den Boden und sah sich ratlos um. Er seufzte fast erleichtert, als ihn Yossi einen kurzen Moment später rief.

Assafs Kollege hatte mit seinen Aktenbergen mehr Glück gehabt. Tatsächlich gab es eine häufig auftretende Wechselbeziehung zwischen Mizrachis Besuchen auf Militärstützpunkten und geklauter Ausrüstung. Bei fast jedem zweiten Besuch fehlte danach irgendetwas: Waffen, Sprengsätze, Uniformen, Funkgeräte. Mizrachi und Yonathan Levi, der ihn jedoch nicht immer auf die Basen begleitet hatte, schienen alles mitgenommen zu haben, was sie in die Finger bekamen. Yossi hatte eine beeindruckende Arbeit geleistet.

»Assaf, sagst du den Kollegen vom organisierten Verbrechen Bescheid?«

Der Kommissar nickte und hatte bereits den Telefonhörer in der Hand, als eine aufgeregte Zipi plötzlich in Yossis Büro stürmte: »Hallo! Was macht ihr denn noch hier? Habt ihr etwa Schlomos Hochzeit vergessen?«

Assaf betrat den Festsaal, der sich auf dem Hafengelände im Norden Tel Avivs befand. Bevor er das Brautpaar begrüßte, das gemeinsam mit seinen Eltern im Saal Spalier stand, hielt er an dem kleinen Tisch am Eingang an und nahm einen der dort ausgelegten Umschläge. Der Kommissar schob seine Geldscheine, drei Hunderter, hinein und klebte den Briefumschlag zu. Er überlegte einen Moment, bevor er begann, auf dem Umschlag zu schreiben: »Masel Tov! Auf dass eure Liebe euch immer glücklich macht, Assaf Rosenthal.«

Für jedes Wort nahm er sich ausreichend Zeit, dabei machte er ein Gesicht, dessen Ausdruck irgendwo zwischen reinster Anstrengung und purer Qual lag. Seine Handschrift war seit jeher seine Schwäche. Niemand konnte sie lesen. Schon in der Schule hatten ihn die

Lehrerinnen immer wieder aufgefordert, die von ihm verfassten Texte noch einmal fein säuberlich abzuschreiben. Seitdem hasste er es, auch nur wenige Worte mit der Hand so zu schreiben, dass andere sein Gekritzel entziffern konnten. Es strengte ihn mehr an als zwei Stunden Sport.

Assaf ging einen Schritt vom Tisch weg und steuerte auf den Tresor zu, der links vom Eingang alle Gäste daran erinnerte, auch ja ihr Geldgeschenk abzugeben. Vergaß man das, konnte es schon einmal vorkommen, dass Braut oder Bräutigam eine Woche später telefonisch nachfragten, ob der Umschlag »eventuell verloren gegangen war« – die höfliche Version von: »Wo ist unser Geld?« Die meisten Hochzeiten wurden eben durch die Geldgeschenke der Gäste finanziert. Auf vielen Events konnte man am Eingang mittlerweile mit der Kreditkarte »bezahlen«. Die Gastgeber erwarteten nicht einmal mehr eine Grußkarte. Im besten Falle machte ein Hochzeitspaar auf so einem Event sogar ein Plus. Es herrschte die Regel: Je größer die Hochzeit, desto größer der Gewinn.

Der Kommissar ließ den Umschlag durch den Schlitz in den massiven Tresor fallen, und als er sich umdrehte, lief er fast in Anat und ihren Verlobten Gabriel hinein.

Sie begrüßten einander umständlich, und als Assaf das Gefühl hatte, wenn er nicht sofort verschwand, würde selbst ein Blinder mit Krückstock merken, dass er und Anat vor ein paar Wochen miteinander geschlafen hatten, steuerte er schnellen Schrittes auf das noch nicht getraute, zukünftige Ehepaar zu. Er fädelte sich in die Schar der wartenden Gäste ein und nutzte die Gelegenheit, sich den Chef der Spurensicherung und seine Herzensdame genauer anzuschauen.

Schlomo Malul trug einen schwarzen Anzug, der leicht glänzte, doch bei dem wechselnden Diskolicht, das den Saal erleuchtete, konnte es sich dabei aber auch um eine optische Täuschung handeln. Von der Braut konnte man unter der dicken Schicht Make-up, den auftoupierten Haaren und ihrem operierten Gesicht nicht allzu viel Natürliches erkennen. Sie trug ein ebenfalls glänzendes, pompöses weißes Kleid, das vor allem ihre ausladende Oberweite betonte. Ihre Brüste waren – vor allem im Verhältnis zu ihrer ansonsten recht zierlichen, kleinen Statur – wirklich riesengroß. Daher starrten zumindest die männlichen Gäste mehr oder weniger unverhohlen auf den Vorbau der Braut, während sie Schlomo Malul gratulierten, der geradezu rührend nervös von einem Fuß auf den anderen trat. Ein paar Meter hinter dem Kommissar warteten nun auch Anat und Gabriel in der Schlange der Gratulanten. Aus dem Augenwinkel sah Assaf, dass Anat ein dunkelblaues, schlichtes, enges Kleid trug, das ihre Figur so vorteilhaft betonte, dass ihm ganz schwindlig wurde. Er bemühte sich, in die andere Richtung zu schauen, doch es gelang ihm kaum. Ihr Verlobter erzählte Anat etwas, und sie hörte offenbar gespannt zu. Der Kommissar betrachtete den Mann grimmig. Was sie an dem Typen fand, war ihm schleierhaft. Er sah aus wie ein langweiliger Bücherwurm mit Hamsterbacken. Schon wie er dastand: die leicht untersetzte Figur, schlaff wie ein Lappen.

Dass er die beiden mittlerweile anstarrte, bemerkte Assaf nicht. Anat Cohen aber schon, und als sie seinen Blick erwiderte, stellte der Kommissar zum Glück fest, dass er nun an der Reihe war, das Brautpaar zu begrüßen.

Einige Stunden später fand sich Assaf im Getümmel auf der Tanzfläche wieder. Die Hochzeit war so verlaufen wie die meisten Hochzeiten, auf denen er bisher gewesen war: Flying Buffet mit Fingerfood zur Begrüßung, kurze, wenig emotionale Trauungszeremonie mit einem bärtigen Rabbiner, der bereits beim Wegtreten aus der Chuppa schon wieder das Handy am Ohr hatte, üppiges Buffet und Essen an großen Tischen unter ohrenbetäubendem Lärm und dann vor allem für die Männer Alkohol bis zum Abwinken. Als besondere Attraktion hatten Schlomo und seine Angebetete Tänzerinnen gebucht, die sich, gekleidet und bewegend wie Go-go-Girls, unter die Gäste mischten.

Assaf, der sowohl mit Schlomo als auch mit Yossi einige Arak zu viel getrunken hatte, entging trotz seiner Angetrunkenheit nicht, wie ihn Anat beobachtete, als er mit einer der jungen Frauen tanzte, die sich seine Hand gegriffen hatte. Er zog das Go-go-Girl noch etwas näher an sich heran, und es freute ihn diebisch, wie seine Kollegin ihn mit Blicken zu töten versuchte. Übermütig winkte er ihr zu, und als sie daraufhin aufstand und in Richtung Ausgang lief, während ihr Verlobter am Tisch sitzen blieb, konnte Assaf nicht anders, als ihr zu folgen. Er verließ ebenfalls den Saal und entdeckte draußen sogleich Anat, die einige Meter entfernt an der Kaimauer stand und auf das Meer blickte.

»Nu, hat dein Gabriel keine Lust zu tanzen?«, rief Assaf beschwipst, während er langsam auf sie zu schlenderte. Anat antwortete nicht, und auch als er immer näher kam, drehte sie sich nicht um.

Assaf ging einen weiteren Schritt auf Anat zu und berührte sie vorsichtig an der Schulter. »Alles in Ordnung?«

Als sie ihn anschaute, sah er, dass sie weinte. In ihrem Gesicht lag ein Ausdruck von Verzweiflung, der ihn schlagartig ernüchtern ließ.

»Halt mich einfach fest, Assaf«, flüsterte sie kaum hörbar.

Gemeinsam, während Assaf sie vorsichtig umarmte, schauten sie auf das Wasser, das in ruhigen, langsamen Bewegungen sanft vor sich hinplätscherte.

Gerade als Assaf denken wollte, dass dieser Moment für immer anhalten könnte, brach der Sturm los.

»Ich bin schwanger, Assaf«, sagte sie leise und sah ihm fest in die Augen.

Der Kommissar blickte verwirrt zurück. Warum sagte sie ihm das jetzt? Warum wollte sie, dass er sie dabei umarmte? Instinktiv ließ er seine Arme fallen. Dass sie einen anderen heiraten wollte, war das eine. Aber dass sie zusammen ein Kind bekommen würden, machte seine gerade wieder aufkeimende Hoffnung nun endgültig zunichte. Und jetzt streute sie auch noch Salz in seine Wunde.

»Warum erzählst du mir das?«, fragte er zornig. Zum ersten Mal konnte er seine Enttäuschung ihr gegenüber nicht überspielen.

»Weil es von dir ist.«

»Wie eine Fledermaus, die aus der Dunkelheit auftaucht, wie eine Klinge, die durch die Stille schneidet, wie eine Handgranate, die wütend explodiert.«

Motto der Kampfschwimmereinheit Schajetet 13 der IDF

KAPITEL 14

Im ersten Moment wollte er ausrufen: Das kann nicht sein! Zum Glück gelang es ihm, diesen ersten Impuls zu unterdrücken. Stattdessen stand er Anat nur sprachlos gegenüber. Das Meer, das eben noch so ruhig dagelegen hatte, schien ihm auf einmal wie ein tiefes schwarzes Ungeheuer, das nur darauf wartete, ihn zu verschlingen. Ihm wurde schwarz vor den Augen, so dass er sich einen Moment an der Kaimauer abstützen musste.

»Bist du sicher?« Er wusste, dass das eine dumme Frage war. Doch wie konnte das sein? Hatten sie nicht verhütet? Er versuchte sich panisch an ihre gemeinsame Nacht zu erinnern. Er benutzte doch immer ein Kondom. Das war bei ihm eine Art Automatismus. Vor dem Sex Kondom drüber. O Gott, aber in diesem Fall konnte er sich wirklich nicht an dieses entscheidende Detail erinnern. Er war selbst so durch den Wind gewesen, nachdem sie angeschossen worden war.

»Ich werde das Kind bekommen. Und ich werde mich von Gabriel trennen.«

Assaf starrte Anat an. Er fühlte sich, als wenn er mitten in ein explodierendes Feuerwerk hineingelaufen wäre.

»Ich … ich …«, stammelte er. »Wie kannst du sicher sein, dass das Kind nicht von Gabriel ist?«

»Weil Gabriel keine Kinder bekommen kann. Das wissen wir schon seit langem.« Ihr liefen nun Tränen wie Sturzbäche über die Wangen.

Assaf stand hilflos daneben. Sollte er ihre Hand nehmen? Sie umarmen? Auf einmal wusste er gar nichts mehr.

»Ich erwarte nichts von dir, Assaf. Ich will nur, dass du es weißt. Wenn du keine Rolle im Leben dieses Kindes spielen möchtest, akzeptiere ich das.« Sie sah nicht aus, als wenn sie glaubte, was sie sagte.

»Ich … nein, ich …«, stammelte er. Sein Hirn war wie vernebelt. Kein einzelner Gedanke ließ sich formen. Er wollte sagen, dass er natürlich für das Kind Verantwortung übernehmen würde und dass er sie liebte, aber die Worte wollten ihm partout nicht über die Lippen kommen. Stattdessen starrte er Anat an wie einen Geist. Und bevor sich das Chaos in seinem Kopf auch nur annäherungsweise sortieren ließ, drehte sie sich um und ging.

Am frühen Morgen wachte Assaf schweißgebadet auf. Sein Schlafanzug klebte an ihm, und die kühle Luft, die durch das kleine Schlafzimmerfenster hereinwehte, ließ ihn die Decke noch ein Stück weiter hochziehen. Er hatte von Anat geträumt. Sie hatte auf dem Untersuchungstisch von Liat Schapira in der Rechtsmedizin gelegen und geschrien. Dann, unter Stöhnen, hatte sie das Kind geboren. Bevor Assaf einen Blick auf den Säugling hatte werfen können, war Gabriel in den Raum gestürzt und hatte gerufen, dass er doch nicht unfruchtbar sei. Anat, verschwitzt, die Haare verklebt, hatte den Kommissar mitleidig angeschaut und gesagt: »Tut mir leid, Assaf, das Kind ist doch nicht von dir. Gabriel und ich sind jetzt eine richtige Familie. Aber wir können Freunde bleiben.« Dann befand er sich plötzlich mitten in der Wüste. Seine Augen waren vom herumwehenden Sand verklebt, und sosehr er sich auch anstrengte, er konnte keinen Teil seines Körpers bewegen. So hatte er im Traum dagelegen, bis ihn die Geräusche der Müllabfuhr auf der Straße vor seinem Haus aufgeweckt hatten.

Der Kommissar rieb sich die Augen und griff nach seinem Telefon. Es war gerade einmal fünf Uhr. Er strich mit der Hand über sein Gesicht und seufzte. Neben seinem Bett lag ein angefangener Joint von letzter Nacht. Er schüttelte den Kopf. Alle Joints dieser Welt konnten ihm jetzt nicht helfen. Dann schloss er die Augen wieder. Wälzte sich von links nach rechts, von rechts nach links. Aber was er auch tat, er wurde die Last nicht los. Den Kloß, der sich in seinem Hals festgesetzt hatte, das Gewicht auf seinen Schultern und dieses Wummern im Magen, das sich wie tausend Schläge anfühlte. Schließlich vergrub er sich unter der Decke. Rollte sich ein wie ein Tier zum Winterschlaf. Er hatte das Gefühl, sein Leben endete hier, und gleichzeitig begann es. Mit einem größtmöglichen

Chaos. Alles stand seit gestern auf dem Kopf. Und er, Assaf Rosenthal, würde nie wieder der sein, der er war.

Als er Stunden später wieder aufwachte, hatte sich seine Verwirrung noch nicht gelegt, aber er hatte jetzt eine Ahnung, was er tun wollte. Natürlich hatte er sofort gewusst, was richtig und falsch war. Was er von sich selbst erwartete. Aber wie gelähmt hatte er sich gefühlt von der Nachricht, die ihm Anat gestern Abend aus dem Nichts entgegengeschleudert hatte. Er kam sich immer noch wie ferngesteuert vor, als er aus dem Bett stieg und ins Badezimmer lief. Es fühlte sich an, als hätte er seinen Körper verlassen und würde nun wie ein Geist ziellos durch den Raum schweben. Seine äußere Hülle beobachtend. Das Gesicht schaute in den Spiegel, wusch sich mit kaltem Wasser, seine Hände putzten die Zähne. Sein Körper ratterte wie eine Maschine, während er sich selbst beim Funktionieren zuschaute.

Er zog sich an, Jeans, langes, graues Shirt mit einer dunklen Knopfleiste, darüber ein Wollpullover mit V-Ausschnitt. Dann ging er in die Küche, nahm ein paar Dinge aus dem Kühlschrank, verzehrte sie ohne Genuss und lief danach langsam die Treppe hinunter. Er schloss seinen weißen Roller auf, verstaute das Metallschloss unter dem Sitz und zog sich den schwarzen Helm über den Kopf. Er fuhr die Strandpromenade entlang und sah auf einmal nur noch Kinderwagen und Buggys. Überall, wie eine Armee, tauchten schwangere Frauen auf. Ihre Bäuche trugen sie wie Errungenschaften aus einem langen Krieg vor sich her. Assaf zwang sich, geradeaus zu gucken, weiterzufahren und ruhig zu bleiben. So lange, bis er schließlich auf dem Parkplatz des Polizeigebäudes ankam. Nun begann sein Herz immer schneller zu schlagen, es pochte ihm wie wild den Hals hinauf. Assaf vergaß, seinen Roller abzuschließen, und lief direkt in die dritte Etage hinauf.

»Anat ist …«, rief die Sekretärin. Doch Assaf hörte sie nicht und riss die Bürotür einfach auf. Ihr Schreibtisch war verwaist. »Anat Cohen ist nicht hier«, erklärte die Sekretärin, die ihm gefolgt war, unnötigerweise.

»Wo ist sie?«, fragte Assaf krächzend. Er räusperte sich. »Wo ist Anat? Ich habe etwas Wichtiges mit ihr zu besprechen.«

»Die Kommissarin ist seit heute krankgeschrieben. Sie müsste aber nächste Woche wiederkommen. Ruf sie doch sonst auf ihrem Handy an.« Die Sekretärin drehte sich um und ging zu ihrem Schreibtisch zurück.

»Das, was ich mit ihr besprechen muss, kann ich nicht am Telefon klären. Ich brauche ihre Privatadresse.«

Die Sekretärin sah ihn misstrauisch an. »Kommissar Rosenthal, ruf sie doch bitte erst an. Ich weiß nicht, ob sie überhaupt in der Lage ist, Besuch zu empfangen.«

»Die Adresse!«, sagte er mit einer solchen Grabesstimme, dass die Sekretärin keinen Widerspruch wagte.

Zu Hause war sie nicht. An ihr Telefon ging sie nicht. Er hatte ihr eine Nachricht auf die Mailbox gesprochen. »Anat, ich bin bei dir zu Hause vor der Tür, aber es macht niemand auf. Bitte melde dich! Wir müssen reden.« Er hatte ihr eine Nachricht mit den gleichen Worten geschrieben. Er hatte dreißig Minuten gewartete, in denen er wie ein Tier im Käfig vor der Haustür hin und her getigert war. Schließlich blieb ihm keine andere Wahl, als wieder ins Büro zu fahren.

»Assaf, wie siehst du denn aus? Du bist ja ganz bleich. Und wo warst du den ganzen Morgen? Ich habe mehrmals versucht, dich auf deinem Handy zu erreichen. Hast wohl gestern Abend zu viel getrunken?« Zipis Begrüßung holte ihn ins Hier und Jetzt zurück. Das Leben ging weiter, und was er mit Anat zu klären hatte, konnte er auch klären, wenn sie dafür bereit war. Sie würde sich melden, sie hatte keine Wahl. Sie beide waren jetzt miteinander verbunden. Bis in die Ewigkeit.

Assaf betrat sein Büro. Die Papierstapel erinnerten ihn an seinen Fall. Der Gedanke, dass er hier etwas zu tun hatte, was ihn von der unglaublichen Neuigkeit ablenkte, beruhigte ihn. Immer noch lagen seitenweise Akten auf seinem Schreibtisch, die er noch nicht begutachtet hatte.

Zipi Meir war ihm in sein Büro gefolgt. »Avner Yosef versucht, den ganzen Vormittag dich zu erreichen.«

»Uff. Der Schmock hat mir gerade noch gefehlt«, stöhnte Assaf und nahm an seinem Schreibtisch Platz. Er blätterte in seinem Notizbuch, um sich den letzten Stand der Zusammenarbeit mit den Kollegen vom organisierten Verbrechen in Erinnerung zu rufen. Dann wählte er Avners Nummer.

»Kommissar Rosenthal, der Rückruf kam aber schnell.« Der Sarkasmus des Kollegen sprang Assaf durch den Telefonhörer förmlich an.

»Slecha, ich hatte …«, der Kommissar griff nach einem Kugelschreiber. »… einiges zu tun.«

»Du bist der Einzige, der ständig was zu tun hat. Wir schaukeln uns hier den ganzen Tag unsere Eier.«

»Avner, lass uns zur Sache kommen.«

»Wir haben interessante Neuigkeiten.« Der Kollege machte eine Kunstpause. »Wir sind im Hafengelände in Ashdod auf etwas gestoßen.«

»Nu?«

»Erinnerst du dich an den Container mit den Kosmetikartikeln, den die Khaldis und Nanikashvily in Empfang nehmen wollten?«

»Nu?« Assaf tippte mit dem Kugelschreiber auf die Tischplatte. Wann würde dieser Avner Yosef endlich zur Sache kommen?

»Der Container hatte eine Kennzeichnung in Arabisch, die den Kollegen in Ashdod nicht aufgefallen ist. Die Kollegin Cohen ist vor einigen Tagen darauf gestoßen.«

Natürlich war sie das, dachte Assaf liebevoll. »Was für eine Kennzeichnung?«, fragte er dann.

»Unwichtig, irgendetwas Arabisches. Wichtiger ist: Wir haben das Hafengelände von oben bis unten durchkämmt und sind dabei auf mehrere Container mit ebendieser Kennzeichnung gestoßen.«

»Und was war drin?« Assaf nickte Zipi dankbar zu, die ihm in diesem Moment einen Kaffee auf den Tisch stellte.

Avner machte eine weitere Kunstpause. »Menschen!«, stieß er hervor.

»Ma?« Dem Kommissar fiel fast die Kaffeetasse aus der Hand.

»Palästinenser, genauer gesagt. Eingepfercht in einen Container. Sie sollten wohl in Israel arbeiten.«

»Ich werde verrückt.«

»Krass, oder?«

»In dem Hotel von Nanikashvily hat eine Putzfrau gearbeitet. Mit einer palästinensischen Handynummer«, fiel dem Kommissar schlagartig ein.

»Ich erinnere mich, dass du so etwas bereits erwähnt hast. Wir planen, alle Läden, mit denen Nanikashvily und Khaldi zu tun haben, auf den Kopf zu stellen. Wir werden sicher illegale Pallis finden, und dann haben wir endlich etwas gegen diese neue Mafia in der Hand, was ausreicht, um sie festzunehmen.«

»Ist Nanikashvily denn wieder im Land?«

»Er ist heute Morgen gelandet.«

Assaf pfiff durch die Zähne. »Ich hoffe, ihr habt ihn direkt am Flughafen festnehmen lassen? Immerhin hat er auf Anat geschossen.« Er nahm schnell einen Schluck Kaffee. Nur nicht weiter über diese folgenschwere Nacht nachdenken. Er verbrannte sich die Zunge und fluchte leise.

»Wir haben ihn noch nicht festgenommen. Eine Festnahme hätte die anderen Gangster nur aufgeschreckt.

Und Nanikashvily weiß nicht, dass wir Bildmaterial haben, das beweist, dass er auf die Kollegin Cohen geschossen hat. Wir wollen alle drankriegen.«

Assaf nickte. »Ihr wollt alles auf einmal. Hoffentlich geht das nicht schief.«

»Zerbrich dir mal nicht unseren Kopf.«

»Und warum erzählst du mir das dann alles?« Assaf glaubte nicht daran, dass Yosef ihn aus reiner Kollegialität über den Ermittlungsstand informierte.

»Nu, ihr habt uns die Unterlagen zukommen lassen, die beweisen, dass Mizrachi mit der geklauten Militärausrüstung zu tun hatte.«

»Und?«

»Und wir wissen, dass es noch eine ganze Kiste voller Akten gibt, die eventuell eine weitere Zusammenarbeit zwischen den Gangstern und der Armee belegen.«

»Das habe ich auch gedacht, aber bis jetzt bin ich auf nichts Ungewöhnliches gestoßen.«

»Dann empfehle ich dir, einen Zahn zuzulegen. Je mehr wir in der Hand haben, desto besser.«

»Jetzt glaubst du aber, dass ich mir hier den ganzen Tag nur am Sack kratze.«

»Nachdem du nun ja schon den ganzen Morgen nicht im Büro warst, hast du für heute vielleicht genug gekratzt.« Yosef lachte versöhnlich.

»Schon klar. Ich melde mich«, antwortete Assaf und legte auf.

Er blieb einen Moment nachdenklich am Schreibtisch sitzen und schaute dann seufzend auf die Aktenberge, die auf dem Fußboden lagen. Der Kommissar kniete sich vor einen und zog das erste Blatt heraus. Es handelte sich um einen Bericht über die Routen von Al-Quaida-verwandten Gruppen auf dem Sinai. Die Terroristen schossen nicht nur gelegentlich Raketen auf Eilat, sondern versuchten auch regelmäßig, Israel zu infiltrieren. Der Bericht listete genauso wie all die anderen, die der Kommissar bisher gelesen hatte, mögliche Routen auf, über die die Terroristen ihren Weg nach Israel suchten. Assaf schaute sich die notierten Koordinaten an. Er sprang auf und ging zu seinem hohen Aktenschrank. Nachdem er ein paar Schubladen durchwühlt hatte, stieß er auf das, was er suchte. Er breitete eine Karte des südlichen Grenzgebietes Israels, die er noch von seinem letzten Reservedienst hatte, auf dem Boden aus. Stück für Stück zeichnete er die Koordinaten, die in den Berichten erwähnt wurden, in das Raster ein. Er ging immer mehr Akten mit immer mehr Daten durch.

Nach einer Weile hatte er das Gefühl, dass das, was er hier tat, reine Zeitverschwendung war. Bis er schließlich bei einem Bericht über den Westsinai anlangte. Wiederum suchte er die angegebenen Koordinaten heraus und zeichnete sie in seine Karte ein. Was er nun sah, ließ ihn stutzen.

»Die Berichte informieren die Militärstützpunkte unter anderem über mögliche Infiltrationswege von Terrorgruppen«, erklärte Assaf, der die große Karte an ein Flipchart gepinnt hatte. Er sah in die gespannten Gesichter von Yossi Hag und Avner Yosef. »Im Prinzip lieferte die Einheit von Mizrachi den Kommandeuren die Koordinaten der Gebiete, die besonders überwacht werden müssen. Zum Beispiel hier«, er zeigte mit dem Kugelschreiber auf ein Stück nahe der Stadt Scheich Suwaid, »oder hier.« Sein Stift wanderte Richtung Al-Gora, einer ägyptischen Militärbasis. »In einem Bericht zum westlichen Sinai, in dem es um eine Gegend südlich der Stadt Scheich Suwaid geht, sind folgende Koordinaten angegeben.‹ Er tippte mit dem Kugelschreiber die Koordinaten auf der Karte nach. »Und dann östlich davon … und dann südlich davon.« Er zeigte auf die letzte Koordinate und schaute seine Kollegen gespannt an.

Die beiden Männer blickten fragend auf die Karte. Bei Avner Yosef klingelte es zuerst, was Assaf nicht verwunderte, immerhin hatte er mehr Militärerfahrung als Yossi. »Fuck. Da bleibt ein Dreieck frei.«

»Bingo!«, rief Assaf begeistert aus. »Ein kleines Dreieck, ein toter Winkel, ein blinder Fleck auf dem Auge der Armee.«

»Und dort werden keine Patrouillen durchgeführt«, stimmte Avner Yosef ein, der vor Aufregung aufgesprungen war. »Also ein idealer Weg für Schmuggler. Nur dass die Khaldis dort keine Terroristen einschmuggelten, sondern Menschen.«

»Als du mir von den Pallis im Container erzählt hast, ging mir ein Licht auf. Was, wenn die Pallis nicht, wie von mir zuerst vermutet, aus der Westbank kamen, sondern aus Gaza. Und dann wusste ich endlich, wonach ich in den Unterlagen suchen musste.«

»Aus der Westbank zu entkommen ist ja auch prinzipiell nicht so schwierig. Weswegen wir uns schon sehr darüber gewundert haben, dass die Menschen, die wir dort in diesem Container gefunden haben, solche Strapazen auf sich nehmen«, stimmte Yosef zu.

»Wie verzweifelt die sein müssen! Das können schon deshalb nur Palästinenser aus Gaza sein. Denen geht es noch tausendmal schlechter als denen in der Westbank«, meldete sich nun Yossi zu Wort.

»Auf jeden Fall, Yossi«, stimmte der Kommissar seinem Kollegen zu. »Was aber doch viel schlimmer ist – dieses Dreieck stellt ein echtes Risiko für die nationale Sicherheit dar. Deswegen habe ich sofort Zipi beauftragt, die Unterlagen zu kopieren und dem Leiter der Aman-Behörde zukommen zu lassen. Außerdem habe ich eine Zweituntersuchung für den Mord an Michelle Ami veranlasst. Eli Mizrachi hatte ein eindeutiges Mordmotiv.«

»Ich sehe schon, wenn du einmal in Fahrt bist, dann aber richtig«, meinte Avner Yosef und stand, in die Hände klatschend, auf. »Ich werde mich darum kümmern, dass der Zugriff auf die Khaldis und Nanikashvily so schnell wie möglich vonstattengeht. Außerdem werde ich dafür sorgen, dass Yonathan Levi vorgeladen wird. Er könnte unser Kronzeuge sein.«

»Jetzt bleibt nur noch eine Frage«, warf Yossi Hag ein. »Warum wurde Mizrachi umgebracht?«

»Tja, das ist die Eine-Million-Frage, mein Lieber«, erwiderte Assaf mit geschürzten Lippen.

Nachdem sie sich von Avner Yosef verabschiedet hatten, setzten der Kommissar und Yossi sich an den Schreibtisch, um noch einmal die bisherigen Ermittlungsergebnisse durchzugehen. Mittlerweile war es draußen dunkel geworden. Nur die Lichter der Tel Aviver Skyline schienen in die hohen Bürofenster hinein.

»Assaf, ich weiß nicht so recht, wonach wir suchen«, sagte Yossi nach einer Weile müde. Er fasste sich mit der Hand an seinen Hals. »Ich glaube, ich werde krank.«

»Hm«, murmelte der Kommissar in Gedanken. »Es ist doch so«, begann er und stellte sich vor das Flipchart, »Michelle Ami stellte für die Gangster und Mizrachi eine ernsthafte Bedrohung dar. Sie wusste ziemlich sicher von deren Machenschaften im Grenzgebiet, vielleicht sogar, dass Mizrachi und Levi regelmäßig Ausrüstung von Militärbasen klauten.«

»Mizrachi beschloss, Michelle Ami zum Schweigen zu bringen«, stimmte Yossi in die Gedanken ein.

»Ich glaube, wir können ziemlich sicher sein, dass er diese Entscheidung nicht alleine traf. Ami wurde in dem Hotel von Nanikashvily gefunden. Die Gangster haben Mizrachi geholfen, vielleicht waren sie es sogar, die ihn zu der Tat gedrängt haben.«

»Vielleicht waren sie an dem Abend auch dabei.«

»Als Ami tot war, hatten die Männer die größte Gefahr, nämlich verraten zu werden, erst einmal abgewendet. Zumal sie es erfolgreich als Selbstmord darstellten. Trotzdem wurde Mizrachi kurze Zeit später umgebracht. Wir haben die Aufnahmen, die Khaldi am Eingang zum Azrieli-Center zeigen. Warum hat er Mizrachi ermordet?« Assaf kaute nachdenklich an seinem Stift.

»Vielleicht kam Mizrachi nicht klar mit dem Mord an Ami. Vielleicht wollte er sich der Polizei stellen. Vielleicht wollte er mehr Geld …«

»Mizrachi war anders als die Khaldis kein Krimineller. Ich denke, dass er da mehr so reingerutscht ist und sich dann vom Geld und den Mafiosi so abhängig gemacht hat, dass er nicht mehr rauskam aus der Kiste«, stimmte der Kommissar Yossi zu.

»Vielleicht hat auch Omar Khaldi Michelle Ami umgebracht, und Mizrachi drohte, ihn zu verraten, um sich endlich von den Gangstern zu befreien.«

Assaf nickte langsam. »Hm, aber irgendwas fehlt, Yossi. Nur was? Was haben wir übersehen?«

»Weißt du, wessen Rolle in dem Ganzen eigentlich am unklarsten ist?«, fragte sein Kollege ihn, während er noch einmal eine Akte durchblätterte.

»Nu?«

»Yonathan Levi. Er hat die Verbindung zwischen Khaldi und Mizrachi überhaupt erst hergestellt. Er war meistens dabei, wenn Mizrachi Ausrüstung geklaut hat.«

Assaf machte eine wegwerfende Handbewegung. »Aber Levi wurde bereits von der Militärpolizei überprüft. Außerdem zeigen die Aufnahmen der Überwachungskameras doch eindeutig, dass Khaldi am Tatort war. Auch wenn die Bilder nicht als Beweis ausreichen: ein Typ mit Tätowierung am Unterarm dazu die Angaben des Fitnessstudios, dass Khaldi am betreffenden Abend da war.«

»Ich meine ja auch nicht, dass er es war«, sagte Yossi schnell. »Aber du musst doch zugeben, dass wir über ihn bisher am wenigsten wissen.«

Als Assaf am nächsten Morgen ins Büro kam, empfing ihn Zipi mit der Botschaft, dass Yossi krankgeschrieben sei. Der Kommissar hatte so etwas schon geahnt, da sein Kollege während des ganzen Meetings am Vorabend geschnupft und gehustet hatte.

»Und, hast du schon die Bilder bei Facebook gesehen?«, fragte ihn Zipi, die anscheinend in Plauderlaune war.

»Welche Bilder?«, fragte Assaf geistesabwesend.

»Nu, von Schlomos Hochzeit ... Sind ein paar tolle dabei.«

»Lo, habe ich nicht gesehen ...« Er setzte sich an seinen Schreibtisch und fuhr den Computer hoch. Dann loggte er sich bei Facebook ein und ging auf das Profil von Schlomo Malul. Er sah sich selbst auf ein paar Fotos, dann Anat, wie sie nachdenklich am Tisch saß. Assaf hatte auch gestern Abend mehrmals versucht, sie zu erreichen. Aber bei ihr zu Hause war immer noch niemand, und an ihrem Telefon sprang weiterhin nur die Mailbox an.

»Assaf, ist alles okay mit dir?«

Der Kommissar schreckte auf. Er hatte gar nicht bemerkt, dass seine Sekretärin immer noch neben ihm stand.

»Du wirkst in den letzten Tagen so abwesend. Und jetzt sitzt du hier und starrst minutenlang auf das Foto der Kollegin Cohen. Was ist denn los?«

Er stieß einen schweren Seufzer aus. »Ach, Zipi …« Bisher hatte Assaf niemandem von der Neuigkeit erzählt, er musste sich selbst ja erst einmal an den Gedanken gewöhnen, Vater zu werden. Der Kommissar stand auf und schloss die Bürotür. »Anat ist schwanger.« Er rieb sich über den Bart. »Und das Kind ist von mir.«

Sein Geständnis verfehlte seine Wirkung nicht. Zipi schaute ihn mit großen Augen an. »Aber, Assaf, das ist doch wunderbar«, sagte sie schließlich, und zum ersten Mal bekam der Kommissar das Gefühl, dass es vielleicht wirklich einen Grund zur Freude geben könnte.

»Zipi, du verstehst nicht«, murmelte er. »Es ist alles so kompliziert. Wir sind kein Paar. Wir werden vielleicht auch nie eins sein. Wie soll das gehen? Ich weiß nicht, ob es je mit einer richtigen Beziehung funktionieren wird. Und dann wohnt das Kind bei ihr und kommt einmal die Woche zu mir, oder was? Das ist doch alles Mist. Und überhaupt! Ein Kind. Verdammt noch mal, ich weiß echt nicht, ob ich für diese Verantwortung gemacht bin. Ich wollte doch gar kein Kind. Nicht jetzt zumindest.«

»Ach, papperlapapp.« Zipi stand auf und öffnete ihre Arme. »Nun komm mal her!« Sie drückte den Kommissar fest an ihre großen Brüste. »Für so ein Kind scheint der Zeitpunkt nie richtig. Du liebst Anat doch, oder?«

Er nickte, und sein Kinn stieß auf ihre Schulter.

»Dann wird sich alles andere klären. Du wirst Vater, Assaf. Masel tov!«

Sie sah ihn strahlend an, und nun ließ sich auch der Kommissar zu einem Grinsen hinreißen. »Ja, vielleicht hast du recht. Yalla, ich werde Vater. Aber, verdammte Scheiße, an den Gedanken muss ich mich erst noch gewöhnen.«

Als die Sekretärin sein Büro verlassen hatte, surfte Assaf noch ein wenig weiter bei Facebook. Das war der eigentliche Grund, warum er die Webseite kaum besuchte. Sie war ein unfassbarer Zeitfresser. Und dass die Polizei mittlerweile in allen möglichen sozialen Netzwerken aktiv war, hielt er auch immer noch für eine der ineffizientesten Maßnahmen, die man sich in den letzten Jahren hatte einfallen lassen. Doch hatte Zipi ihm nicht gesagt, dass sie das Portal immer öfter für Recherchen nutzte?

»Sag mal, Zipi«, rief er der Sekretärin zu, die seine Bürotür ausnahmsweise mal nicht geschlossen hatte. »Als du damals zu Omer Khaldi und Yonathan Levi recherchiert hast, warst du da auch auf Facebook?«

»Betach«, schrie sie zurück. »Allerdings hat Khaldi kein Profil bei Facebook. Zumindest nicht unter seinem Namen.« Sie kam in sein Büro gelaufen. »Levi schon, hier!« Sie tippte den Namen des Soldaten in die Suchzeile ein und klickte dann ein paarmal mit der Maus herum. »Das ist sein Profil.«

Das Profilbild zeigte den jungen Mann von hinten.

Das größere Titelbild war einfach nur ein schwarzes Bild. »Sieht ja düster aus«, kommentierte Assaf.

»Ja, aber er hat ein paar Fotos.« Zipi klickte auf den entsprechenden Reiter.

»Hat sich Avner Yosef schon gemeldet? Ist der Zugriff geglückt? Und haben sie Levi bereits befragt?« Assaf wechselte mit Blick auf die Bilder das Thema.

»Ich frage gleich mal nach.«

»Toda, Zipi«, sagte der Kommissar, und die Sekretärin ging zurück an ihren Platz und begann zu telefonieren.

Assaf drehte sich zum Computer zurück. Die meisten Bilder im Album waren irgendwelche Werbeanzeigen, auf denen man Levi markiert hatte. Eines zeigte ihn mit Michelle Ami am Strand, ein Selfie gegen die Sonne, die so in die Kamera strahlte, dass man das Paar kaum erkannte. Assaf klickte weiter. Auf der zweiten Seite des Fotoalbums war ein Bild von Yonathan Levi mit einem kleinen Mädchen. Aus den Kommentaren ging hervor, dass es sich wohl um seine Nichte handelte. Sie saß auf einer Schaukel, und er stand dahinter und schien sie anzustoßen. Assaf, dem es schon immer komisch vorkam, dass Menschen solche intimen Bilder mit der ganzen Welt teilten, schaute das Foto nachdenklich an. Gerade als er die Seite schließen wollte, fiel sein Blick auf den unteren Bildrand. Er zeigte die Schuhe von Levi.

Es waren neongelbe Sneaker.

ZWEITER TEIL

»Wenn du dem Tod ins Auge siehst; wenn du verwundet bist und allein, mitten auf verbrannter Erde, umgeben von Rauch – deine Arme zerschmettert und brennend vor Schmerzen; dann wird das Leben wertvoller und begehrenswerter als je zuvor. Du willst es umarmen, du willst weitermachen und all dem Blut und Tod entkommen – du willst leben.«

Yonathan Netanjahu

KAPITEL 15

Es war bereits das zweite Mal innerhalb kürzester Zeit, dass Assaf die Strecke in Richtung Wüste entlangfuhr. Anders als beim letzten Mal regnete es nun nicht. Stattdessen erfassten hin und wieder starke Windböen seinen Wagen und zwangen ihn, langsam zu fahren. Im Radio sagte der Sprecher durch, dass aufgrund des Sandsturms alle Flughäfen im Lande geschlossen wurden.

Der Kommissar hatte das Gefühl, dass er sich direkt in die Höhle des Löwen begab. Er hatte vorsichtshalber die Kollegen von der Dienststelle in Beersheva informiert, dass er auf dem Weg in ihre Gegend war. Eventuell konnte er ihre Hilfe gebrauchen.

Yonathan sollte sich nach Angaben seines Tel Aviver Mitbewohners bei seiner Schwester im Süden befinden. Jacqueline Levi wohnte mit ihrer Familie in Omer, einer kleinen wohlhabenden Gemeinde zwischen der Wüstenmetropole Beersheva und Tel Scheba, eine der ärmsten Beduinen-Städte des Landes. Assaf glaubte nicht, dass Levi ihm Probleme machen würde. Der Kommissar setzte auf den Überraschungseffekt. Nachdem am Morgen sowohl Nanikashvily als auch Omar Khaldi festgenommen worden waren, wähnte sich der junge Franzose wahrscheinlich in Sicherheit. Die Tatsache, dass die Idioten um Avner Yosef dem jungen Franzosen nur eine Vorladung zur Befragung geschickt hatten, anstatt ihn gleich persönlich aufzusuchen und mitzunehmen, erschwerte die Angelegenheit allerdings etwas. So hätte er Levi auf dem Silbertablett geliefert bekommen. Immerhin hatte Assaf die Vorladung in der Tel Aviver Wohnung von Levi entdeckt, und nach Angaben des Mitbewohners wusste Levi noch nichts von dem Brief. Für den Franzosen sah alles ganz danach aus, dass sein Plan aufgegangen war.

Im Nachhinein ärgerte sich Assaf darüber, Levi nicht eher durchschaut zu haben. Yonathan Levi und Michelle Ami waren enge Freunde gewesen. Der Kommissar glaubte, dass Levi ganz sicher von den geheimen Kopien gewusst hatte, die Ami angefertigt hatte. Und als sie starb, hatte der junge Soldat eins und eins zusammengezählt und war sicher schnell darauf gekommen, dass Mizrachi sie auf dem Gewissen hatte. Damit war er derjenige mit dem stärksten Motiv für den Mord an dem Offizier. Immerhin hat er Michelle Ami geliebt. Warum er sich für den Mord als Omar Khaldi ausgegeben hatte, war dem Kommissar noch nicht recht klar. Aber wenn er den jungen Soldaten erst einmal auf dem Polizeirevier hatte, würde er auch das noch herausbekommen.

Assaf fuhr in den Ort Omer hinein. Sein Navi leitete ihn auf die Tamar-Straße. So wie die Hauptstraße von blühenden Vorgärten gesäumt wurde, konnte man fast vergessen, dass man sich mitten in der Wüste befand. Überraschenderweise schien der Sandsturm hier in der Wüste etwas weniger stark zu wüten – immer noch stark genug jedoch, um sämtliche Autos, vor allem Jeeps und SUVs, die in den Einfahrten standen, mit einer dichten Schicht Staub zu bedecken.

»Du hast dein Ziel erreicht«, informierte ihn das Navi. Assaf parkte den Wagen gegenüber dem Haus, in dem Levis Schwester wohnen sollte. Als er ausstieg, erfasste ihn ausgerechnet eine der heftigeren Windböen, so dass er sich gegen Sturm und Sand zur Eingangstür durchkämpfen musste. Die Palmen auf dem großzügigen Grundstück bogen sich gefährlich in alle Richtungen. Assaf war heilfroh, dass Jacqueline Levi schnell die Tür öffnete.

Als sie den Kommissar entdeckte, machte sie ein überraschtes Gesicht. »Oh, ich dachte, du wärst mein Bruder«, sagte sie und winkte den Kommissar schnell ins Haus, um die Tür zu schließen.

»Ihren Bruder suche ich. Mein Name ist Assaf Rosenthal. Ich bin von der Polizei.«

Jacqueline Levi, die im Flur stehen geblieben war, sah ihn misstrauisch an. »Polizei?«

»Wo ist Yonathan?«

»Wieso? Was willst du von meinem Bruder?«

»Das würde ich lieber mit ihm selbst besprechen. Wo finde ich ihn?«

Sie biss sich auf die Lippe und schien über mögliche Antworten nachzudenken. Schließlich entschied sie sich für die Wahrheit: »Er ist spazieren gegangen. Das macht er jeden Vormittag, seitdem er hier zu Besuch ist.«

»Bei dem Wetter?«, fragte Assaf ungläubig.

»Bei jedem Wetter«, antwortete sie.

»Kennst du seine Route?«

»Nicht genau. Aber meist fährt er mit meinem Wagen zum Nachal Amin. Es gibt dort eine Wanderroute entlang des Flussbettes.«

Der Kommissar überlegte, ob es nicht vielleicht besser war, einfach im Haus der Schwester auf Levi zu warten. »Wie lange ist er denn schon weg?«

»So anderthalb Stunden«, antwortete sie mit Blick auf ihre Armbanduhr.

»Und wie lange ist er normalerweise weg?«

»Er müsste eigentlich jede Minute wiederkommen.«

»Hat er ein Handy dabei?«

Sie schüttelte den Kopf. »Nein, das hat er auf dem Küchentisch liegenlassen.«

Der Kommissar entschloss sich, erst einmal im Haus zu warten. Jacqueline Levi bot ihm einen Platz auf dem Sofa und Kaffee an. Assaf setzte sich, aber den Kaffee lehnte er dankend ab.

Jacqueline Levi, eine gut aussehende schlanke Frau von etwa Anfang dreißig, setzte sich auf den Sessel neben ihn. »Kommissar, ist es etwas Schlimmes? Was hat mein Bruder angestellt?«, fragte sie mit ängstlichem Blick.

Der Kommissar wich ihrem Blick aus und schaute an die gegenüberliegende Wand, an der einige Fotos der jungen Familie Levi hingen. Neben der kleinen Tochter und dem Mann von Jacqueline Levi war auch Yonathan auf einem der Fotos zu sehen. Er trug eine Uniform und strahlte in die Kamera. Jacqueline Levi folgte seinem Blick. »Das war, als er vereidigt wurde«, seufzte sie, »Gott, war er damals stolz!«

»Dein Bruder hatte eine harte Zeit bei der Armee?«

Sie nickte. »Furchtbar. Die haben ihn fertiggemacht. Yonathan ist außerordentlich sensibel. Der Tod unserer Eltern. Ich war nicht nur seine große Schwester ...« Jacqueline Levi zögerte einen Moment. »... Ich war so etwas wie eine Mutter für ihn. Niemand kennt ihn so wie ich.« Sie stand auf und nahm das Foto in die Hand. »Ich habe geahnt, dass etwas passiert ist, als er hier vor ein paar Tagen auftauchte. Aber, Kommissar, was auch immer Yoni angestellt hat – er ist ein guter Junge, das musst du mir glauben.«

Assaf schaute die Frau ernst an. »Das glaube ich dir auch«, sagte er schließlich.

Als Yonathan Levi dreißig Minuten später immer noch nicht wieder im Haus seiner Schwester aufgetaucht war, beschloss Assaf, dem jungen Mann in die Wüste zu folgen. Er ließ sich von Jacqueline Levi Automarke und Nummernschild sagen, sodass er nicht aus Versehen an dem jungen Mann vorbeifuhr. Wenn Levi vor ihm in Omer ankommen würde, könnte seine Schwester ihn vorwarnen, und das würde Levi die Chance geben, zu fliehen. Zwar hatte die Schwester versprochen, Assaf zu helfen, aber sie hatte ja selbst gesagt, dass sie wie eine Mutter für ihren Bruder war. Und der Kommissar wusste ganz genau, wozu eine Mutter aus Liebe zu ihrem Sohn fähig war. Seine Mutter würde für ihn töten, daran hatte er keinen Zweifel.

Assaf schaute kurz auf die Karte, die das Navigationssystem ihm anzeigte, und fuhr dann zur Hauptstraße zurück. Er fischte nach seinem Handy und informierte die Kollegen aus Beersheva. Sie versprachen, so schnell wie möglich einen Einsatzwagen Richtung Nachal Amin zu schicken. Assaf glaubte nicht, dass er bei Yonathan Levi auf Gegenwehr stoßen würde, aber sicher war sicher. Der Kommissar fuhr zurück auf den Highway 25. Nachdem er einige Minuten Richtung Süden gefahren war, entdeckte er links von sich die Ausfahrt nach Abu Queider. Die Straße, die zu der Beduinen-Siedlung führte, verwandelte sich sofort in eine Schotterpiste. Kleine Steine flogen links und rechts unter den Autoreifen hoch. Assaf durchquerte die ärmliche Siedlung, in deren Mitte ein Minarett wie ein spitzer Bleistift emporragte, die ansonsten vor allem aus Wellblech-Siedlungen und Häusern mit unverputzten Fassaden bestand. Nur wenige Kilometer später endete der Weg und mündete in einen großen Parkplatz. Von hier aus konnte man den Wanderweg bereits sehen. Ein kleines Schild wies darauf hin, dass dieser Wanderweg Teil des Israel Trail war, einer Wanderroute, die durch das gesamte Land führte. Am Rand des Parkplatzes stand der Jeep, den Jacqueline Levi ihm ausführlich beschrieben hatte. Assaf stieg aus seinem Dienstwagen. Der Wind erfasste sein blaues Yankee-Basecap. Er hob das Basecap vom Boden auf, machte die Autotür nochmals auf, warf die Kappe auf den Beifahrersitz und verschloss den Skoda mit einem Piepen. Dann ging er langsam in die Wüste hinein.

Der Weg führte an einem Flussbett entlang, in dem lediglich ein schwaches Rinnsal plätscherte. Um ihn herum lag eine knochig bergige Wüstenlandschaft. Bei gutem Wetter konnte der Kommissar sich vorstellen, dass dies hier eine wundervolle Strecke zum Wandern war. Der Wüstensturm verlieh der Landschaft jedoch eine unheimliche, ja geradezu beklemmende Atmosphäre.

Assaf blieb kurz stehen und schaute sich um. Er war nun etwa zweihundert Meter von den beiden Fahrzeugen entfernt. Durch den Sand waren sie nur noch in Umrissen zu erkennen. Der Weg war besonders durch den ihm entgegenkommenden Wind recht beschwerlich, und der Kommissar wollte ungern sehr viel weiter in die Wüste hineinlaufen. In seinem Magen machte sich plötzlich ein unangenehmes Gefühl breit. Er musste an den Traum von neulich denken, wie er bewegungsunfähig in der Wüste gelegen hatte. Wenn Assaf an eins nicht glaubte, dann an Prophezeiungen im Schlaf. Trotzdem, ein komischer Zufall war es schon.

Plötzlich dachte er daran, was Anat wohl gerade tat. Er zog sein Handy aus der Hosentasche. Aber selbst wenn sie sich mittlerweile bei ihm gemeldet haben sollte, würde er es jetzt und hier nicht erfahren, denn natürlich hatte er mitten im Nirgendwo keinen Empfang. Er starrte einen Moment auf das leere Display, und als er wieder aufblickte, fühlte er etwas Kühles, Hartes im Rücken. Assaf wusste sofort, dass es sich um einen Pistolenlauf handelte.

Yonathan Levi zog dem Kommissar seine Waffe aus dem Hosenbund und trieb ihn dann vor sich weiter in Richtung Wüste. Assaf, der einen Moment brauchte, um sich von dem überraschenden Angriff des jungen Soldaten zu erholen, überlegte fieberhaft, was er tun sollte. Wie aus dem Nichts war Levi aufgetaucht. Er musste hinter einem der Berge gekauert und so seine Ankunft beobachtet haben, überlegte Assaf.

»Yonathan, ich will nur mit dir reden«, versuchte er den jungen Mann zu beruhigen.

»Ich wüsste nicht, was wir zu bereden haben. Los, weiter …« Levi scheuchte ihn zu einem kleinen Felsen. Dann befahl er dem Kommissar, darauf Platz zu nehmen.

»Omar Khaldi wurde heute Morgen festgenommen«, begann Assaf zu erklären, in der Hoffnung, dass diese Nachricht in Yonathan irgendetwas auslösen könnte.

»Die lassen den sowieso bald wieder laufen. Ihr Bullen habt doch keine Ahnung, mit wem ihr es zu tun habt. Khaldi und Sioma sind klüger als ihr alle zusammen. Deswegen haben sie es doch geschafft …« Er stockte.

»Deswegen haben Khaldi und Nanikashvily es geschafft, Michelle Ami umzubringen?«, fragte Assaf vorsichtig.

»Das war Mizrachi. Aber alleine wäre es ihm ja wohl nicht gelungen, das so gut zu vertuschen. Selbstmord! Dass ich nicht lache. Michelle hatte doch gerade erst ihre Flüge nach Südamerika gebucht. Da bringt man sich nicht um. Und ihr dummen Bullen habt's nicht gecheckt. Weil ihr nichts checkt. Ihr seid doch alle obrigkeitshörig. Ihr könnt doch gar nicht für euch selbst denken!«

»Ich weiß, dass Michelle ermordet wurde«, erklärte der Kommissar mit Nachdruck. »Khaldi und Nanikashvily werden für viele Jahre in den Knast wandern.«

»Bullshit!«

»Hast du dich deswegen als Omar Khaldi ausgegeben? Damit er festgenommen wird?«

»Khaldi ist der größte Wichser.« Levis Stimme nahm einen schrillen Ton an. »Er hat Michelle einmal geschlagen, und ich möchte nicht wissen, was er ihr vor ihrem Tod angetan hat.«

Assaf rief sich den rechtsmedizinischen Bericht in Erinnerung. »Khaldi hat Michelle Ami nicht vergewaltigt«, versuchte der Kommissar den Soldaten zu beruhigen.

»Mein Plan ist doch fast aufgegangen. Ihr habt bestimmt geglaubt, dass es Khaldi war, der Mizrachi umgelegt hat«, meinte Levi ungerührt.

Assaf sah den Mann nachdenklich an. Yonathan

Levi hatte Khaldi die Mitgliedskarte für das Fitnessstudio geklaut und sich die gleiche Tätowierung auf den Arm gemalt. Aber an die Schuhe hatte er nicht gedacht. Sie waren viel zu auffällig. »Yonathan, wenn du gestehst, könntest du mildernde Umstände bekommen ...«

»Mildernde Umstände! Mein Leben ist doch sowieso im Arsch.« Levi, der die Waffe weiterhin auf den Kommissar gerichtet hielt, zog die Nase geräuschvoll hoch. Eine Windböe wirbelte den Sand unter ihnen auf. Assaf schloss kurz die Augen.

»Fuck!«, schrie Levi. »Wann ist dieser verdammte Sturm endlich vorbei? Wann ist das alles hier endlich vorbei?«

Assaf sah den Mann an. Der Staub brannte in seinen Augen. »Dein Leben fängt doch gerade erst an.« Und als der junge Soldat sich zu beruhigen schien, sprach der Kommissar schnell weiter. »Du hast deinen Armeedienst bald hinter dir. Und dann kannst du machen, was du willst.«

»Diese ganzen Militär-Arschlöcher. Die haben mir mein Leben versaut.«

»Yonathan, was dir in der Grundausbildung widerfahren ist, war nicht okay. Ich versichere dir, dass man die Verantwortlichen zur Rechenschaft ziehen wird.«

»Pah, so ein Schwachsinn!«, rief er. »Ich habe mich auf meine Art gerächt.«

»Hast du deswegen die Zusammenarbeit mit der Mafia eingefädelt?«

Er schüttelte den Kopf. Dann nickte er. »Auch. Aber

vor allem brauchte ich Geld. Und anfangs wollten wir doch nur Ausrüstung stehlen. Omar hatte den perfekten Plan.«

»Wie habt ihr Mizrachi überzeugt?«

»Ach der! Der brauchte doch immer Geld …«

»Weil er Spielschulden hatte?«

Levi schaute an dem Kommissar vorbei. »Das geschieht den Offizierswichsern recht, dass sie sich rechtfertigen müssen, warum Waffen und Sprengstoff von ihren Basen verschwinden.« Seine Stimme wurde lauter.

»Dass mit diesem Sprengstoff auch Unbeteiligte verletzt wurden, war dir egal?«

Er blinzelte den Kommissar an. »Natürlich nicht. Aber das konnte ich ja vorher nicht wissen … Deswegen haben Michelle und ich ja auch beschlossen, diese Hunde ans Messer zu liefern. Deswegen und weil diese ganzen uniformierten Arschlöcher einen Skandal verdient haben. Von wegen, wir sind die moralischste Armee der Welt. Das sind alles gottlose Hunde.«

»Du hast gewusst, dass Michelle die Unterlagen kopiert hat?«

»Ich habe sie ihr doch überhaupt erst gegeben!«, schrie er verzweifelt. Er wischte sich mit dem Handrücken die Nase. »Ich habe sie überhaupt erst auf die Idee gebracht …« Sein Tonfall schlug ins Weinerliche um. »Ich habe sie auf die Idee gebracht, die ihr zum Verhängnis wurde … Ich bin schuld an ihrem Tod.«

Assaf hob beschwichtigend die Hand und stand auf. Er versuchte einen Schritt auf den jungen Soldaten zuzugehen.

»Komm bloß nicht näher, oder ich knall dich ab.«

»Okay ... okay«, beschwichtigte der Kommissar ihn schnell. »Wie hat Mizrachi herausgefunden, dass Michelle die Unterlagen kopiert hat?«

Yonathan Levi zuckte mit den Schultern. »Ich weiß es nicht, aber als sie auf einmal verschwunden war, wusste ich sofort, dass ihr etwas passiert sein muss.«

»Du wolltest sie rächen?«

Der Soldat schaute an ihm vorbei, dann begann er langsam zu sprechen: »Die wollen, dass wir unser Land lieben. Aber dieses Land gibt uns nichts. Wir führen Kriege, ständig Kriege. Sinnlose Kriege. Geben unser Leben für nichts. Wofür sind meine Kameraden gestorben? Wofür das Ganze? Ich kämpfe für Ideen, die ich nicht teile, und für Politiker, die ich nicht respektiere!«

Als Assaf sich entschloss, aufs Ganze zu gehen und den jungen Mann zu überwältigen, hatte er das Gefühl, der Sturm hielte für einen Moment inne. Es fühlte sich an, als wenn die Zeit plötzlich stillstehen würde. Der Kommissar hatte geduldig abgewartet, sich bemüht, Yonathan in Sicherheit zu wiegen, und schließlich versucht, die beste Gelegenheit abzupassen. Gerade als Levi nach seiner pathetischen Rede, dass er nur seinem eigenen Gewissen verpflichtet sei und niemandem sonst, für einen kurzen Moment, gedankenversunken zur Seite geschaut hatte, war Assaf losgerannt. Brüllend wie ein Raubtier, hatte der Kommissar sich auf den jungen Soldaten gestürzt. Sie rangen miteinander wie zwei Tiere im Kampf. Assaf versuchte mit aller Kraft, Yonathan

Levi die Waffe zu entreißen, aber der junge Soldat war unglaublich stark. Er wand sich unter seinen Händen und entwischte ihm immer wieder.

Einige Sekunden später knallte der Schuss, und Assaf wurde schwarz vor Augen.

Als der Kommissar wieder zu sich kam, lag er in einem Krankenzimmer. Das Bett neben ihm, getrennt durch einen Vorhang, den jemand allerdings geöffnet hatte, war verwaist und die Tür zum Zimmer geschlossen. Er versuchte, an sich herunterzuschauen, konnte aber lediglich ein unheimliches Gewirr aus Kabeln und Schläuchen entdecken. An seinem Arm hing eine Infusionsnadel.

Assaf drehte seinen Kopf langsam in die andere Richtung, was ihn unheimlich viel Kraft kostete. Etwa zwei Meter neben ihm befand sich ein kleines Fenster, es war jedoch zu hoch, als dass er etwas hätte sehen können. Der Kommissar sackte in sein Kissen zurück. Er fühlte sich, als hätte ihn ein Laster überfahren. Und dann noch einmal den Rückwärtsgang eingelegt. Er lauschte einen Moment lang dem gleichmäßigen Piepen der Maschinen, dann umhüllte ihn die Müdigkeit wie ein dichter Schleier, und er schlief wieder ein.

»Assaf, ich bin's Anat«, flüsterte eine Stimme.

Der Kommissar versuchte, die Augen aufzumachen, aber irgendwie wollten sie ihm nicht gehorchen. Erst nach einer gefühlten Ewigkeit gelang es ihm, die Lider langsam zu öffnen.

Anat seufzte erleichtert, und er spürte ihren Händedruck. »Gott sei Dank. Da bist du ja wieder.« Sie lächelte leicht.

»Was …« Seine Stimme versagte ihm, und er räusperte sich. »Was ist denn passiert?«

»Levi hat auf dich geschossen. Ein Bauchschuss. Die Ärzte mussten dich operieren und haben dich dann in ein künstliches Koma versetzt.« Sie ratterte die Informationen so professionell herunter, dass der Kommissar sich sicher war, dass sie es nicht zum ersten Mal jemandem erzählte. »Deine Mutter ist auch hier. Soll ich sie holen?«

Er schüttelte leicht den Kopf. »Wie geht es dir? Was macht das Kind?«

Anat lächelte leicht. »Alles gut.« Dann strich sie Assaf mit der Hand über die Wange. »Ich hatte solche Angst um dich.«

»Nicht, dass es jetzt zur Gewohnheit wird, dass wir uns ständig abknallen lassen.« Der Kommissar versuchte ein Grinsen, was ihm nur so halb gelang.

»Mann, Assaf, wie konntest du da nur alleine hinfahren?« Anat sah ihn vorwurfsvoll an.

»Ich habe doch den Kollegen in Beersheva Bescheid gesagt«, murmelte er kleinlaut.

»Ja, und zum Glück sind die noch rechtzeitig gekommen. Sie haben Yonathan Levi erschossen.«

»Levi ist tot?« Assaf hob überrascht den Kopf. Als er die Schmerzen spürte, die das zur Folge hatte, ließ er ihn schnell wieder sinken.

»Assaf, die hatten keine andere Wahl. Er hätte dich sonst getötet. Du hattest sowieso mehr Glück als Verstand. Wenn dich die Kugel nur ein paar Millimeter weiter links getroffen hätte, wärst du gestorben, hat der Arzt gesagt.«

Sie schwiegen beide einen Augenblick lang. Tausend Gedanken rasten durch seinen Kopf. Und dann begann sein Herz wie verrückt zu schlagen. Er hatte das Gefühl, es würde ihm die Brust aufsprengen.

»Ich hole jetzt deine Mutter. Sie ist ganz krank vor Sorge«, sagte Anat schließlich und stand auf.

»Rega, warte kurz«, rief er leise.

Die Kommissarin drehte sich um und lehnte sich zu Assaf herunter.

Er versuchte, ihre Hand zu greifen, was ihm erst gelang, als sie vorsichtig ihre Finger unter seine schob.

»Anat Cohen«, flüsterte er, »willst du meine Frau werden?«

ENDE

Anmerkungen der Autorin

Alle beschriebenen Figuren, ihre Namen und die Handlung sind frei erfunden.

Ich habe für diesen Roman sowohl mit Offiziellen des israelischen Militärs als auch Kennern und Insidern der Mafia im Land gesprochen. Ihre Berichte und Informationen habe ich als Grundlage für die Geschichte genommen – nichtsdestotrotz entspringen sämtliche Details (besonders auch die der militärischen Übung, die der Kommissar im Roman absolviert) meiner Fantasie.

Bei Nahum und Lior möchte ich mich für ihre Zeit und die vielen hilfreichen Infos bedanken!

Im Text verwendete Worte aus dem Hebräischen

Aba – Vater

Achi – mein Bruder

Adon – Herr

Baruch Ha Shem – Gelobter Gott

Betach – Sicher, bestimmt

Beseder – In Ordnung

Boker Tov – Guten Morgen

Hag Sameach – Frohe Feiertage

Ima – Mutter

Joffi – Prima

Ken – Ja

Kol Ha Kavod – Respekt (auch im Sinne von gut gemacht)

Kus'emeck – arabisches Schimpfwort mit dem Wort – Mutter

Kusiot – umgangssprachliche Bezeichnung für attraktive Frauen

Lama – Warum

Lo – Nein

Ma – Was

Ma kore – Was passiert? (Im Sinne von: Was geht ab?)

Meluim – Reservedienst

Motek – Süßer

Nu – Je nach Kontext: Nun? Also? Und?

Ohev Otra – Liebe dich (wenn ein Mann es zu einem Mann sagt)

Sababa – Super, cool

Samal – Militärischer Grad, Unteroffizier

Schabbat Schalom – Gruß zum Schabbat, wie: Frohes Wochenende

Slecha – Entschuldigung

Sof, sof – Endlich

Rav Seren – Militärischer Grad, Major

Rega – Moment

Toda – Danke

Tuhar – Sauber! (Verwendung bei Polizei- oder Militär-Einsatz)

Tzav – Einberufungsbescheid

Walla – Eigentlich arabisch, in etwa: Ach was!

Ya-alla – Abwandlung von Yalla, heißt so viel wie krass

Yalla – Eigentlich arabisch, los